KB050605

참룡회귀록

참룡 회귀록 14 완결

초판 1쇄 인쇄일 2020년 02월 17일 | **초판 1쇄 발행일** 2020년 02월 20일

지은이 정한솔 | **펴낸이** 곽동현 | **담당편집 팀장** 이범수
편집부 홍현주 정요한

펴낸곳 (주) 조은세상 | 출판등록 제 2002-23호
주소 경기도 연천군 미산면 청정로 1355
TEL 편집부 02)587-2966 | FAX 02)587-2922
e-mail bukdu@comics21c.co.kr

ISBN 979-11-6432-741-6 | ISBN 979-11-89672-81-2(set) | 값 8,000원

斬龍回歸錄

참룡회귀록

정한솔 신무협 장편소설

14 완결

(주)좋은세상

정한솔 신무협 장편소설

NEO ORIENTAL FANTASY STORY

CONTENTS

91 章.

참룡 회귀록

斬龍回歸錄

담재선의 거처로 들어선 모용기가 고개를 갸웃거렸다.

"더 좋은 방도 많은데 왜 하필 여길……."

담재선의 거처는 여문각이 머무르던 곳이었다.

머무르기에 나쁘지 않은 곳이기는 했지만 모용기의 말대로 더 나은 곳이 제법 많았다.

자신이 머무르던 곳만 해도 이보다는 훨씬 좋았다.

모용기가 의아하다는 얼굴로 자신을 쳐다보자 담재선이 고개를 저으며 말했다.

"신의께서 머무르시던 곳이나 네 녀석이 머물렀던 곳은 설아가 내어 주지 않더군."

모용기가 난감하다는 얼굴을 했다.

어떻게 떼어 내야 할지 감도 잡히지 않았다.

모용기가 담재선을 쳐다보며 도움을 구했다.

"난 설아를 받아 줄 수가 없는데요."

"네 녀석이 직접 해결해라."

"아저씨 딸이잖아요."

"그 문제에 관해서는 포기한 지 오래다. 뭐라 해도 내 말을 안 듣더구나."

담재선이 냉정한 얼굴로 모용기를 외면했다.

모용기가 끙하고 앓는 소리를 냈다.

'이걸 대체 어떻게 떼어 내지?'

머리가 지끈거릴 정도로 심사가 복잡했다.

복잡한 얼굴을 하고 있는 모용기를 물끄러미 쳐다보던 담재선이 얼굴을 찌푸렸다.

"내 딸이 어디가 빠진다고는 생각하지 않는데……."

"누가 뭐래요?"

"그런데 왜 그렇게 밀어내려고만 하는 것이지?"

"전 연아가 있으니까요."

"삼처사첩이 흠은 아니다."

"그게 딸내미한테 할 소리입니까?"

"나라고 내뱉고 싶어서 하는 말이 아니다."

"그런데요?"

"설아가 물러서려 하지 않으니 내가 물러설 수밖에."

담재선이 씁쓸한 얼굴로 중얼거리듯 말했다.

내키지 않는 것은 모용기보다 본인이 더했기 때문이다.

어두운 얼굴을 하는 담재선의 눈치를 보며 모용기가 조심스레 말을 건넸다.

“설아가 아직 어려서 그렇죠. 시간이 해결해 줄 겁니다.”

담재선이 얼굴을 찡그렸다.

모용기가 고개를 갸웃거렸다.

“왜 그런 얼굴이세요? 내가 뭐 잘못 말한 거라도 있어요?”

“아니다. 네 녀석에게 위로를 받을 줄은 생각도 못 해서…… 어쨌든 네 말대로 시간이 해결해 줄 테지.”

담재선이 모용기와 같은 말을 하며 고개를 끄덕였다.

그러나 의미는 달랐다.

‘시간이 흐르면 어떤 방향으로든 해결이 되겠지.’

담설이 원하는 방향이든, 모용기가 원하는 방향이든 결론이 나올 것이다.

그러나 전제가 필요했다.

“그러려면 모두가 살아남아야 할 터인데?”

“안 그래도…… 대체 무슨 생각입니까? 대체 무슨 생각으로 남경에 다시 온 겁니까? 저들이 무슨 짓을 할지 어떻게 알고?”

“아직까지는 별일 없었다.”

“그걸 물은 게 아니잖습니까? 저들이 갑자기 돌변하면 어떻게 하려고요? 기껏 살려 놨더니 그 고생을 다 헛수고로 만들 생각이었습니까?”

“결과가 이런데 지나간 일을 더 말해 봐야 무엇하겠나? 그보다 네 녀석이야말로 남경에는 어쩐 일이냐? 옛일이 그리워서 이곳을 다시 찾을 정도로 말랑말랑한 녀석은 아닌 걸로 아는데.”

담재선이 말을 돌리자 모용기가 얼굴을 찡그렸다.

그러나 모용기는 곧 고개를 저었다.

소모적인 논쟁에 힘을 쓸 이유가 없었기 때문이다.

이내 은근히 기대가 드러나는 얼굴로 담재선을 쳐다봤다.

"전에 그 노인 말인데요."

"노인? 그 사마철인가 하는 노도진의 스승을 말하는 것이냐?"

"예. 혹시 그 노친네에 대해 아는 것 좀 있으세요?"

사마철과 얼굴을 마주하는 것은 여전히 껄끄러웠다.

담재선에게 원하는 것을 얻으면 그것을 피할 수 있었다.

그러나 담재선은 모용기의 기대를 채워 주지 못했다.

"나도 아는 바가 많지 않다. 왕식이 눈치를 볼 정도라는 것. 그리고 천자도 그에게는 함부로 대하지 못한다는 것 정도가 전부다."

"천자도요?"

"그렇다."

담재선이 고개를 끄덕이자 모용기가 의외라는 얼굴을 했다.

"그 인간이 누구 눈치 보고 그럴 인간은 아니던데……."

모용기의 중얼거림에 담재선이 고개를 갸웃거렸다.

"그 인간이라니? 누구를 말하는 것이냐?"

"아닙니다, 아무것도. 그보다 여기 계속 계실 겁니까?"

"그럴 필요는 없겠지. 네 녀석을 찾은 이상 설아가 굳이 남경을 고집하지는 않을 테니까."

담재선의 대꾸에 모용기가 난감하다는 얼굴을 했다.

그러나 조금 생각해 보면 그리 나쁘지 않은 결론이다.

'하긴…… 설아가 남경에 남아 있는 것보다는 그게 훨씬 낫지.'

모용기가 고개를 끄덕이고는 엉덩이를 털며 자리에서 일어섰다.

"그럼 떠날 준비를 하고 계세요. 저 볼일 다 보고 나면 같이 가는 걸로 하죠."

"볼일? 혹시……."

담재선이 눈매를 가늘게 좁혔다.

사마철을 언급한 것이 떠오른 것이다.

"그런 얼굴은 할 거 없고요. 그 영감이랑 싸우자고 온 게 아니니까."

"그게 네 마음대로 되는 일이더냐? 그 노인이 마음을 고쳐먹기라도 한다면……."

"그럴 사람이었다면 아저씨와 설아는 벌써 명을 달리했겠죠."

모용기의 대꾸에 담재선이 가만히 입을 다물었다.

"어이쿠, 공자님. 어딜 또 가시려고요?"

모용기가 모습을 보이자 장철삼이 호들갑을 떨었다.

그리고는 모용기를 수행하기라도 하겠다는 듯이 제 창을 집어 들고 자리에서 벌떡 일어섰다.

모용기가 고개를 저었다.

"그럴 것 없어요. 혼자 다녀올 거니까."

"네? 하지만……."

"그냥 있어요. 이건 저 혼자 해결해야 하는 일이니까. 그보다 장 무사는 왜 안 떠났어요? 할아버지가 안 계셔서 남아 있을 이유가 없었을 텐데요."

실제로 신의의 장원에 머물던 고수들이 뿔뿔이 흩어졌다.

장철삼이 굳이 남아 있을 이유가 없었던 탓이다.

장철삼이 머리를 긁적이며 대꾸했다.

"저도 처음에는 그러려고 했는데……."

"근데요?"

"하루, 이틀 미루다 보니까 어느 순간 제법 시간이 흐른 이후였습니다. 그리고 막상 떠나려고 할 때는 아가씨께서 들이닥치셔서……."

"뭣하러 하루, 이틀 미루고 그랬어요? 진즉에 떠날 것이지. 내 기억엔 강호에 나가고 싶다고 했던 걸로 아는데."

굳이 기억을 되새길 이유도 없었다.

장철삼이 강호에 나서서 신창으로 명성을 떨치던 것을 똑똑히 기억하고 있었기 때문이다.

'그때 진짜 살벌했는데…….'

옛일을 떠올리며 입맛을 다시던 모용기는 곧 고개를 젓고 말았다.

피 흘리며 싸웠던 것이 그리 좋은 기억은 아니었던 탓이다.

"왜 그러십니까?"

"아무것도 아닙니다. 그보다……."

모용기가 고개를 모로 틀며 못마땅하다는 눈으로 장철삼을 쳐다봤다.

장철삼이 의아하다는 얼굴로 고개를 갸웃거렸다.

"왜 그런 눈으로 보십니까?"

"별건 아니고…… 장 무사는 몇 년 전이나 지금이나 어째 변한 게 별로 없는 것 같은데……."

자세한 것은 직접 손을 섞어 봐야 알겠지만 크게 다르지는 않을 것이다.

장철삼의 시간은 5년 전부터 멈춰 있는 듯했다.

모용기가 마음에 들지 않는 듯한 얼굴을 하자 장철삼이 그의 눈치를 보며 괜히 머리를 긁적였다.

"그게…… 굳이 창을 쓸 이유가 없어서……."

한자리에 머물다 보니 자신도 모르는 사이에 정체된 것이다.

처음에는 혼자서 제법 노력도 했지만 좀처럼 늘지 않는 실력에 어느 순간 시들해져 버렸다.

누군가 이끌어 주지도 않고 스스로 발전해야 할 필요성도 느끼지 못하니 당연한 것이다.

그것을 눈치 챈 모용기가 얼굴을 찌푸리며 혀를 찼다.

"담 씨 아저씨한테 좀 봐 달라고 하지 그랬어요."

"그분은 좀 어려워서……."

함께 보낸 시간이 제법 되었지만 여전히 담재선은 어려운 상대였다.

장철삼으로서는 그에게 무언가를 요구한다는 것이 무리였다.

난감한 얼굴을 하는 장철삼을 쳐다보며 모용기가 고개를 저었다.

'아무래도 데려가야겠는데…….'

장철삼과 회귀 전의 인연은 깊지 않았다.

그러나 그 이후가 문제였다.

제법 오랜 시간을 함께 보내면서 정이 쌓이기도 했고, 그가 제 할아비에게 보여 준 헌신을 외면하기도 어려웠다.

'사실 할아버지한테 무공을 배웠으니까 인연이 없지 않았던 것도 아니고. 사실상 동문이나 마찬가지인 건데…….'

결론은 그대로 내버려 둘 수가 없다는 것이다.

"됐어요. 이제부터라도 내가 좀 봐줄 테니까. 그러니까 가서 짐 싸요."

"예? 짐이요?"

"그럼 여기 계속 머무르게요? 강호에 나가 보고 싶다고 했잖아요."

"하지만……."

장철삼이 담설이 있는 안채를 힐끔거렸다.

그가 하고픈 말을 알아챈 모용기가 다시 고개를 저었다.

"어차피 설아도 곧 떠날 거니까 상관없어요. 장 무사 혼자 남아 있을 생각은 아니죠?"

"아가씨가 떠나신다고요?"

"언제까지 여기 남아 있을 줄 알았어요? 여기서 뭐 그렇게 좋은 꼴 보겠다고."

"그럼 어디로……."

"일단 저와 좀 돌아다니죠. 돌아다니다가 일 다 끝나면 우리 집으로 가도 되고."

"공자님 집이요?"

"예, 요동으로. 가면 할아버지도 좋아하실 겁니다."

모용기가 신의를 언급하자 장철삼이 난감하다는 얼굴을 했다.

"신의께서 다시 보지 말자고……."

"그건 그냥 하는 말씀인 거고. 직접 보면 또 좋아할걸요. 그러니까 가서 짐 싸요. 짐 싸서 대기하고 있다가 저 볼일 다 보면 그때 같이 움직입시다."

"볼일이요? 그럼 제가 수행을……."

"짐이나 싸라니까요. 그렇게 오래 걸리진 않을 거니까 서두르세요."

그리고는 미련 없이 등을 돌리는 모용기였다.

툭 하는 소리가 나더니 모용기가 한순간 자취를 감춰 버렸다.

그가 사라진 자리를 물끄러미 쳐다보던 장철삼이 미간을 좁혔다.

"같이 간다고? 아니, 무공을 봐준다고?"

악몽 같은 기억이 떠올랐다.

장철삼이 제법 오랜 시간을 그 자리에서 머무르며 한숨을 푹푹 내쉬었다.

❖ ❖ ❖

예전에 사마철과 마주한 장소를 다시 찾은 모용기가 주위를 휙 둘러봤다.

"여긴 여전히 그대로네."

벌써 5년이란 시간이 흘렀지만 예전과 조금도 달라지지 않은 모습이었다.

계속 확장을 하느라 하루가 다르게 모습이 변하는 남경 외곽과는 전혀 다른 모습이었다.

"이곳은 더 바꿀 이유가 없으니까. 저 안의 꼬맹이가 제 주변이 지저분해지는 것을 원하지 않거든."

등 뒤에서 들려오는 늙수그레한 목소리에 모용기가 신형을 돌렸다.

사마철이 처음부터 그 자리에 있었다는 듯 모습을 드러냈다.

모용기가 히죽 웃으며 목소리를 냈다.

"기척은 좀 하고 다니시지."

"이제는 그럴 필요가 없어 보인다만."

사마철이 깊숙이 가라앉은 눈으로 모용기의 전신을 훑었다.

느릿느릿하게 움직이는 그의 시선을 느긋한 얼굴로 받아낸 모용기가 목소리를 냈다.

"어떻습니까? 예전과는 많이 다르죠?"

"그렇긴 하다만……."

사마철이 고개를 끄덕였다.

그러나 완전히 그의 마음이 채워진 듯한 얼굴은 아니었다.

"그 정도로는 부족하다."

잠시 살핀 것으로 결론을 내리는 사마철이었다.

그러나 모용기는 사마철의 말에 동의하지 않았다.

"그건 해봐야 아는 거고."

"해보지 않아도 안다."

"내력만 보면 그럴지도 모르죠. 그런데 그건 제가 잘하는 것이 아니라서."

"잘하는 것이 아니다?"

사마철이 호기심이 생긴 눈으로 모용기와 시선을 맞췄다.

"네가 잘하는 것은 무엇이냐?"

모용기가 제 검을 탁 하고 치며 말했다.

"검이요."

"검?"

조금은 기대를 하던 사마철이 이내 시들한 눈을 했다.

"외물에 의지해서는 나를 넘어서지 못한다."

"그건 해봐야 아는 거라니까요."

"지금 확인해 보겠느냐?"

사마철의 말에 모용기가 고개를 저었다.

"오늘은 그럴 생각으로 온 것이 아닙니다. 어차피 시간도 많이 남지 않았으니까 조금만 참으시죠."

"그럼 뭐냐? 무슨 이유로 나를 찾은 것이지?"

사마철의 질문에 모용기가 가볍게 심호흡을 했다.

그것으로 조금씩 피어나던 작은 떨림을 완전히 떨쳐 낸 모용기가 사마철과 시선을 똑바로 마주하며 준비해 온 말을 꺼내 들었다.

"알아야겠거든요. 왜 이런 짓을 하는 것인지."

"드세요."

모용기가 준비해 온 술병을 내밀었다.

사마철이 고개를 저었다.

"술 안 마신다."

모용기가 쩝하며 입맛을 다시고는 내밀었던 술병을 거두어 들였다.

그리고는 제 품으로 술병을 감추었다.

사마철이 모용기를 힐끔 쳐다보며 말했다.

"나는 마시지 않지만 너는 마셔도 된다."

"됐어요. 혼자 무슨 재미로 마셔요? 그냥 안 마시고 말지."

"마시려고 들고 온 것 아닌가?"

"저도 술 안 좋아합니다."

"그런데 왜 들고 온 것이지?"

"잘 보이려고요."

자신과 사마철 사이의 딱딱한 기류를 누그러뜨리려 해 본 말이다.

그러나 사마철은 별다른 반응을 보이지 않았다.

모용기가 머쓱한 얼굴로 고개를 돌리더니 이내 크게 기지개를 켰다.

"이야…… 천자 머리꼭대기에도 다 앉아 보네."

사마철과 모용기가 자리한 곳은 건천궁의 지붕 위.

평소 천자가 정무를 보는 곳이기에 틀린 말이라고도 할 수 없었다.

다만 걸리는 것이 없지는 않았다.

모용기가 사마철을 쳐다보며 말했다.

"그런데…… 대화를 하기에 좋은 장소는 아닌 것 같은데요?"

사방에서 살기가 몰려들었다.

건천궁을 에워싼 은자들의 존재를 어렵지 않게 알아챈 것이다.

하나하나 두고 보면 크게 위협이 되는 수준은 아니었지만 수가 많았다.

한꺼번에 덤벼들면 조금 곤란할지도 모른다는 생각이 들었다.

그러나 사마철은 고개를 저었다.

"신경 쓸 것 없다. 주제도 모르고 덤벼들지는 않을 테니까."

"설마 저 정도로 제가 겁을 먹겠습니까? 조금 곤란하긴 해도 제 한 몸 빼는 것에는 무리가 없습니다."

"그런데?"

"듣는 귀가 너무 많아서요. 괜찮으시겠어요?"

"신경 쓸 것 없다. 저들은 듣지 못한다."

사마철의 말에 모용기가 호기심이 가득한 눈으로 그를 쳐다봤다.

모용기의 눈길에 사마철이 떠밀리기라도 하듯 말을 이어 갔다.

"저들이 궁으로 들어왔을 때 제일 먼저 한 일이 귀를 앗아 가는 것이니까."

"허……."

모용기가 저도 모르게 헛웃음을 흘렸다.

사마철은 여전히 태연한 얼굴이었다.

"천자의 말을 아무나 듣게 할 수는 없지."

"진짜 빌어먹을 일이네요. 뭐 그렇게 감출 게 많다고."

"천자의 말이 새어 나가면 더 빌어먹을 일이 벌어질 수도 있지."

"그렇다고 해도……."

모용기는 여전히 납득을 하지 못한 얼굴이었다.

그러나 그것도 잠시, 얼른 고개를 저으며 잡념을 털어 냈다.

'어차피 내 일도 아니고…….'

굳이 신경을 쓸 이유가 없었다.

그보다 다른 것이 더 중요했다.

"그럼 이제 말 좀 해 주시죠. 왜 나를 되돌렸습니까?"

"예전에 말하지 않았나? 나를 이기면 말해 주겠다고. 내 말을 잊은 것인가?"

"그럴 리가요. 그게 얼마나 되었다고. 당연히 기억합니다."

"그런데?"

"생각해 보니까 그게 허점이 좀 있더라고요. 제가 영감님을 이기지 못한다면 어쩔 수 없지만 혹 이긴다면 그 얘기를 들을 시간이 없을 것 같아서요. 영감님 상대하면서 의식적으로 명줄을 붙여 놓으려다가는 제 명줄이 끊어질 테니까 그러지도 못하고. 그래서 미리 찾아온 겁니다."

사마철이 모용기를 쳐다보며 고개를 모로 틀었다.

"나를 이길 수 있다고 생각하나?"

"오 할."

반반이란 소리였다.

그러나 사마철은 고개를 저었다.

"너무 크게 잡았군. 지금 수준으로 그것의 열 토막을 낸다 하더라도 쉽지 않을 것이다."

"그러니까 내력이 전부는 아니라니까요? 영감님은 칼 맞아도 안 죽습니까? 사람이 그럴 리가…… 결국 칼 맞으면 다 죽어요. 저 밑에 곯아떨어진 하늘의 자식이란 놈도 마찬가지일 텐데 영감님이 뭐라고 버팁니까? 그걸 버틸 수 있는 수준이었다면 벌써 우화등선이라도 했지 여기 남아 있을 이유가 없잖습니까?"

사마철이 모용기와 시선을 맞췄다.

"너는 내가 사람으로 보이느냐?"

"아닙니까?"

"나도 잘 모르겠다. 어느 때는 사람 같아 보이기도 하는데 어느 때는 또 그렇지 않으니."

사마철이 무엇인가를 고민하는 듯 눈빛이 깊어지려 했다.

그러나 모용기는 그것을 고스란히 기다려 줄 생각이 없었다.

"그 생각은 나중에 하시고 제 의문부터 풀어 주시지요. 도대체 어떻게 된 겁니까? 저뿐만 아니라 충허 진인도 그렇고 노도진도 그렇고, 왜 되돌린 겁니까?"

생각의 방해를 받은 사마철이 모용기를 쳐다봤다.

별다른 표정의 변화는 없었지만 이전보다 눈빛이 차가웠다.

그것을 읽은 모용기가 얼른 말을 덧붙였다.

"여기서 날이 밝을 때까지 머무를 수는 없잖습니까? 괜히 문제를 만들 필요는 없다고 생각합니다."

"그렇긴 하지."

"그러니까 고민은 나중에 하시고 제 의문부터 좀 풀어 주시죠."

"흐음……."

사마철이 모용기의 아래위를 훑으며 팔짱을 꼈다.

모용기가 고개를 갸웃거렸다.

"왜 그런 눈으로 쳐다보십니까?"

"충허도 도진이도 그 문제엔 크게 의문을 갖지 않았었지."

"그랬습니까?"

"그렇다."

"그런데 전 알고 싶은데요. 전 충허 진인도 노도진도 아니니까요."

모용기가 좀체 물러서려 하지 않았다.

호기심이 가득한 그의 눈동자를 유심히 들여다보던 사마철이 고개를 끄덕였다.

"정 궁금하다면……."

그리고는 먼 곳으로 시선을 돌리며 말을 이었다.

"주가 놈이 나라를 세울 때 명교의 도움을 받았었지."

"명교? 마교요?"

사마철의 모용기의 질문을 무시하며 계속 말을 이었다.

"명교에는 재미있는 술법이 많았다. 안개를 드리우는 술법도 있었고 환영을 만드는 술법도 있었지. 조금 더 고급의 술법 중에는 검은 용을 부리는 것도 있었지."

"검은 용? 그런데요?"

"그런데 그중에서도 최상위의 술법은 시간을 다루는 것이다."

"시간이요? 그거 혹시……."

모용기는 짚이는 것이 있던지 눈매를 가늘게 좁혔다.

그 기색을 알아챈 사마철이 고개를 끄덕였다.

"맞다. 그 시간을 다루는 술법 중 하나가 시간을 되돌리는 것이지."

자신이 어떻게 시간을 거슬렀는지 비로소 이해하게 된 모용기였다.

그러나 여전히 의문이 남아 있었다.

"그런 식으로 시간을 다룬다면, 마교가 그렇게 박해를 받을 일도 없었을 것 같은데요? 아무리 죽여도 되살아나니까 건드릴 생각도 못했을 것 같은데."

"아무나 다루는 것은 아니니까. 수백 년이나 되는 명교의 역사 속에서도 시간을 다룰 줄 아는 이는 아마 나밖에 없었을 테니까."

"그렇다면야……."

모용기가 고개를 끄덕였다.

완전히 납득을 한 얼굴은 아니었지만 사마철은 그것까지 신경 쓸 이유를 찾지 못했다.

사마철은 계속 제 말을 이어 갔다.

"시간을 다루는 술법에는 세 가지가 있다. 하나는 시간을 되돌리는 것이고, 또 하나는 시간을 빠르게 돌리는 것이다. 그리고 마지막 하나는 시간을 멈추는 것이다."

"마, 말도 안 돼! 그게 다 된다면 그건 신이나 다를 바 없는 거잖습니까? 그게 말이나 됩니까?"

모용기가 믿을 수 없다는 얼굴로 침을 튀겼다.

사마철이 모용기를 손가락으로 가리켰다.

"네 녀석이 되돌아왔지 않느냐?"

"그, 그거야……."

여전히 불신의 눈으로 자신을 쳐다보는 모용기를 눈앞에 두고 이번에는 손가락으로 자신을 가리키는 사마철이었다.

"그리고 내 시간은 멈춰 있고."

모용기가 저도 모르게 입을 쩍 벌렸다.

"뭐, 뭐요?"

황당하다는 얼굴을 하던 모용기가 한참 후에야 겨우 목소리를 냈다.

"그, 그러니까 이 나라가 망가지는 꼴을 봐야겠다고요?"

"그렇다."

담담한 얼굴로 고개를 끄덕이는 사마철을 쳐다보며 모용기가 얼굴을 찌푸렸다.

그러나 이내 고개를 저으며 다시 말했다.

"굳이 그렇게까지 해야겠습니까? 오랑캐들로부터 어떻게 되찾은 나라인데……."

"예전에도 말했지만 때가 되면 스러지고 다시 일어나고를 반복하는 것, 누가 주인인지는 중요하지 않다."

"하지만 영감님은 태조가 나라를 세우는 것을 도왔다면서요?"

"주가 놈이 내게 이런 짓을 할 줄은 상상조차 못했었지."

"시간을 멈춘 것은 영감님 스스로……."

"놈이 약속을 빌미로 강요한 것이다."

"그럴 바엔 태조 자신에게 해 보면 되는 거 아닙니까? 불로장생은 진시황제도 원하던 것이었는데……."

"자신의 신체가 버텨 내지를 못한다는 것을 알아차린 것이지. 몇 놈 붙잡아다 시험해 봤는데 죄다 몸뚱아리가 터져 나가더구나. 그놈은 의심이 많아 제가 먼저 움직이는 법은 없었거든."

사마철의 대꾸에 모용기가 저도 모르게 헛웃음을 흘리며 말했다.

"허…… 그런데도 영감님한테 시킨 것이고요?"

"그렇다."

"그걸 받아들였습니까?"

"약속이 있었다. 나로서는 거부할 수 없었지."

"고작 약속 같은 걸로……."

모용기가 얼굴을 찡그렸다.

너무 순진한 것 아니냐는 말이 목구멍까지 치솟아 올라왔지만 겨우 삼켜 낼 수밖에 없었다.

사마철이 그런 인물이 아니란 것을 잘 알기 때문이다.

"그런데 시간을 멈추면 좋은 것 아닙니까? 모두가 원하는 게 불로장생 아닙니까?"

"그렇게 생각하나?"

"아닙니까?"

"네 옆에 붙어 다니던 계집아이가 어느 날 갑자기 없어진다고 하면 네 녀석은 어떻게 하겠느냐?"

"예? 그, 그거야……."

"그리고 너는 그 아이를 영원히 볼 수 없다. 네 녀석은 영원히 살아갈 테지만 그 계집아이는 이미 죽고 없으니까. 죽은 사람은 되살아나지 못하니까."

사마철의 말에 모용기는 심장이 덜컥하는 기분이었다.

그러나 곧 고개를 저으며 목소리를 냈다.

"그…… 시간을 되돌리는 것도 가능하다고……."

"가능은 하지만 그것도 한계가 있다. 한계는 둘째 치고 그것도 못 할 짓이더구나."

"못 할 짓이라고요?"

"네 녀석도 되돌아왔으니 생각해 보거라. 그때 네 곁에 있던 녀석들과 지금 네 곁에 있는 녀석들이 완전히 같은 녀석들이더냐? 네 옆에 있는 그 계집아이는 완전히 똑같더냐?"

그 물음에 잠시 고민하는 모용기였지만, 이내 고개를 저었다.

명진이나 철무한이 예전과는 같은 얼굴이었지만 조금씩은 다른 방향으로 향하고 있었기 때문이다.

제갈연만 해도 예전의 그녀와는 많이 다른 모습이었다.

"완전히 같지도 않을 뿐더러 시간이 지나면 또 같은 일의 반복이지. 심적으로 지쳐 가더구나. 도저히 못 할 짓이었지. 그래서 결국은 그 짓을 그만두었지. 수백 년을 그러고 나니 주가 놈에게 이가 갈리더구나. 그래서 방향을 바꾸었다. 주가 놈의 천하를 엎어 버리겠다고."

"수, 수백 년이요?"

치가 떨릴 만도 하다는 생각이 들었다.

상상만 해도 모골이 송연할 정도였다.

그러나 모용기는 얼른 고개를 저었다.

다른 이의 문제를 자신이 해결해야 할 이유를 알지 못했기 때문이다.

"그렇다면 왜 직접 하지 않으십니까?"

"나는 그러지 못한다. 오히려 주 씨의 나라를 지켜야 하는 입장이지."

"그것도 혹시……."

"그렇다. 애초에 그러려고 내게 이런 짓을 한 것이니까."

사마철이 고개를 돌려 모용기와 시선을 맞췄다.

"그래서 너희들을 되돌린 것이다. 내가 있으면 이 나라가 망가지는 것은 불가능하니까."

"그러니까 영감님 말은……."

"날 죽여라. 그러면 된다."

모용기가 복잡한 얼굴을 했다.

대략적인 상황이 그려졌음에도 여전히 혼란스러웠던 탓이다.

그중에서도 가장 어려운 것은 사마철이다.

"아니, 그걸 어떻게…… 시간이 멈췄다면서요? 그럼 내가 무슨 짓을 해도 소용없는 것 아닙니까?"

"호오…… 제법 머리는 굴러가는구나."

"그 정도야 당연…… 아, 이게 아니고. 결국 제가 뭘 해도 헛짓거리라는 말이잖아요? 그렇지 않습니까?"

사마철이 고개를 저었다.

모용기와 시선을 맞춘 사마철의 두 눈이 한순간 빛을 발했다.

"내가 방법을 알려 주마."

모용기가 사라진 자리를 한동안 물끄러미 쳐다보고 있던 사마철이 이마를 짚었다.

격한 감정이 빠져나간 뒤의 무언가가 느껴졌다.

익숙하지 못한 느낌에 잠시 고민하던 사마철이 눈매를 좁히며 중얼거리듯 말했다.

"피곤하다?"

오랫동안 잊고 지냈던 느낌이었다.

어느 순간 무감각해졌던 것이 갑자기 찾아온 것이다.

"감정이 격해졌었나?"

지난 일을 떠올린 것에 제법 심력을 소모한 탓이다.

오랜 시간 경험하지 못했던 것이다.

"누구에게 말해 준 적도 없었으니……."

충허도 그랬고 노도진도 그랬다.

그 이전의 이들 역시 마찬가지였다.

제 일을 꺼낸 것은 모용기가 처음이었다.

자의 반 타의 반이었다.

굳이 꺼내 들고 싶은 것도 아니었고 물어본 이도 없었던 탓이다.

물론 그것이 전부는 아니었다.

어쩌면 기대를 걸고 있는 것인지도 모른다.

겉으로 보기에는 이전의 충허나 노도진보다도 나을 것이 없었다.

그러나 그가 가진 묘한 자신감이 마음에 걸렸다.

근거 없는 자신감일지도 모를 일이다.

그러나 자신이 단 한 번도 경험하지 못했던 얼굴이었다.

시작부터 지고 들어가던 이들이 대부분이었기 때문이다.

"이번에는 끝을 볼 수 있다면 좋겠는데……."

의미 없이 시간을 보내는 것도 이제는 지긋지긋했다.

휴식이 필요했다.

사마철이 한순간 고개를 절레절레 저었다.

"너무 감상에 빠졌군."

그리고는 손을 들어 제 얼굴을 쓰다듬었다.

그 간단한 한 동작으로 감정의 찌꺼기를 완전히 털어 냈다.

사마철은 어느새 이전과 같은 무덤덤한 얼굴로 신형을 돌렸다.

바닥을 찍으려던 사마철이 한순간 멈칫하며 아래를 내려다봤다.

화려한 색으로 덧칠해진 건천궁의 지붕이 그의 시선을 어지럽혔다.

"가급적이면 무너지는 꼴을 보고 싶었는데……."

그러나 그것은 불가능했다.

어느 경우더라도 자신에게는 허용되지 않는 일이었다.

한참이나 무표정한 얼굴로 아래를 내려다보던 사마철이 한순간 바닥을 찍었다.

퍽 하는 소리가 들리더니 조금 시간이 지난 후에 쿵하는 묵직한 울림이 울려 퍼졌다.

건천궁의 지붕 위에 자신이 남긴 제법 큰 구멍을 확인한 사마철이 고개를 끄덕였다.

"아쉽지만 이 정도로 만족해야겠지."

그리고는 가볍게 바닥을 찍었다.

그 순간 사방에서 호각 소리가 들려오며 순식간에 황궁을 환하게 밝혔다.

"무슨 일이 있나? 갑자기 뭐 하는 짓이지?"

모용기가 환하게 밝아지는 황궁을 돌아보며 고개를 갸웃거렸다.

"누가 침입하기라도 했나? 별다른 건 못 느꼈는데……."

저 정도로 불을 밝힐 정도라면 작은 일은 아니다.

그 정도라면 제법 많은 인원이 동원된 일일 터, 황궁이 제아무리 넓대도 자신의 기감을 피해 갈 수는 없었다.

"그게 아니면 절정의 고수라는 건데……."

한참이나 황궁을 노려보며 이유를 찾던 모용기는 곧 시들한 눈으로 고개를 저었다.

"그 영감탱이가 알아서 하겠지. 차라리 홀라당 다 날려 먹었으면 좋겠는데……."

자신이 말을 하면서도 헛된 기대라는 것을 잘 아는 모용기였다.

사마철을 그 정도로 해결할 수 있다면 이런 고생을 할 이유도 없었다.

모용기가 다시금 타박타박 걸음을 옮겼다.

"썩을…… 방법을 알면 지 스스로 해결할 일이지."

사마철을 떠올리자 못마땅하다는 기색이 얼굴에 드러났다.

부담스러운 일을 떠맡긴 것이 마음에 들지 않은 탓이다.

한편으로는 걱정도 됐다.

"이거 해결은 가능한가?"

사마철이 방법이라고 알려 준 것이 그리 쉽지 않은 탓이다.

말은 쉽게 했지만 성공하기는 어려운 일이다.

어찌 보면 불가능에 가깝다고 해도 과언이 아니었다.

모용기가 난처한 마음에 얼굴을 잔뜩 찌푸리며 한숨을 푹푹 내쉬었다.

그러나 멀리 신의가 머물던 장원이 모습을 드러내기 시작하자 서서히 얼굴을 고치기 시작했다.

익숙한 기척이 장원 앞에서 서성이는 것을 놓치지 않았던 탓이다.

거리가 좁혀지자 조금씩 윤곽을 드러내기 시작하던 형체가 어느 순간 또렷하게 시선에 틀어박혔다.

모용기가 제갈연에게 다가서며 목소리를 냈다.

"안 자고 뭐 해?"

"어마!"

"뭘 그렇게 놀래? 기척도 숨기지 않았는데."

제갈연이 불만스럽다는 듯이 볼을 빵빵하게 부풀렸다.

"그러니까 그건 네 기준이라고. 보통 사람들이 그 정도 기척을 알아챌 때면 이미 네가 다 접근한 이후라고."

"그런가?"

"그런가가 아니고 그렇다고."

"알았어, 알았어. 그보다 여기서 뭐 하고 있었어? 나 기다렸던 거?"

"당연한 거 아냐? 걱정이 돼서 잠을 잘 수가 있어야지."

"걱정은 무슨. 싸우자고 간 것도 아닌데."

"그게 마음대로 되니? 그랬으면 이런 일에 엮이지도 않았겠지. 그래서? 별일은 없었고?"

"보면 몰라?"

모용기가 어깨를 들썩였다.

제갈연이 그를 한 바퀴 휙 돌아가며 꼼꼼히 살피는가 싶더니 고개를 끄덕였다.

"다행이다. 어디 상한 곳은 없는 것 같아서. 참! 갔던 일은 어떻게 됐어? 원하는 건 얻었어?"

제갈연의 질문에 모용기가 얼굴을 찌푸렸다.

제갈연이 고개를 갸웃거렸다.

"왜? 얻지 못했어?"

"아니, 그런 건 아닌데."

"그럼 얻었다는 거네? 그런데 얼굴이 왜 그래? 무슨 문제라도 있어? 원하는 건 얻었다면서?"

"얻기야 얻었지."

"그런데?"

"근데 이게 좀 까다로워서……."

모용기가 미간을 좁히며 얼굴을 찌푸렸다.

그의 얼굴에서 곤란함을 읽어 낸 제갈연이 조심스레 목소리를 내려 했다.

그러나 모용기가 손을 들어 제갈연의 말을 끊었다.

"도망 안 가. 안 가는 게 아니라 못 가. 그 영감이 그 꼴을 두고 보기만 하지는 않을 거거든. 그러니까 그 얘기는 그만하자고."

제갈연이 한숨을 포옥 내쉬었다.

"그럼 어떻게 할 건데? 딱 봐도 쉽지 않은 일일 것 같은데."

"글쎄…… 어떻게든 되겠지. 그 개고생을 했는데 쉽게 무너지기야 하겠어?"

"그럴까?"

"그렇다니까. 그러니까 그 걱정은 접어 두고 들어가서 눈 좀 붙여 둬. 날 밝으면 움직일 거니까."

"벌써?"

"할 일도 다 했는데 이 불편한 곳에 더 남아 있을 이유가 없지."

모용기의 말에 제갈연이 고개를 끄덕였다.

남경이 불편하기는 자신 역시 마찬가지였기 때문이다.

그러나 제갈연은 발을 움직이기 전에 장원 안쪽을 들여다봤다.

"그런데……."

"왜? 또 무슨 문제 있어?"

"설아 말이야. 쉽게 떨어지지 않으려고 할 텐데…… 어떻게 할 거야?"

제갈연이 모용기의 눈치를 보며 담설을 언급했다.

모용기가 담설이 머무는 곳으로 힐끔 시선을 던지며 말했다.

"원래는 따로 움직이려고 했는데……."

"그런데?"

"아무래도 안 되겠어. 같이 움직여야 할 것 같아."

"왜? 위험할까 봐?"

"위험하긴 무슨. 담 씨 아저씨가 있는데 누가 잴 건드려?"

"그러면 왜?"

"담 씨 아저씨가 필요하니까."

"설아네 아버지? 그분을 무슨 이유로……?"

"뭐겠어? 무공이지. 그게 아니면 내가 그 아저씨가 왜 필요하겠어?"

모용기가 당연하다는 얼굴로 대꾸했다.

그러나 제갈연의 의문은 완전히 풀리지 않았다.

"무공? 네가? 소화네 할아버지가 움직여도 손끝 하나 허용하지 않을 거면서?"

이미 2년 전부터 유진산을 압도하기 시작한 모용기였다.

짝을 찾기가 힘들 정도로 무학의 깊이가 상당했다.

담재선이 대단하다고는 하지만 모용기를 감당할 정도는 아니라는 것을 이제는 제갈연도 잘 알고 있었다.

그래서 여전히 의문이 가득한 것이다.

"설아네 아버지가 대단하다고는 하지만 소화네 할아버지만큼은 아닌 걸로 아는데?"

"그렇긴 하지."

"그런데?"

"유 씨 할아버지는 당장 찾아올 수가 없잖아. 담 씨 아저씨는 바로 옆에 있고."

"그게 다야?"

여전히 의문이 가득한 얼굴의 제갈연과 시선을 마주하던 모용기가 한순간 픽 웃음을 흘렸다.

"그게 다지 그럼. 왜? 내가 설아한테 관심이라도 있는 것 같아서?"

모용기의 질문에 제갈연이 흠칫 몸을 떨었다.

그리고는 죄지은 사람처럼 슬그머니 모용기의 시선을 피했다.

모용기가 제갈연의 머리에 제 손을 얹으며 말했다.

"너만 본다고 약속했다니까."

긴장으로 조금은 굳어 있는 듯한 제갈연의 어깨가 풀리는 듯했다.

그러나 한순간 탁하는 소리가 나서니 제갈연이 매서운 눈으로 모용기를 노려봤다.

"또! 또! 머리 만지지 말라니까! 대체 그거 언제 고칠 건데?"

상을 치른 지 제법 오랜 시간이 지났지만 주원종은 단정순의 묘를 쉽게 떨쳐 내지 못했다.

틈만 나면 그의 묘를 찾아 시간을 보냈다.

그리고 그것은 오늘도 마찬가지였다.

여느 때처럼 단정순의 봉분에 등을 기댄 채 늘어져 있던 주원종이 중얼거리듯 목소리를 냈다.

"이놈아, 거기는 좀 편하냐?"

답이 없는 것은 여느 때와 마찬가지였다.

그러나 주원종은 개의치 않는 얼굴로 계속 말을 이었다.

"썩을 놈. 뭐가 그리 급하다고 저 혼자 가서는…… 조금만 더 기다렸다가 나와 같이 갈 일이지. 외로움도 많이 타는 늙은

이가…… 그래도 조금만 더 참아 봐. 얼마 안 있으면 당가 놈이 가서 말벗을 해 줄 테니까."

그 때 봉분의 반대편에서 팽연옥이 불쑥 모습을 드러내더니 주원종을 타박했다.

"이 썩을 놈의 영감탱이가. 왜? 아주 당가 영감 빨리 죽으라고 제라도 지내지 그래?"

그러나 주원종은 아무런 반응이 없었다.

모용의 쌍둥이들을 대할 때에는 예전과 다를 바 없는 모습을 보이는 그였지만 단정순의 묘를 찾을 때에는 항상 깊숙이 가라앉아 있었던 탓이다.

어딘가 맥이 빠진 듯한 그의 모습에 팽연옥이 나직이 한숨을 내쉬며 고개를 저었다.

"내가 말을 말아야지. 그보다 얼른 일어나기나 해. 아이들 나가는데 배웅이라도 해야지."

아이들이란 말에 그제야 반응을 보이는 주원종이었다.

"배웅?"

"내가 이럴 줄 알았다니까. 고새 잊었어? 가주가 순무대전 구경하러 간다고 한 거."

"그랬었나? 그런데 아이들은 왜?"

"왜긴 왜야? 지 애비, 애미가 가는데 애들이라고 내버려 두고 가겠어? 다 같이 가는 거지."

팽연옥의 말에 주원종이 얼굴을 찌푸렸다.

"인아와 지아가 강호에 나서기는 아직 어린데……."

"어리긴 뭐가 어려? 걔들도 벌써 열 살이라고. 영감이 처음

강호에 발을 디뎠던 그 나이."

"나야 철모르고 돌아다녔던 거고. 어쨌든 위험한데……."

"위험하긴 무슨. 제 애비, 애미에 막가 놈과 이가 놈도 함께 하는데. 쓸데없는 말 말고 어여 일어서. 배웅은 해야 할 거 아니야."

주원종이 내키지 않는다는 얼굴로 자리에서 일어서며 툴툴거렸다.

"그놈은 쓸데없이…… 순무대전 그거 뭐 볼 게 있다고 아이들을 강호에 데려가겠다는 건지. 갈 거면 제 놈이나 갔다 오면 될 일이지."

"그렇게 걱정되면 영감이 따라가서 지켜 주든가? 그러면 되겠네."

팽연옥의 말에 주원종이 잠시나마 솔깃한 얼굴을 했다.

그러나 잠시뿐이다.

주원종이 고개를 저었다.

"어떻게 빠져나온 곳인데 이제 와서 또 나간다는 말인가? 지난번엔 어쩔 수 없이 그랬다 쳐도 또 그럴 수는 없는 법이지."

억지로 미련을 끊어 내는 주원종이었다.

그리고는 단정순의 묘를 힐끔 돌아보며 말했다.

"이놈아. 나중에 또 오마."

"오긴 뭘 또 와? 단가 영감도 날마다 찾아오는 영감 때문에 지긋지긋할 텐데, 이제 좀 쉬게 내버려 둬. 어차피 또 볼 날도 멀지 않았으니까."

주원종은 가타부타 대답을 하지 않고 바닥을 콱 찍었다.

"저 영감탱이가……."

순식간에 멀어지는 그의 뒷모습을 쳐다보며 얼굴을 찌푸리던 팽연옥은 그를 뒤따르기 전에 단정순의 봉분을 향해 시선을 돌렸다.

"내가 자주 찾지 않는다고 매정하다 생각하지 말고……."

씁쓸한 얼굴을 하던 팽연옥이 한순간 고개를 저으며 얼굴을 고쳤다.

그리고는 바닥을 콱 찍으며 몸을 날렸다.

"나도 같이 가!"

"콜록, 콜록……."

당명이 연신 마른기침을 뱉어 냈다.

간간이 핏물이 배어 나오는 것을 확인한 당소혜와 당소문이 어두운 얼굴을 했다.

달리 방법이 없다는 것을 알기 때문이다.

다친 것도 아니고 병이 든 것도 아니었다.

한 해 한 해 세수를 더하면서 자연스레 기력이 쇠한 것이다.

그것이 문제였다.

차라리 병이 들거나 상처가 난 것이라면 신의가 해결할 수 있는 문제였지만 기력이 쇠한 것은 다르다.

이런 경우는 신의도 속수무책이었다.

게다가 당명의 경우는 약을 써서 기력을 보충하는 것도 쉽지 않았다.

당명의 내부에 쌓인 독이 그것을 어렵게 만들었기 때문이다.

내력으로 간신히 억누르고 있는 상태에서 섣불리 약을 써서 자칫 독을 자극하기라도 한다면 걷잡을 수 없는 상황이 되기 때문이다.

그리고 그러한 사실은 당명 자신이 누구보다도 잘 알고 있었다.

독을 다루는 이의 말로는 대부분 비슷했기 때문이다.

간신히 기침을 멈춘 당명이 제 손주들을 쳐다보며 고개를 저었다.

"그럴 것 없다. 살 만큼 살았으니까 더는 미련도 없다."

"할아버님……."

"콜록, 콜록."

당소문이 말을 꺼내기가 무섭게 또다시 기침을 시작하는 당명이었다.

더욱 더 침울해진 얼굴로 차마 말조차 꺼내지 못하는 당소문을 힐끔 쳐다본 당소혜가 무언가 결심을 했다는 얼굴로 고개를 끄덕였다.

"아무래도 제가 남아야겠습니다."

제 할아비가 등을 떠밀었다고는 하지만 도저히 자리를 비울 수가 없었다.

당장 숨이 멎어도 하등 이상할 것이 없는 제 할아비를 두고는 발길이 떨어지지 않았던 탓이다.

그러나 당명은 간신히 기침을 멈추며 고개를 저었다.

"그럴 것 없다. 너도 함께 가거라."

"하지만 할아버님……."

"언제까지 본가와 등을 돌린 채 지낼 것이냐? 네 아비도 올 터이니 이번 기회에 그 문제를 해결하거라."

가문의 어른이라고는 하나 부녀 사이의 일에 함부로 끼어들 수는 없었다.

게다가 다른 이라면 몰라도 당화문은 가문의 주인이었다.

조언 정도라면 몰라도 그 이상의 일에 관여한다는 것은 가주의 권위에 손상을 입히는 것이나 다름없었다.

결국 당사자가 직접 해결해야 할 문제였다.

원래는 쉽지 않은 일일 터이지만 다행히 모용기가 끼어들며 상황이 변했다.

이제는 관계의 복원이 가능했다.

그리고 이런 일은 가급적 빨리 해결하는 것이 좋다.

그래서 억지로라도 당소혜의 등을 떠미는 것이다.

그러나 당소혜는 여전히 내키지 않는다는 듯한 얼굴이었다.

"하지만……."

그 때 황월영이 끼어들며 당소혜의 말을 잘랐다.

"그리 걱정할 것 없다. 우리가 있지 않느냐? 네가 돌아올 때까지 네 할아비를 잘 지키고 있을 테니까 걱정 말고 다녀오너라."

황월영의 주름진 눈매가 곱게 휘어졌다.

그녀의 웃음은 묘하게 사람의 마음을 안정시키는 힘이 있었다.

당소혜 역시 조금은 누그러진 얼굴이었다.

그러나 완전히 미련을 떨쳐 낸 것은 아니었다.

그런 기색을 눈치 챈 것인지 당명이 다시금 목소리를 냈다.

"황 누님도 계시고 신의도 있지 않느냐? 걱정할 것 없다. 다녀오너라. 네 아비도 눈이 빠져라 기다리고 있을 텐데 실망시킬 수는 없지 않겠느냐?"

당명이 당화문을 거론하자 당소혜의 두 눈이 세차게 흔들렸다.

두려움과 기대가 혼재한 복잡한 눈빛이었다.

당명이 고개를 저었다.

"그런 얼굴 할 것 없다. 네 아비가 널 기다리는 것은 확실하니까. 그렇지 않느냐, 소문아?"

"그렇습니다."

당소문이 고민 없이 고개를 끄덕였다.

그러나 당소혜의 얼굴은 여전히 나아지지 않았다.

황월영이 한 번 더 당소혜의 등을 떠밀었다.

"할아버지에게 제 손주들 얼굴은 보여 줘야 할 것 아니냐? 지아와 인아 역시 제 할아비를 봐야 하는 것은 마찬가지고. 가주 혼자서 그 둘을 데리고 정무맹으로 향한다면 꽤나 고난이 있을 터인데……."

황월영이 제 약점을 찌르자 당소혜가 얼굴을 찌푸렸다.

확실히 마냥 미룰 수는 없는 일이기 때문이다.

당소혜가 한숨을 푹 내쉬더니 제 할아비를 쳐다보며 말했다.

"금방 다녀오겠습니다. 무리하지 마시고요."

"걱정하지 말고 어서 가 보거라."

그리고는 당소문에게로 시선을 돌리는 당명이었다.

"소문아."

"예, 할아버님."

"내가 전해 준 것을 잘 기억하고 있느냐?"

"잊지 않았습니다. 할아버님께서 하신 말씀들 절대로 잊지 않겠습니다."

"그럼 되었다. 이제 그만 가 보거라."

당명이 그 말을 끝으로 피곤하다는 듯이 눈을 감아 버렸다.

그 모습을 여전히 걱정이 가득한 얼굴로 쳐다보고 있던 당소혜와 당소문은 조금 시간이 지난 후 자리에서 일어서며 큰절을 올렸다.

"그럼 다녀오겠습니다."

"가급적 빨리 돌아오겠습니다."

그러나 당명은 더는 말이 없었다.

대신 황월영이 곱게 웃으며 손을 내저었다.

"다녀들 오너라."

"할배. 할배는 안 가?"

모용지가 서운하다는 얼굴로 주원종의 옷깃을 붙잡고 칭얼거렸다.

제 어미를 닮아 커다란 두 눈에 물기가 어렸다.

조금은 마음이 불편할 법도 했건만 주원종은 오히려 얼굴을 찌푸렸다.

"요것이! 또! 또! 한두 번도 아니고 또 속아 넘어갈 줄 아느냐? 어림도 없다, 요것아."

모용지는 나이에 어울리지 않게 영악한 면이 있었다.

벌써부터 자신이 가진 것을 이용해서 다른 이의 마음을 움직이는 방법을 알고 있었던 것이다.

주원종이 못마땅하다는 얼굴로 모용지를 타박했다.

"강호에 나가서는 절대로 그런 짓을 하지 말거라. 이상한 놈들이라도 꼬이면 정말 큰일이 벌어지니까."

"할배는…… 내가 뭘?"

"몰라서 물어? 조그마한 것이 벌써부터 못된 것만 배워 가지고서는. 제 애비도 그렇고, 애미도 그렇고 전혀 그렇지 않은데 어디서 이런 것이 튀어나와서는……."

제 생각대로 되지 않자 언제 그랬냐는 듯이 눈물을 지우고 불퉁한 얼굴을 하는 모용지를 쳐다보며 주원종이 끌끌 혀를 찼다.

안희명이 픽 웃음을 흘리며 말했다.

"딱 보면 모르나? 그놈 닮았지 않나."

"그놈?"

"모용기."

"어째 익숙하다 했더니…… 썩을. 하필 그 뺀질뺀질한 놈을 닮아 가지고서는……."

주원종이 와락 얼굴을 구겼다.

안희명은 오히려 고개를 저었다.

"차라리 그게 낫지. 그놈 닮았으면 강호에 나가서 적어도 손해는 보지 않을 테니까."

"그거야 그놈은 무공이 고강하니까 가능한 거고. 제 주제도 모르고 날뛰다가는 험한 꼴을 당한다는 것 벌써 잊은 겐가?"

"제 애비, 애미에 막가 놈과 이가 놈까지 따라붙는데 무슨 걱정인가? 정 그렇게 걱정되면 자네가 함께 가지 그러나?"

안희명의 말에 주원종이 끙하고 앓는 소리를 내더니 결국은 입을 다물어 버렸다.

더는 강호에 나설 생각이 없었던 탓이다.

그 생각을 읽은 안희명은 다시 한 번 픽 웃음을 흘리고는 모용지의 머리에 손을 얹었다.

"지아야."

"응, 할배."

"내가 뭐라고 했지?"

안희명의 질문에 모용지가 잠깐 고개를 갸웃거리더니 손가락을 하나씩 꼽으며 말했다.

"강호에 나가서 엄마, 아빠 말 잘 듣고. 엄마, 아빠 옆에 꼭 붙어 있고. 모르는 사람 따라가지 말고. 모르는 사람이 주는 것은 함부로 받지도, 먹지도 말고. 또……."

더 생각이 나지 않는지 모용지가 말끝을 흐리며 미간을 좁혔다.

안희명이 자세를 낮춘 뒤 모용지의 남은 손가락 하나를 접어 주며 목소리를 냈다.

"특히 노인과 아이, 여자가 보이면 근처에도 가지 말고."

"아, 맞다! 깜빡했네."

모용지가 짝하고 손뼉을 쳤다.

그 모습이 귀엽다는 듯 부드럽게 모용지의 머리를 쓰다듬던 안희명이 이번에는 모용인을 돌아봤다.

모용지와는 달리 제 아비를 닮아 날카로운 눈매를 한 모용인은 겉모습과 다르게 의외로 순한 성격이었다.

사실 모용지보다는 모용인이 더 걱정이 되는 안희명이었다.

"인아 너도 내가 말한 것을 기억하고 있느냐?"

"응. 누나 잘 따라다니라고."

"그래. 누나 손 놓지 말고. 꼭 붙어다니거라. 알겠느냐?"

모용인이 입을 꾹 다문 채 고개를 끄덕였다.

제법 결의가 느껴지는 듯한 모용인의 심각해 보이는 듯한 얼굴에 저도 모르게 웃음이 나는 안희명이었다.

안희명이 손을 뻗어 이번에는 모용인의 머리를 쓰다듬었다.

그 때 팽연옥이 나서며 한 걸음 뒤에 서 있던 모용소에게 봇짐 하나를 내밀었다.

모용소가 고개를 갸웃거렸다.

"이게 뭡니까?"

"가면서 먹어."

새벽부터 분주하게 움직인다 했더니 먹을 것을 준비한 것이었나 보다.

괜히 뭉클해진 모용소가 그것을 감추고자 얼른 봇짐을 받아 들었다.

"감사합니다."

"됐어. 그렇게 큰 것도 아니고. 그보다 자네 조부는 어디에 갔나? 왜 코빼기도 안 비추는겨?"

"조부님께는 어젯밤에 인사를 드렸습니다."

모용소의 대꾸에 팽연옥이 얼굴을 찌푸렸다.

"하여간 영감탱이하고는. 먼 길 가는 애들 배웅이라도 좀 하지 뭘 그렇게 체면을 차린다고."

"그런 것이 아니라……."

"되었다. 그 영감탱이 성질머리 지랄 맞은 거 알 만한 사람은 다 아니까 편들어 줄 필요 없다. 그보다……."

팽연옥이 한순간 조금 망설이는 듯한 얼굴을 했다.

그녀가 하고자 하는 말이 무엇인지 어렵지 않게 짐작한 모용소가 먼저 고개를 끄덕이며 말했다.

"기아 녀석에게 꼭 전해 주도록 하겠습니다."

선수를 치는 모용소의 모습에 팽연옥이 착잡한 얼굴을 했다.

"그래 주면 고맙고."

"아닙니다. 할머니께서 저희에게 베풀어 주신 게 얼만데…… 괜찮습니다. 그보다 저희는 이제 그만 출발해 보겠습니다. 지아야, 인아야. 이리 오너라."

모용소의 말에 주원종을 붙잡고 아직까지도 칭얼거리고

있던 모용지와 안희명에게 여전히 훈계를 받고 있던 모용인이 쪼르르 움직여 모용소의 다리에 매달렸다.

한 팔에 하나씩, 양팔에 쌍둥이를 안아 든 모용소를 대신해 당소혜가 다시 한 번 고개를 숙였다.

"그럼 다녀오겠습니다. 그리고……."

"당가 영감은 내가 잘 돌보고 있을 테니 걱정할 것 없다. 너희나 조심하거라."

팽연옥이 얼른 가라는 듯이 손을 휘휘 내저었다.

막수광에 이어 제 아내와 아이와 인사를 나눈 이심환까지 마차에 오르는 것을 끝으로 마차가 드디어 움직이기 시작했다.

그리고 오래지 않아 마차가 더 이상 모습을 보이지 않았다.

마차가 남긴 자국을 물끄러미 내려다보고 있던 안희명이 주원종을 쳐다보며 말했다.

"돌아오겠지?"

"당연한 것 아닌가? 제 집이 여긴데 안 돌아오고 무슨 수로 배겨? 특히 이가 놈은 제 처자식도 두고 가지 않았나?"

그것을 물어본 것이 아니었다.

그러나 안희명은 더 말을 하지 않았다.

굳이 말을 많이 해서 가뜩이나 불안정한 주원종을 자극할 이유가 없었기 때문이다.

다만 여전히 불안한 기색을 완전히 지워 내지는 못했다.

그 기색을 알아챈 팽연옥이 고개를 저었다.

"걱정할 것 없어. 소아는 그렇다 쳐도 기아 그놈이 어떤 놈인가? 일 다 해결하고 저 꼬맹이들 데리고 아무 일 없었다는 얼굴로 돌아올 테니까."

"그럴까?"

"그렇다니까. 그러니 걱정하지 말어."

팽연옥이 장담이라도 한다는 듯이 과장스레 고개를 끄덕였다.

그리고는 안희명이 무언가 반응을 하기도 전에 와락 얼굴을 구기는 팽연옥이었다.

"근데 이 영감탱이는 고새를 못 참고 또 거기 간 거 아냐?"

어느새 주원종이 모습을 감췄던 것이다.

씩씩거리며 뒷산으로 걸음을 옮기는 팽연옥의 뒷모습을 물끄러미 쳐다보던 안희명이 가만히 고개를 저었다.

"아이들이 없어도 시끄러운 것은 마찬가지겠구나."

92 章.

참룡회귀록

斬龍回歸錄

조화심이 막사 안으로 들어서자 홍소천이 시선을 돌렸다.

"자네도 왔나?"

"당연하지. 내 제자의 일이 아닌가?"

고개를 끄덕이는 조화심을 쳐다보며 홍소천이 쯧하고 혀를 찼다.

"그깟 순무대전이 뭐가 대수라고."

"그렇게 말하는 것치고는 너무 거창한 것 같은데? 게다가 자네 제자도 참여하지 않나?"

무려 10년 만에 열리는 순무대전.

강호의 모든 이들이 안휘로 몰려들다시피 할 정도로 많은 이목이 몰리는 중요한 행사였다.

기다리는 시간이 길었던 만큼 기대가 가득했던 것이다.

"그래 봐야 애들 재롱 잔치 아닌가? 뭐 볼 게 있다고 다들 몰려들었는지, 원."

"허허, 재롱 잔치? 아이들의 실력이 만만치 않다는 걸 알면서 하는 말인가?"

조화심의 반론에도 홍소천은 심드렁한 얼굴이었다.

강호에서 가장 중요한 행사라 할 수 있는 순무대전에는 전혀 관심이 없다는 듯한 태도였다.

조화심이 의아하다는 얼굴로 고개를 갸웃거렸다.

"다른 일이 있는 건가?"

"맞아."

"순무대전보다 더 중요한?"

"그래. 우리의 명운이 걸렸다고 해도 과언이 아니니까."

홍소천의 말에 조화심이 멈칫하더니 딱딱하게 얼굴을 굳혔다.

그리고는 이내 눈매를 좁히며 제 의문을 풀어냈다.

"무슨 일이지?"

그러나 홍소천은 고개를 저었다.

"아직은 안 돼."

"나를 믿지 못하는 건가?"

"그런 건 아니고. 예전이었다면 그랬을 수도 있지만 지금은 아니니까."

"그런데 왜 말해 주지 않는 것인가?"

"많이 알아봐야 좋을 게 없으니까."

"그렇다면 운을 띄운 이유는?"

"긴장하고 있으라고. 얼마 남지 않았으니까."

무엇 하나 속 시원히 대답해 주지 않는 홍소천을 쳐다보며 조화심이 얼굴을 찌푸렸다.

그러나 하나는 확실하게 알 수 있었다.

"자네 말을 들어 보니 생각보다 위험한 일 같은데…… 그렇다면 순무대전을 멈추는 게 좋지 않겠나?"

"의미가 없어. 결국은 겪어야 할 일이니까."

"하지만 피해가……."

"일이 잘 풀린다면 피해는 없을 걸세."

"잘못될 수도 있지 않나?"

"그렇다면 할 수 없고. 대신 누구를 경계해야할지 강호의 동도들도 모두 알게 될 테니까 그것 역시 나쁘지는 않지. 또 함께 모여 있으면 저들도 함부로 하지는 못할 테고. 적어도 다 죽이겠다는 미친 생각은 하지 않겠지."

홍소천의 말에 조화심이 얼굴을 찌푸렸다.

"강호의 동도들을 방패막이로 삼겠다는 속셈인가?"

"완전히 부인할 수는 없지. 그런 생각이 아주 없는 건 아니니까. 하지만 한 번은 겪어야 할 일. 차라리 이번에 겪고 난다면 그들 역시 좀 더 경계심을 가지게 될 테니 그들에게도 나쁜 것만은 아니야."

"흐음……."

조화심이 손을 들어 제 수염을 쓰다듬었다.

그리고는 잠시 무언가를 고민하는 듯한 얼굴을 하더니 이내 결론을 내린 듯 다시 홍소천을 쳐다보며 말했다.

"무슨 일인지는 모르겠지만 내가 앞장서겠네. 아이들은 뒤로 물리게."

그러나 홍소천은 고개를 저었다.

"그럴 필요 없어. 우리 몫이 아니니까."

"우리 몫이 아니라니? 그 무슨 말인가?"

"말 그대로 우리 몫이 아니야. 이 일을 맡을 이들은 따로 있으니까."

"그렇다면 내게 왜 긴장하라고 한 것인가?"

"상황이 어떻게 돌아갈지 모르니까. 일이 꼬이면 우리가 나서야 할 수도 있지 않겠어? 자네는 그 준비만 하고 있으면 되네."

이번에도 마음에 들지 않는 말이었다.

그러나 오랜 시간을 함께 보낸 친우를 이제는 신뢰하게 된 것은 조화심 역시 마찬가지였다.

"그렇게 하지. 하지만 하나는 알아 둬야 할 걸세. 만약 내 제자가 잘못되면 자네를 가만두지 않겠다는 것."

홍소천이 픽 웃음을 보였다.

그리고는 재차 목소리를 내려 할 때, 제갈곡이 천막을 걷으며 안으로 들어섰다.

"방주님…… 어? 조 대협이 오셨습니까?"

제갈곡이 조화심을 향해 가볍게 고개를 숙였다.

조화심이 고개를 끄덕이며 말했다.

"오랜만이군."

"그간 별고 없으셨습니까?"

"산에만 있는 내가 일이 있겠나? 일에 치여 사는 자네가 걱정이지."

그리고는 조화심이 홍소천을 돌아봤다.

"군사가 찾아온 것을 보니 아무래도 일이 있는 것 같은데…… 난 그만 가 보겠네."

그 말을 끝으로 조화심이 신형을 돌렸다.

그리고는 제갈곡을 스쳐 지나갈 때, 조화심이 그의 어깨를 툭 쳤다.

"자네라면 이 위기를 잘 헤쳐 나갈 수 있을 걸세. 내 자네를 믿어."

"어? 그게……."

제갈곡이 눈을 동그랗게 떴다.

그러나 조화심은 더 이상 말을 않고 그대로 막사를 빠져나갔다.

그가 사라진 자리를 물끄러미 쳐다보고 있던 제갈곡이 이내 미간을 좁히며 홍소천을 돌아봤다.

"조 대협께 말하셨습니까?"

"긴장하고 있으라고만 했지."

"참으시지 그러셨습니까? 이번 일은 아는 이가 적을수록……."

"걱정하지 말게. 중요한 것은 말하지도 않았고 또 어디 가서 떠벌리고 다닐 친구도 아니니까."

홍소천의 말에도 제갈곡은 여전히 얼굴이 좋지 않았다.

홍소천이 고개를 저으며 그의 어깨를 툭툭 쳤다.

"그럴 것 없다니까. 그보다 어쩐 일인가? 무슨 일이 있는 건가?"

말을 돌리는 그를 보며 제갈곡이 후하고 한숨을 내쉬었다.

내키지는 않지만 그렇다고 마냥 그것만을 생각하고 있을 여유는 없었다.

제갈곡이 홍소천을 쳐다보며 용건을 꺼내 들었다.

"패천성주가 만나자는 연락을 보내왔습니다."

"패천성주가?"

"그렇습니다."

"맞춰야 할 것이 좀 많기는 하지. 언제인가?"

"내일 새벽입니다."

"하필이면…… 가뜩이나 잠도 부족한데."

홍소천이 못마땅하다는 얼굴을 했다.

그러나 그 외에는 다른 이들을 피해 시간을 내기도 힘들었다.

홍소천이 제갈곡을 쳐다봤다.

"자네도 함께 가지."

"저도 말입니까?"

"그래. 세부적인 것은 나보다 자네가 나을 테니까. 자네가 직접 저들과 맞춰 보게."

제갈곡 자신이 생각하기에도 홍소천의 말이 이치에 맞았다.

"알겠습니다. 미리 생각해 두겠습니다."

"그래. 거기 가서 맞출 시간도 없을 테니까. 그럼 이제 끝난 건가?"

"아직 한 가지 더 남았습니다."

여전히 일이 남았다는 말에 홍소천이 한숨을 내쉬었다.

"이번에는 또 뭔가?"

"다른 것이 아니고 모용세가가……."

"모용세가? 그들이 왜? 또 팽가와 시비라도 붙은 것인가?"

"그건 아닙니다."

"그럼?"

"모용세가가 황산에 왔습니다."

제갈곡의 말에 이전 조화심이 그랬듯 홍소천 역시 멈칫하며 딱딱하게 얼굴을 굳혔다.

"하필이면 지금…… 자칫 잘못되기라도 하면 그 괴물이 가만있지 않을 텐데. 그놈이 제 가족은 끔찍이 아낀다고 했었지?"

"그렇습니다."

"망할……."

홍소천이 골치 아프다는 얼굴로 손을 들어 관자놀이를 꾹꾹 눌렀다.

그 모습을 물끄러미 쳐다보던 제갈곡이 조심스럽게 말했다.

"자리를 마련해 볼까요?"

"자리를?"

"예. 모용세가주를 한번 만나서 돌려보내는 것도……."

"어떻게? 자네라면 방법이 있겠나?"

당연히 없었다.

혹시나 해서 말을 꺼내 본 것일 뿐 그라고 해서 뾰족한 수가 있는 것은 아니었다.

제갈곡이 고개를 젓고는 다시 목소리를 냈다.

"은밀하게 사람들을 붙여 놓겠습니다."

"그렇게 하게. 변을 당하지 않도록 각별하게 신경 쓰고."

"물론입니다. 그럼 인사라도……."

"되었네. 다른 이들도 가급적이면 만나 주지 않는데 요청도 하지 않은 그를 만나서 이목을 끄는 것은 좋지 않아."

"당장은 그럴 수도 있겠지만 나중을 생각하면……."

"그때는 그때 가서 생각하면 되는 거고. 아직 일이 남았나?"

"아닙니다."

"그럼 그만 가 보게."

"알겠습니다."

홍소천의 축객령에 제갈곡이 가볍게 고개를 숙이고는 신형을 돌렸다.

그 때 홍소천이 다시 그를 불렀다.

"군사."

제갈곡이 시선을 돌리며 대꾸했다.

"말씀하십시오."

"다른 게 아니고, 잠도 좀 자 두게. 눈 밑이 퀭한 게 그러다가 자네가 나보다 먼저 죽겠어. 적당히 휴식도 좀 취하게."

홍소천의 말에 제갈곡이 쓴웃음을 보이더니 고개를 끄덕였다.

"그렇게 하겠습니다."

❖ ❖ ❖

조금이라도 평지가 있다면 천막이 빼곡히 들어차 있는 황산.

황산파가 존재하기는 했지만 강호에서 몰려든 이들이 너무 많아 모두를 수용할 만한 여력이 없었기 때문이다.

그 탓에 좀처럼 자신들의 천막을 펼 자리를 찾지 못한 모용소가 얼굴을 찌푸렸다.

"이거 아무래도 너무 늦은 것 같은데…… 이러다가 밤이슬을 맞아야 할지도 모르겠어."

자신들은 문제가 없었지만 쌍둥이가 문제였다.

하루 이틀이라면 모를까 그보다 시간을 더 보내게 된다면 분명 문제가 생길 것이다.

신기하다는 눈으로 주변을 두리번거리고 있는 쌍둥이를 쳐다보며 모용소가 곤란하다는 얼굴을 했다.

그 때 막수광이 그에게 다가서며 말했다.

"제가 조금 더 찾아보겠습니다."

"부탁드립니다. 굳이 좋은 장소를 구할 필요까지는 없습니다."

"알겠습니다."

막수광이 고개를 끄덕이더니 이내 신형을 돌리고는 멀어져 갔다.

그 모습을 물끄러미 쳐다보고 있던 모용소가 당소혜에게로 시선을 돌렸다.

"그런데 처남은 보이지가 않네?"

"아버님을 뵈러 갔어요."

당소혜의 대꾸에 모용소의 얼굴이 어두워졌다.

절로 한숨이 나오려는 것을 억지로 참아 낸 모용소가 흐릿하게 웃으며 말했다.

"당신도 함께 가지 않고?"

"나중에 찾아뵐게요."

당소혜가 아무렇지 않다는 얼굴로 대꾸했지만 그 안에 담긴 아픔을 알아보기는 어렵지 않았다.

그녀와 시선을 맞춘 채 잠깐 고민을 하던 모용소가 마음을 먹었다는 듯, 크게 숨을 들이키고는 말했다.

"나도 함께 갑시다."

"굳이 그럴 이유는……."

모용소가 고개를 저으며 당소혜의 말을 끊었다.

"불편한 자리에 당신 혼자 보내 놓고 나라고 마음이 편하겠소? 같이 갑시다. 같이 가서 같이 불편합시다. 그리고 할아버님 말씀대로 이번 기회에 어떻게든 풀어 봅시다."

모용소의 말에 당소혜의 두 눈이 한순간 흐려졌다.

당소혜가 얼른 고개를 숙이더니 작은 목소리로 말했다.

"고마워요."

모용소가 다시 한 번 고개를 저었다.

그러나 더 말은 하지 않았다.

더 자극해서 눈물이라도 보이면 좋을 것이 없었다.

여전히 고개를 숙이고 있는 그녀를 물끄러미 쳐다보고 있던 모용소가 한순간 시선을 들었다.

"응?"

한순간 그들에게 몰려드는 여러 개의 기척.

뒤늦게 같은 것을 느낀 당소혜 역시 어느새 차갑게 눈을 굳히며 시선을 들었다.

그리고는 얼른 모용지와 모용인을 찾았다.

"지아야, 인아야. 이리 오너라."

"응?"

"왜……?"

잔뜩 몰려든 사람들을 정신없이 쳐다보기 바쁘던 모용지와 모용인이 의아하다는 얼굴로 시선을 돌렸다.

그 때 이심환이 두 아이를 번쩍 안아 들고는 당소혜를 향해 말했다.

"걱정 말게. 이 녀석들은 내가 돌볼 테니까."

"감사합니다."

당소혜가 가볍게 고개를 숙이고는 다시 제 남편에게로 시선을 돌렸다.

어깨가 딱딱하게 굳어진 모용소. 자신들을 향한 기척이 생각보다 많다는 것을 알아챈 것이다.

당소혜가 제 남편에게로 다가서며 목소리를 냈다.

"누군지는 모르겠지만 사람들이 많으니까 별일은 없을 거예요. 그렇게 긴장할 것 없어요."

"그렇겠지?"

"그럼요. 게다가 상공은 예전의 상공이 아니잖아요. 또 저도 있고 이 장주도 있고…… 별일 없을 거예요."

자신을 안심시키려는 당소혜의 말에 모용소가 억지로 고개를 끄덕였다.

그리고 조금은 나아진 얼굴을 했다.

그러나 여전히 긴장을 늦추지는 않았다.

그 때, 일단의 무사들이 우르르 몰려나오더니 길을 텄다.

"비켜, 비켜! 당가 가주님의 행차시다! 당장 비켜!"

"응?"

의외의 말에 모용소가 눈을 동그랗게 떴다.

그것은 당소혜 역시 마찬가지였다.

부부가 당황한 눈으로 서로를 쳐다볼 때, 당소문을 대동한 당화문이 모습을 드러냈다.

모용소와 당소혜가 놀란 얼굴로 당화문을 쳐다봤다.

말조차 꺼내지 못하는 그들을 물끄러미 쳐다보던 당화문이 이심환에게 안겨 있는 모용지와 모용인에게로 시선을 돌렸다.

"저 아이들이 내 손주들이냐?"

홍소천이 철자강이 건넨 양피지를 펼쳐 들었다.

단 한 장일 뿐이었지만 그 안에 빼곡히 적혀 있는 이름들은 결코 적은 수가 아니었다.

홍소천이 저도 모르게 얼굴을 찌푸렸다.

"더럽게 많군."

모조리 쳐내고 나면 정무맹이 한동안 홍역을 치러야 할 정도였다.

그에 반해 홍소천이 건넨 양피지를 펼쳐 든 철자강은 별다른 감흥이 없는 얼굴이었다.

그의 담담한 얼굴을 확인한 홍소천이 입술을 씰룩거렸다.

개방에서 찾아낸 이들의 반의 반도 안 되는 숫자였다.

상대적으로 부담이 적은 것이다.

"패천성은 얼마 안 된다 이건가?"

"우리는 이미 한번 겪었으니까. 기둥뿌리가 뽑혀져 나가는 줄 알았지."

"썩을…… 이럴 줄 알았으면 틈틈이 쳐낼 걸 그랬어."

홍소천이 한숨을 푹푹 내쉬었다.

그 모습을 물끄러미 쳐다보고 있던 철자강이 고개를 저었다.

'적당히 덮어 두는 것도 나쁘지는 않을 텐데…….'

찻잔을 들며 억지로 삼켜 낸 말이다.

공동의 적을 두고 있다 해도 이후에는 상황이 어떻게 변할지 모르는 법이었다.

굳이 저들을 도와줄 이유가 없었다.

호로록 소리를 내며 가볍게 입술을 축인 철자강이 홍소천을 쳐다봤다.

"그러고 보니 진산의 모습이 보이지 않는군. 이제 완전히 물러난 건가?"

"그랬으면 좋겠는데 아직 미련이 남았더군."

"그런가? 뻔뻔하다 생각도 들지만 쉽게 놓기는 어려운 자리이기는 하지. 그래서 더 얼굴이라도 내비칠 줄 알았는데."

"안 그래도 떼어 놓고 오는 데 애 좀 먹었지. 뭐가 그리도 미련이 많은지."

"내가 손발을 다 꺾어 놓으라 조언하지 않았던가?"

"물론 그렇게 했네. 다 쳐내고 딱 하나만 남겨 뒀지."

"하나? 계율원주 황권을 말하는 것인가?"

"썩을…… 대놓고 염탐했다 말하는 것이냐?"

"그럴 것 없어. 그놈들을 솎아 내는 과정에서 자연스럽게 알게 된 것이니까. 그리고 우리를 속속들이 들여다본 것은 자네도 마찬가지 아닌가?"

할 말이 없어진 홍소천이 끙하고 앓는 소리를 냈다.

그리고는 고개를 휘적휘적 젓고는 말을 돌렸다.

"그 얘기는 이제 그만하고. 움직임을 맞춰야 하지 않겠나?"

홍소천이 제 뒤의 제갈곡을 향해 턱짓을 했다.

"물론 우리보다는 제갈 군사와 하 문주가 말을 맞추는 것이 좋겠지."

철자강이 고개를 끄덕이더니 하수란에게 손짓을 했다.

하수란이 공손히 고개를 숙이고는 제갈곡과 함께 방을 빠져나갔다.

그들의 기척이 완전히 사라지자 홍소천이 다시 목소리를 냈다.

"그보다 검각에서는 연락이 왔나?"

철자강이 말없이 고개를 저었다.

홍소천이 답답하다는 얼굴을 했다.

"달랑 서신 하나 보내 놓고 대체 뭘 어쩌겠다는 건지. 입이라도 맞춰야 실수가 없을 텐데. 이거 괜히 그들을 받아들이겠다 한 것은 아닌지……."

"쓸데없는 걱정. 생각보다 영리한 이들일세. 그러니 어디에도 속하지 않고 아직까지 버티고 있는 것 아닌가."

"그것과는 다른 문제지. 이번 일은 세 무리가 한 덩어리처럼 움직여야 하는데 아무런 상의 없이 그게 가능하겠나? 오히려 망치지나 않으면 다행이지."

홍소천을 물끄러미 쳐다보던 철자강이 얼굴을 찌푸렸다.

"자네, 너무 걱정이 많은 것 아닌가?"

"그거야 당연한 것 아닌가? 상대가……."

차마 뒷말을 이을 수 없었던 홍소천이었다.

그러나 그 의미를 알아듣기는 어렵지 않았다.

그리고 철자강은 고개를 저었다.

"자네 투정을 받아 줄 생각은 없네. 그러니까 그만 징징거리지 그러나."

"뭐라고?"

"그렇지 않나? 우리가 하는 것은 곁가지를 치는 것뿐. 결국 일을 매듭짓는 것은 그 아이들의 몫이지."

철자강의 말에 홍소천이 입을 다물었다.

그리고는 영 내키지 않는다는 얼굴로 중얼거리듯 말했다.

"한심하군."

❖ ❖ ❖

당소혜의 얼굴이 오늘따라 유독 밝게 느껴졌다.

늘 미소를 머금고 있어도 어딘가 어두운 듯한 기색이 엿보이고는 했는데 그것을 완전히 떨쳐 낸 것이다.

괜히 미안한 마음이 들었다.

그러나 말을 꺼내지는 않았다.

묻어 둬도 되는 일을 굳이 후벼 팔 이유가 없는 것이다.

모용소가 크게 기지개를 켜며 전각을 나섰다.

"잠자리가 편해서 그런가? 개운하군."

당가의 도움으로 황산파에 한 자리 차지할 수 있었던 것이다.

모처럼 활력이 도는 듯했다.

이리저리 팔다리를 틀며 굳어진 몸을 풀던 모용소가 한순간 시선을 돌렸다.

"응?"

익숙한 인기척이었다.

그리고 그 기척의 주인이 이내 모습을 드러내더니 모용소에게 다가와 고개를 숙였다.

"일찍 일어나셨습니다."

"아…… 잠자리가 편해서 그런지 조금만 자도 충분하더군. 장인어른께 다시 한 번 인사라도 드려야겠어."

이제는 스스럼없이 당화문을 장인이라 부르는 모용소였다.

당소문이 픽 웃음을 보이더니 고개를 저었다.

"그러지 마십시오. 같은 것을 두 번 세 번 다시 말하는 것을 싫어하시니까요."

"그런가? 자네가 나보다 잘 알 테니 그럼 그렇게 하겠네. 그런데 자네는 이른 아침부터 어쩐 일인가?"

조금은 흐트러진 모습의 자신과는 달리 당소문은 이미 정돈된 모습이었다.

제법 이른 시간부터 준비를 한 것을 어렵지 않게 알아챌 수 있었다.

"어디 외출이라도 하나?"

"친우들을 만나 봐야 합니다."

"친우들? 아…… 순무대전?"

"그렇습니다. 함께 가기로 해서……."

"아침은?"

"친우들과 함께 먹기로 했습니다."

"알겠네. 어서 가 보게. 바쁜 사람을 괜히 붙잡았군."

"아닙니다. 그럼 이만 가 보겠습니다."

"그래. 어서 가 보게. 몸조심하고."

모용소가 손을 휘휘 내저었다.

당소문이 가볍게 고개를 숙이고는 이내 신형을 돌렸다.

멀어지는 그의 뒷모습에 한동안 시선을 빼앗겼던 모용소가 한순간 아쉽다는 얼굴로 한숨을 내쉬었다.

그 때 막수광이 모용소의 곁으로 슬며시 다가서더니 목소리를 냈다.

"아쉬우십니까?"

"당연한 것 아니겠습니까? 우리 기아도 그 자리에 함께 있었으면 좋았을 텐데 말입니다."

모용기의 경지를 엿본 적은 없었지만 그의 실력이 대단하다는 것은 귀가 닳도록 들어 왔었다.

그래서 내심 기대를 하고 있었던 것이다.

막수광이 픽 웃으며 고개를 저었다.

"그 녀석이 고작 순무대전에 낄 수준이 아니라는 것을 저와 이 장주가 누누이 말씀드리지 않았습니까?"

"그야 그렇습니다만 도통 믿을 수가 있어야지요. 우리 기아가 내로라하는 후기지수들이 모조리 덤벼들어도 상대가 안 될 거라니…… 그게 말이나 됩니까? 나이라도 제법 차이가 난다면 모를까. 이 장주와 막 무사가 우리 기아를 너무 과대평가하는 것이 아닙니까?"

모용소는 여전히 제 동생에 대해 모르고 있었다.

막수광은 더 설명할 필요를 느끼지 못했다.

백번 듣는 것보다 직접 한번 보는 것이 더 낫다는 생각이기 때문이다.

"가주도 알게 될 겁니다. 그 녀석도 곧 올 테니까요."

"우리 기아가 정말 오는 겁니까?"

"그렇다고 들었습니다."

막수광의 말에 모용소가 고개를 끄덕였다.

조금은 아쉬워 보이는 듯한 기색은 어느 순간 사라지고 걱정이 가득한 얼굴로 모용소가 중얼거렸다.

"그 녀석 밥은 잘 먹고 다니는지."

그러나 곧 고개를 휘휘 저은 모용소가 막수광을 돌아보며 말했다.

"우리도 어서 준비합시다. 대전의 첫날을 놓칠 수는 없으니까."

"알겠습니다."

제법 높게 쌓인 단 주위로 사람들이 바글바글 몰려 있었다.

무려 십 년을 기다린 순무대전이라 다들 기대가 가득한 얼굴이었다.

첫 순번으로 나서게 된 소무결이 얼굴을 찌푸리며 투덜거렸다.

"싸움박질하는 게 뭐가 재밌다고 몰려들어서는……."

영 못마땅하다는 얼굴이었다.

운현이 픽 웃음을 보이더니 소무결의 어깨를 툭하고 쳤다.

"왜? 부담스러워?"

"부담은 무슨. 산만하니까 그런 거지. 하필 무일이 저 자식이 첫 순번이어서는…… 저거 진짜 쉽지 않은데."

이미 단 위에 오른 임무일이 팔짱을 낀 채 소무결을 내려다보고 있었다.

운현이 별다른 감정을 내비치지 않는 임무일을 힐끔 쳐다보며 말했다.

"차라리 다행 아닌가? 힘만 믿는 무식한 놈 아니야? 주형이

나 민우였다면 더 까다로웠을걸?"

"그 힘만 믿고 덤비는 게 문제라고. 나는 그런 게 제일 까다롭다고."

차라리 기교가 넘치는 고민우나 힘만 믿던 예전과는 달리 힘과 기교가 균형이 잡힌 혁련강이었다면 나았을 것이다.

정반대의 성향인 자신과 임무일은 상극이라 해도 틀린 말이 아니었다.

"이거 진심으로 하면 누구 하나 죽어 나갈지도 모르는데……."

그 부분이 가장 걸렸다.

자신은 물론이고 임무일이 상하는 것도 원치 않았다.

"적당히 끝낼 수 있을지 모르겠다."

그 때 천영영이 다가오며 소무결의 등을 떠밀었다.

"그만하고 어서 올라가기나 해. 무일이 기다린다."

당소문 역시 입을 열어 한마디 남겼다.

"사람들 많다. 지지 마라."

"썩을."

저도 모르게 얼굴을 찌푸리던 소무결이 문득 시선을 돌렸다.

멀찌감치 떨어져 있던 백운설이 소무결과 눈을 마주치자 작게 고개를 까딱거렸다.

여전히 거리감이 느껴졌다.

입맛이 씁쓸했다.

그러나 소무결은 얼른 고개를 저어 잡념을 털어 냈다.

"내가 이럴 때가 아니고…… 다녀오마."

소무결이 타구봉을 질질 끌며 단 위로 올라섰다.

그가 제법 가까운 거리까지 다가서자 임무일이 팔짱을 풀며 말했다.

"기다리다 늙어 죽겠다. 빨리빨리 안 움직이나?"

"시끄러. 하필이면 네가 나와서는……."

"왜? 겁이라도 나는 건가?"

"겁은 무슨! 누구더러 겁을 먹었대? 잊었어? 내가 기아 자식한테 제일 먼저 배우기 시작한 거? 그거 좁히기 쉽지 않다고."

"안 그래도 나도 그게 궁금하긴 했다. 얼마나 좁혀졌는지. 그러니까 한번 제대로 해보자."

임무일을 중심으로 파지직 기파가 치솟아 올랐다.

소무결이 화들짝 놀라며 한 걸음 물러서더니 타구봉을 휘휘 내저었다.

"이 자식. 잊었어? 살살 하라는……."

"아닌데? 죽이지만 말라고 하던데?"

"무슨 개…… 어? 자, 잠깐!"

소무결이 기겁을 한 얼굴로 급하게 뒷걸음질 쳤다.

그 순간 거센 장력이 쾅하고 바닥을 때렸다.

단단한 청석으로 된 바닥이 푹 파인 것을 확인한 소무결이 와락 얼굴을 구겼다.

"이 새끼! 한번 해보자는 거지?"

그리고는 소무결이 크게 몸을 흔들었다.

소무결의 신형이 하나씩 늘어나더니 이내 여덟 명의 그가 팔방을 에워쌌다.

여덟 번째 신선이 반백년 만에 온전하게 모습을 드러낸 것이다.

"저, 저 녀석이 언제!"

홍소천이 경악을 한 얼굴로 자리에서 벌떡 일어섰다.

소무결의 경지가 상당하다는 것은 어렴풋이 알고 있었지만 자신도 불러내지 못한 여덟 번째 신선까지 불러낼 정도라는 것은 전혀 알지 못했던 탓이다.

그리고 그것은 홍소천만이 아니었다.

여덟 번째 신선의 등장에 저마다 감탄한 얼굴로 탄성을 내뱉으려 했다.

그러나 그러한 분위기에 찬물을 끼얹은 것은 임무일이었다.

팔방에서 떨어지는 여덟 개의 타구봉을 확인한 임무일이 제자리에서 빙글 몸을 돌리자 한순간 강력한 기파가 일어나며 소용돌이치듯 거세게 치솟아 올랐다.

임무일의 기파에 여덟 개의 타구봉이 힘없이 휩쓸리는가 싶더니 순식간에 흩어져 버렸다.

임무일이 와락 얼굴을 구겼다.

"썩을!"

순간 소무결의 기척을 놓친 탓이다.

그러나 임무일은 당황한 기색 없이 고개를 들었다.

그리고는 소무결의 타구봉이 뚝 떨어져 내리는 것을 확인할 틈도 없이 바로 주먹부터 뻗어 내는 임무일이었다.

쾅!

콰직하며 임무일의 두 다리를 중심으로 청석판에 균열이 일었다.

강력한 반탄력에 빙글 재주를 돌아 겨우 균형을 잡은 소무결이 타구봉을 잡았던 손목을 주물럭거리며 얼굴을 찡그렸다.

"무식한 자식."

임무일이 히죽 웃더니 단숨에 거리를 좁히며 주먹을 뻗었다.

"제대로 해보자!"

강력한 경력에 소무결의 옷깃이 펄럭이며 휘날렸다.

소무결이 와락 얼굴을 구기더니 타구봉으로 바닥을 찍었다.

그리고는 둥실 몸을 띄우더니 어렵지 않게 임무일의 경력을 피해 냈다.

소무결이 한 바퀴 휙 돌며 타구봉을 내리찍었다.

"누가 겁먹을 줄 알고!"

쾅!

사람들이 빠져나간 황산파는 적막하다 해도 좋을 정도로 인적이 적었다.

하인들마저 모두 순무대전을 관전하기 위해 자리를 비웠기 때문이다.

이제는 잊혀져 가는 형산파의 장로, 조의는 문밖에서 인기척이 느껴지자 뒤적거리던 서책을 덮었다.

"누구시오?"

"해진이오."

"들어오구려."

조의가 고개를 끄덕이자 청성의 해진이 문을 열고 안으로 들어섰다.

조의가 제 앞에 자리를 잡는 해진을 쳐다보며 질문했다.

"변동 사항이라도 있는 것이오?"

"그렇소. 위에서 명령이 내려왔소."

"무엇이요?"

"큰 변화는 아니고 약간의 조정……."

그 순간 조의가 손을 들어 해진의 입을 막았다.

해진이 고개를 갸웃거렸다.

"왜 그러시오?"

"누구 또 올 사람 있소?"

"또 올 사람이라니?"

여전히 의아한 얼굴의 해진을 확인하고는 조의가 확신했다.

조의가 제 검을 집어 들며 목소리를 냈다.

"누구냐?"

그제야 상황을 파악한 해진이었다.

해진이 자리에서 벌떡 일어서며 뒤돌아섰다.

"웬 놈이냐!"

조의 역시 자리에서 일어서며 스르렁 검을 뽑아 들었다.

그 때, 스르륵 문이 열리더니 왕팔이 얼굴을 찡그리며 안으로 들어섰다.

"거, 하던 말이나 계속하지 그러시오?"

왕팔의 등장에 해진이 당황한 얼굴을 했다.

"와, 왕 단주가 여긴 어쩐 일로……."

"몰라서 내게 묻는 거요? 피곤하게 그러지 말고 쉽게 쉽게 갑시다."

"그러니까 뭘……?"

여전히 모른 체하는 해진이었다.

왕팔이 고개를 절레절레 젓고는 조의를 쳐다봤다.

"조 장로는 어떠시오? 할 말이 없소?"

"무슨 말을 하라는 거요? 그보다…… 다짜고짜 찾아와서 대체 이게 무슨 짓이오? 내 이 수모를 참을 줄 아시오? 정식으로 윗선에 항의를…… 어?"

날을 세우던 조의가 한순간 눈을 동그랗게 떴다.

왕팔의 뒤로 또 하나의 인영이 모습을 드러냈기 때문이다.

그리 먼 거리도 아니었다.

그러나 전혀 기척을 잡아내지 못한 것은 충격이었다.

당황한 얼굴을 하는 조의와 해진을 번갈아 쳐다보던 왕팔이 히죽 웃으며 말했다.

"아직도 할 말이 없으시오?"

"그, 그러니까 무슨 말을……?"

"대체 우리에게 왜……?"

왕팔은 둘의 목소리를 더 듣기도 싫다는 얼굴로 신형을 휙 돌려 버렸다.

그리고는 명진의 어깨를 툭툭 두드리며 목소리를 냈다.

"죽이면 안 된다."

"그럴 일은 없습니다."

왕팔이 명진을 지나쳐 문을 나섰다.

그리고는 뒷짐을 진 채 잠시 기다리는 사이, 퍽 하는 소리가 나더니 쨍그랑하며 쇳덩이가 바닥을 구르는 소리가 들려왔다.

"이, 이게 무슨!"

"이런 말도 안 되는!"

당황한 조의와 해진의 목소리가 쩌렁쩌렁하게 울려 퍼졌다.

그 의도를 어렵지 않게 알아챈 왕팔이 픽 웃으며 중얼거렸다.

"그런다고 다른 놈들에게 전해지겠나?"

일부러 거리를 벌려 숙소를 배치했다.

절륜한 내력을 머금은 사자후라면 모를까 조의와 해진의 미미한 내력으로는 어림도 없는 일이다.

"몇 명 사라진대도 거리낄 것도 없고."

수없이 많은 이들이 몰려든 장소였다.

몇몇이 사라진대도 이상할 것은 없었다.

그것이 두 자릿수가 아니라 세 자릿수라도 마찬가지였다.

왕팔이 히죽 웃으며 신형을 돌렸다.

조의와 해진은 혈이라도 짚인 것인지 딱딱하게 굳어진 몸으로 눈만 뒤룩뒤룩 굴리고 있었다.

왕팔이 고개를 까딱거렸다.

"끌고 가."

왕팔의 말이 떨어지기가 무섭게 몇몇 개방 제자들이 모습을 드러내더니 조의와 해진을 짊어 들고는 어디론가 사라졌다.

그제야 왕팔은 여전히 무표정한 얼굴을 하고 있는 명진을 향해 말했다.

"가자. 아직 할 일이 많으니까."

"썩을……."

온몸이 저릿저릿한 것이 뼈와 근육이 비명을 질러 대는 것만 같았다.

임무일의 내력을 고스란히 받아 낸 대가였다.

입가를 따라 가느다란 실선을 그리는 핏물을 슥 닦아 낸 소무결이 이를 빠드득 갈며 으르렁거렸다.

"힘만 믿고 날뛰는 무식한 새끼."

소무결의 말에 임무일이 쓴웃음을 머금었다.

"그게 네가 할 말이냐?"

겉보기에는 오히려 자신이 더하다.

소무결의 타구봉을 받아 내느라 머리는 봉두난발에 옷은 넝마처럼 찢어져 봐줄 수 없을 지경이었다.

심지어 소무결 못지않은 내상을 입은 자신이었다.

억지로 참아 내고는 있지만 금방이라도 토악질이 나올 것처럼 속이 울렁거렸다.

"역시 넌 쉽지가 않아. 이럴 줄 알았으면 내가 널 상대하는 게 아닌데……."

운현이나 당소문 역시 만만찮은 것은 마찬가지였지만 소무결만큼은 아니었다.

자신은 그들 중 하나를 상대했어야 했다.

임무일이 잠깐 고개를 돌렸다.

멀리서 자신을 쳐다보고 있는 정주형이나 고민우 등의 얼굴이 한눈에 들어왔다.

"이러다가 다 질지도 모르겠는데……."

얼마 되지 않은 격차였지만 여전히 그대로였다.

제법 오랜 시간이 지났지만 따라잡는다는 것은 정말 쉽지 않았다.

그것은 자신의 친우들 역시 마찬가지일 터였다.

그러나 임무일은 얼른 고개를 저었다.

"아니, 아니지."

아직 끝난 것이 아니다.

그리고 여전히 써먹어 볼 만한 한 수는 남아 있었다.

다시 눈빛이 살아나는 임무일의 모습에 소무결이 눈매를 가늘게 좁혔다.

"썩을…… 그냥 찌그러질 것이지."

"너라면 그럴 수 있겠나? 어림도 없지."

"그 몸으로 뭘 하겠다고? 그러다 진짜 다친다."

"너라고 멀쩡한 건 아니지. 그리고 다칠 걸 걱정했다면 이 자리에 나서지도 않았고."

말을 마친 임무일이 한순간 크게 숨을 들이켰다.

그와 동시에 사방에서 임무일을 중심으로 기류가 몰려들었다.

그것의 의미를 잘 알고 있던 소무결이 와락 얼굴을 구기며 이전처럼 어깨를 좌우로 흔들었다.

순식간에 여덟 개의 인영으로 흩어진 소무결이 임무일을 중심으로 원을 그렸다.

제법 많은 내력과 체력을 소모했음에도 움직임은 여전했다.

그것을 알아챈 임무일이 얼굴을 찌푸리다가 이내 고개를 젓고는 진각을 밟았다.

쾅하는 소리와 동시에 임무일의 신형이 무섭게 치솟아 올랐다.

무려 오 장이나 되는 높이에서 거만한 얼굴로 자신을 내려다보는 임무일을 향해 여덟 개의 신선이 돌멩이를 집어 던졌다.

"내려와!"

제법 내력이 담긴 돌멩이가 매섭게 날아들었다.

그 순간 임무일이 한 발을 들어 크게 내리찍었다.

무형의 기류가 몰려들며 거대한 발자국을 남겼다.

쾅!

임무일이 남긴 거대한 발자국을 간신히 피해 낸 소무결이 이를 빠드득 갈며 소리쳤다.

"진짜 해보자 이거지!"

임무일이 들은 체도 하지 않고 두 번째 발자국을 남기려 크게 발을 내디뎠다.

그 순간 여덟 명의 소무결이 사방으로 타구봉을 뿌려 댔다.

타구봉법의 마지막 절초 천하무구였다.

하나하나의 힘은 크지 않지만 그것이 모여들면 어마어마한 거력이 된다.

쾅하는 소리가 나더니 소무결의 타구봉이 임무일의 발자국을 갈기갈기 찢어 버렸다.

마지막 수마저 통하지 않자 임무일이 저도 모르게 욕설을 쏟아 냈다.

"젠장!"

더는 시도해 볼 만한 무언가가 없었기 때문이다.

두 번에 걸친 학조인사로 인해 내력이 고갈된 것이다.

임무일이 더는 버티지 못하고 힘없이 떨어져 내렸다.

그리고 소무결이 기다렸다는 듯이 임무일에게 달려들며 타구봉을 떨쳐 냈다.

임무일이 이를 악물며 일장을 뻗어 냈다.

쾅하는 소리가 들리더니 임무일의 신형이 쭉 밀려났다.

퍽!

"컥!"

흙바닥을 구른 임무일이 답답한 신음성을 토해 냈다.

더는 조금의 힘도 남아 있지 않았다.

그러나 본능은 어서 일어서라고 강요했다.

바닥을 구르며 꿈틀거리던 임무일이 억지로 바닥을 짚으며 몸을 일으키려 했다.

그러나 그 순간 시커먼 물체가 그의 목 앞에 불쑥 모습을 드러냈다.

그것이 소무결의 타구봉임을 알아챈 임무일이 얼굴을 찌푸렸다.

"역시 안 되나?"

그 순간 모든 것을 놓아 버린 임무일이다.

임무일이 픽하는 소리와 함께 다시 땅바닥을 굴렀다.

그가 완전히 정신을 놓았다는 것을 확인한 소무결은 그제야 안도의 한숨을 내쉬었다.

"이 미친놈이 진짜……."

소무결은 그제야 이전부터 감겨 오는 눈을 감을 여유가 생겼다.

쿵!

소무결과 임무일의 대결에 사방에서 환호성이 터져 나왔다.

승리한 정무맹 측의 인사들은 물론이고 패배한 패천성 측의 무리들 역시 마찬가지였다.

생각보다 엄청난 무위를 보여 준 그들의 대결에 승패에 연연하지 않고 모두가 흥분한 것이다.

그것은 정무맹과 패천성의 명사들 역시 마찬가지였다.

소림의 방장 목인이 상당히 놀랐다는 얼굴로 홍소천을 쳐다봤다.

"방주. 정말 대단합니다. 이제 소 시주는 더는 후기지수라 볼 수 없을 정도입니다."

그것은 무당의 장문인 충명 역시 마찬가지였다.

"저, 저 녀석이 언제 저렇게…… 고작 오 년이 지났을 뿐인데."

충명이 믿을 수 없다는 얼굴로 눈을 깜빡거렸다.

한자리에 몰려 있는 각 파 장문인들의 심정을 대변하기라도 하는 듯한 얼굴이었다.

멍한 얼굴을 하고 있던 홍소천이 냉큼 고개를 젓더니 헛기침을 했다.

"커험, 험. 뭐 이 정도를 가지고…… 다들 저 정도는 하는 것 아니겠소? 나이가 몇인데 저 정도도 못할까?"

그러나 말과는 다르게 어깨에 힘이 잔뜩 들어갔다.

기분이 좋은지 입꼬리가 씰룩거렸다.

그 때, 곤륜의 장문인 적안이 픽 웃으며 고개를 끄덕였다.

"암요. 저 정도는 해야지요. 나이가 몇인데."

"그럼요. 당연히 저 정도는 해야…… 응?"

홍소천이 흠칫 몸을 떨더니 시선을 돌렸다.

적안이 여전히 웃는 얼굴로 홍소천의 시선을 받았다.

"앞으로 정무맹을 짊어지고 나갈 아이들인데 저 정도도 못해서야 어디 쓰겠습니까?"

홍소천이 의아하다는 얼굴로 고개를 갸웃거리다가 문득 운현에게로 시선을 돌렸다.

홍소천이 남들이 눈치 채지 못할 정도로 살짝 얼굴을 찌푸렸다.

'썩을…… 저 녀석도 그 괴물한테 배웠었지?'

예전에는 약간의 차이가 있었지만 지금은 어떨지 모른다.

게으른 소무결과 달리 운현은 무공이라면 목숨을 걸고 덤비는 성향이었기 때문이다.

'설마 따라잡진 않았겠지?'

어째 찜찜한 기분이 들었다.

이럴 줄 알았다면 조금이라도 시간을 내어 소무결을 쥐 잡듯 했어야 했다.

괜히 아쉬운 마음에 홍소천이 입맛을 다셨다.

그 때 적안이 고개를 갸웃거리며 목소리를 냈다.

"홍 방주. 왜 그러시오?"

"아, 아닙니다. 그저 흐뭇해서 그렇지요. 장문인 말대로 앞으로를 책임질 아이들 아닙니까?"

"허허. 그렇지요. 내가 그래서 마음이 놓인다오. 어디서 저런 기재들이 동시다발적으로 나타났는지. 앞으로가 더 기대되지 않소?"

적안의 말에 홍소천이 어설프게 웃음을 지으며 고개를 끄덕이려 했다.

그러나 그 순간 제갈곡이 홍소천에게 다가서며 목소리를 내는 바람에 적안과의 대화는 더 이상 이어 갈 수가 없었다.

"방주."

"무슨 일인가?"

"그게…… 잠시 드릴 말씀이……."

제갈곡이 각 장문인들의 눈치를 보며 말했다.

홍소천이 고개를 끄덕이더니 자리에서 일어서서 양손을 모았다.

"잠시 자리를 비우겠습니다."

"그러시오. 어차피 오늘 대결은 끝나지 않았소? 우리도 그만 일어나 봐야겠소."

적안이 자리에서 일어서자 다른 장문인들 역시 그를 따르며 홍소천에게 양손을 모았다.

"천천히 일 보시구려. 우리가 자리를 피해 주겠소."

"방주가 바쁜 것은 다 아니 우리 눈치를 볼 것 없소. 할 일 하시구려."

저마다 한마디씩 남긴 채 자리를 피했다.

다들 밝은 얼굴이었지만 몇몇은 그렇지가 못했다.

특히 팽가의 가주 대신 참석한 팽도명이 그랬다.

그러나 어쩔 수 없다는 얼굴로 자리를 피한 것은 그 역시 마찬가지였다.

모두가 멀어지자 홍소천이 제갈곡을 돌아봤다.

"오늘 일은 어떻게 되었나?"

"잘되었습니다."

"그런가? 다행이군. 별다른 잡음이 없어서."

"그건 그렇습니다만……."

"왜 더 할 말이 있나?"

"조 대협 말입니다. 아무래도 신경이 쓰여서……."

"조화심 말인가? 그 친구가 왜?"

"다른 이도 아니고 사제를 대하는 것 아닙니까? 아무래도 속이 쓰릴 것인데……."

제갈곡이 걱정하는 바를 어렵지 않게 알아챈 홍소천이다.

그러나 홍소천은 고개를 저었다.

"그 친구의 사제이기 때문에 그 친구의 손에 맡긴 걸세. 아무리 성질이 죽었다고는 하나 다른 이가 제 사제를 건드리는 것을 내버려 두지는 않겠지."

"그, 그럼……?"

"걱정할 것 없어. 그래도 한번 만나 보기는 하지. 그 일은 나에게 맡기고 자네는 내일 일을 준비하게. 가급적이면 셋째 날까지는 끝을 봐야 해. 자네가 더 잘 알겠지만."

"걱정하지 마십시오."

조화심의 얼굴이 좋지 않았다.

제 사제가 연루된 일이니 그 심정이 충분히 이해가 갔다.

그러나 무조건적인 배려만을 고집할 수가 없는 상황이었다.

홍소천이 조심스런 얼굴로 물음을 던졌다.

"어떻게…… 물어는 봤나?"

고개를 끄덕이는 조화심을 쳐다보며 홍소천이 다시 질문했다.

"그래서? 뭐 좀 알아낸 것은 있고?"

조화심이 이번에는 고개를 저었다.

"아무 말도 하지 않더군."

"자네에게도?"

"제가 맞다고 생각하는 것에는 입이 무거운 녀석이지."

조화심의 대꾸에 홍소천이 얼굴을 찌푸렸다.

"맞긴 개뿔. 정무맹을 말아먹을지도 모를 일인데 화산이 남아서 뭣하게? 그리고 화산 혼자 남았다고 그대로 내버려 둘 줄 아나? 사냥이 끝나면 사냥개는 삶아 버린다는 것을 왜 모르는 건지."

홍소천이 혀를 끌끌 차며 투덜거렸다.

그런 그를 물끄러미 쳐다보던 조화심이 이번에는 작정을 했다는 얼굴로 목소리를 냈다.

"아무래도 자네는 이번 일의 흉수를 알고 있는가 보군. 사제에게 흉수를 묻는 것이 아니라 다른 이가 더 있는지 물어보라고 한 것을 보면 말일세. 내 말이 틀렸나?"

"왜? 호기심이라도 생긴 건가?"

"당연한 것 아닌가? 아무것도 모른 채로 끌려 다니는 것은 내가 원하는 바가 아닐세. 나뿐만 아니라 누구라도 마찬가지일 걸세. 자네 역시 마찬가지 아닌가?"

"그렇긴 하지."

"그럼 이제 말해 보게. 대체 이게 무슨 일인가? 자네는 알고 있지?"

홍소천이 고개를 저었다.

"말할 수 없네."

"나를 믿지 못하는 것인가?"

"그럴 리가."

"그런데 왜 말을 할 수 없다는 것인가?"

"그거야……."

무언가 대꾸를 하려던 홍소천이 문뜩 말끝을 흐렸다.

그리고는 또다시 고개를 젓고 말했다.

"말할 수 없어. 하지만 하나는 확실하게 말해 줄 수 있네. 일이 잘못된다 해도 자네나 화산에 해가 되는 일은 없을 걸세. 이것은 확신하지."

홍소천의 말에 담긴 의미를 어렵지 않게 읽은 조화심이 얼굴을 찌푸렸다.

"일이 잘못될 경우 자네 혼자 다 떠안을 생각인가 보군. 자네 제정신인가?"

조화심이 핵심을 짚은 것인지 홍소천이 입을 다물었다.

조화심이 재차 목소리를 냈다.

"너무 순진한 생각 아닌가? 상대가 누군지 모르겠지만 그렇게 순순히 넘어가겠나?"

"순순히 넘어가지는 않겠지만 적당한 선에서 물러설 걸세. 다 죽이지는 않을 테니까."

"그게 그렇게 쉽다고?"

"내가 책임질 걸세. 그러려고 전면에 나서는 것이니까. 그럼 되는 일이야."

"그게 말이 된다고 생각하나? 백번 양보해서 자네 생각대로 된다 치고…… 자네야 그렇다 치고 개방은? 개방은 어쩔 텐가? 그들이 무사할 수 있겠나?"

"그러지는 못해. 전 중원에 뿔뿔이 흩어져 있는 거지새끼들을 무슨 수로 다 때려잡겠다고."

"그럴 필요가 없지. 수뇌부만 때려잡으면 개방을 와해시키는 것은 어렵지 않을 테니까."

"그럴 일은 없어."

"어떻게 그렇게 확신하나?"

"중원 구석구석에 숨어드는 내 사제들을 다 잡지도 못할 뿐더러 혹 그들이 다 잡힌대도 제자들이 살아남는다면 명맥이 끊어질 일은 없을 테니까. 명맥만 끊어지지 않는다면 언제고 다시 일어설 테지. 그거면 충분하네."

홍소천의 말에 조화심의 두 눈이 깊어졌다.

"자네, 거기까지 생각하는 건가? 그래서 이번 일에 개방 제자들만 내세우는 것이고? 대체 상대가 누구길래?"

"알려 줄 수 없다고 했네. 그렇게 궁금해할 이유도 없고. 어차피 곧 알게 될 테니까. 혹 일이 잘못되면 괜히 나서지 말고 숨죽이고 있게."

"하지만 난 이미……."

"설마 자네 사제가 자네를 팔기야 하겠나? 입 다물고 있게.

그보다 내일은 운설이가 나서는 것이지? 어떤가? 자네 제자 실력에 자신이 있는가?"

홍소천이 화제를 돌렸다.

의도가 빤히 보이는 수였지만 조화심은 더 이상 말을 꺼내지 않았다.

'자네 말대로라면 어차피 곧 알게 될 테니…….'

조금만 인내심을 가지면 될 일이다.

그 이후는 상황을 보고 움직이면 된다.

일단은 그 일에 대해 잠시 눈을 감기로 한 조화심이었다.

"당연한 것 아닌가? 지난 오 년간 내가 직접 가르쳤어. 어디 내놔도 부끄럽지 않을 실력이지."

"그런가? 그럼 우리 무결이와 비교하면?"

홍소천의 코끝이 조금은 치켜 올라갔다.

그가 말하고자 하는 바를 알아챈 조하심이 픽 웃음을 보였다.

"적어도 쉽게 지지는 않을 테지."

"지긴 진다는 말이렷다?"

"너무 양심이 없는 것 아닌가? 무결이는 그놈에게 한참 먼저…… 아, 그러고 보니 그놈은 왜 보이지 않는 것인가? 순무대전에 참여하지 않는 것은 그렇다 치고 왜 얼굴조차 보이지 않는 것인가? 보니까 모용세가에서도 온 것 같던데……."

모처럼 모용기에게 생각이 미친 조화심이다.

그러나 홍소천은 고개를 저을 수밖에 없었다.

"나도 몰라."

"모른다고? 그 녀석과 긴밀한 관계를 맺고 있는 것 아니었던가?"

"긴밀하긴 무슨…… 몇 년째 연락조차 없는 녀석인데."

"아쉽군. 어쩌면 그 녀석이 도움이 되었을지도 모를 일인데."

홍소천의 말대로 일이 잘못된다 해서 그를 외면할 생각은 추호도 없는 조화심이었다.

홍소천, 소무결과 관계를 맺고 있는 모용기 역시 마찬가지라 생각했다.

그의 부재가 아쉽게 느껴지는 조화심이었다.

입맛을 다시는 조화심을 홍소천이 이상하다는 눈으로 쳐다봤다.

"자네…… 그 녀석을 씹어 먹겠다고 하지 않았었나?"

"그런 적 없네."

"좋은 관계는 아니었던 걸로 기억하는데?"

"나이가 들면 생각이 변하는 법이지."

"그 녀석은 안 그럴 것 같은데……."

"어쩔 수 없지. 한 짓이 있으니…… 결국 시간이 해결해 주겠지."

얼굴 한 번 찡그리지 않고 자신의 말을 받아넘기는 조화심을 쳐다보며 홍소천이 새삼스럽다는 얼굴을 했다.

"왜 그렇게 쳐다보나?"

"자네…… 정말 많이 변했군."

"또 그 소린가?"

"그냥 하는 말일세. 그보다 그 녀석 걱정은 할 것 없네. 곧 모습을 드러낼 테니까."

"그 녀석이 온다는 말인가? 역시 연락이 되나 보군."

"그건 아니고."

"무슨 말인가? 연락이 안 된다는 말인가? 그런데 어떻게 그렇게 확신하나?"

"그럴 만한 일이 있으니까."

"이번에도 말해 주지 못하는 것인가?"

"자네에게는 항상 미안하다 생각하고 있네."

조화심이 못마땅하다는 듯이 얼굴을 찌푸렸다.

홍소천은 피곤하다는 얼굴로 의자에 깊숙이 몸을 파묻으며 중얼거리듯 말했다.

"얼마 안 남았네. 조금만 참게."

93 章.

참룡회귀록

斬龍回歸錄

93 章.

밤이 깊었다.

불빛조차 들지 않아 칠흑 같은 어둠 속에 홀로 자리를 지키고 있으면서도 금소소의 얼굴은 조금도 변함이 없었다.

그리고 그것은 근처에서 인기척이 느껴져도 마찬가지였다.

금소소가 인기척이 나는 방향으로 시선을 돌렸다.

"왔느냐? 왔으면 나오거라."

모용기가 불쑥 모습을 드러내며 손을 들었다.

"아줌마, 오랜만!"

제 딴에는 반가움을 표한 것이지만 제갈연은 영 못마땅하다는 얼굴이었다.

제갈연이 모용기의 옆구리를 꼬집었다.

"앗! 아야! 뭐 하는 거야?"

"너야말로 뭐 하는 거야? 버릇없이. 제대로 인사하지 못해?"

"제대로 한 건데?"

"어딜 봐서? 누가 봐도 버릇이……."

그 때 금소소가 손을 들어 제갈연의 말을 끊었다.

"되었다. 신경 쓸 필요 없다."

"하지만……."

"괜찮다니까. 그보다 월향의 행방을 찾았다고?"

금소소의 두 눈이 자신을 향하자 모용기가 픽 웃으며 고개를 저었다.

"아줌마, 내가 언제 그 할망구 행방을 찾았다고 말했어? 난 그런 말을 한 기억이 없는데?"

"무슨 소리를 하는 것이냐? 네가 분명 황산으로 오면 그 마녀를 찾을 수 있을 거라 서신을 보내지 않았더냐? 지금 검각을 우롱하는 것이냐!"

금소소의 두 눈이 날카로워졌다.

조금은 살기까지 깃들었는지 무언가 얼굴을 콕콕 찌르는 느낌이었다.

모용기가 마음에 들지 않는지 얼굴을 찌푸리려 할 때, 제갈연이 그를 잡아끌며 대신 앞으로 나섰다.

"미리 말하지만 월향은 곧 모습을 드러낼 것입니다."

"그녀의 행방을 찾았다는 말이더냐?"

"그건 아니고요. 하지만 걱정할 건 없습니다. 그녀는 곧 모습을 드러낼 테니까요."

"어떻게 그렇게 확신하는 것이지?"

"그, 그건……."

제갈연이 우물쭈물하며 말끝을 흐렸다.

모용기가 그녀의 어깨를 짚으며 다시금 앞으로 나섰다.

"아줌마, 말했잖아. 기다리면 나타날 거라고."

"그러니까 그걸 어떻게 확신하는……."

"기다리면 된다니까. 그보다 그 살기 좀 지우는 게 어때? 슬슬 짜증 나려고 하는데."

조금은 도움이 될까 싶어 얼굴을 마주하고는 있지만 애초에 별다른 인연이 없어 양보할 이유를 알지 못했다.

모용기가 못마땅하다는 기색을 보이며 조금씩 얼굴을 찌푸리려 하자 금소소가 멈칫하더니 크게 숨을 들이키고는 감정을 추스르며 말했다.

"미안하구나. 내가 조금은 흥분한 것 같다."

"조금이 아니라 많이."

한마디도 지지 않는 모용기를 쳐다보며 금소소가 끙하고 앓는 소리를 냈다.

그러나 그러한 감정마저 얼른 고개를 저으며 털어 내는 금소소였다.

"그보다 월향이 나타난다는 것은 확실한 것이더냐?"

"그렇다니까. 제 주인이 모습을 드러낼 건데 그 할망구가 뭐라고 구석에 처박혀 있을까. 곧 나타날 거야."

"주인? 그게 누구지?"

"그건 알 것 없고. 아줌마는 내가…… 아니 우리 연아가 시키는 대로만 움직이면 돼."

"그게 무슨 말이냐? 상대가 누군지는 알아야……."

"알면? 버겁다고 꼬리라도 빼게? 그러면 그들이 검각을 가만히 둘 줄 알아? 잊었어? 월향의 주인이라고 한 말."

회귀 전에 검각과 접점이 없었던 것은 그들의 활동이 거의 전무했기 때문이다.

이제 와서 생각해 보니 저들에게 월향이 있었던 탓에 움츠러들어 기를 펴지 못한 것일 터.

다른 이들이라면 몰라도 검각은 화를 피할 방법이 없었다.

다른 이들과는 달리 부담 없이 부릴 수 있는 이들이었다.

그리고 그 생각을 알아챈 금소소가 한숨을 내쉬며 말했다.

"무슨 일인지는 모르겠지만 네가 성공하기만을 기도해야겠구나."

"기도 같은 거 하지 말고 직접 움직여야지. 그래야 조금이라도 희망이 보일 테니까. 검각에서 얼마나 왔어?"

"서른 정도 왔다."

"수준은?"

"나보다 뛰어난 고수들만 선별했다."

"오호. 검각에서 꽤나 신경 썼네?"

"그 마녀를 잡는 일이니까."

월향에 대한 검각의 원한이 생각보다 깊다는 것을 알 수 있는 대목이었다.

조희진과도 관계된 일이라 조금 호기심이 생기긴 했지만 모용기는 고개를 저었다.

'남의 일에 껴서 좋은 꼴 본 적이 없으니까.'

모용기가 제갈연을 돌아봤다.

"이 정도면 도움이 될까?"

"당연하지. 검각의 고수 서른이면 만만찮은 전력이라고. 충분히 저들을 위협할 수 있어."

"어떻게 써먹을지는 생각해 뒀고?"

"물론이지. 비켜 봐. 이제 내가 얘기할 테니까."

제갈연이 모용기를 밀치며 앞으로 나서더니 금소소와 무언가를 속닥거리기 시작했다.

호기심에 귀를 쫑긋거리던 모용기는 이내 고개를 젓고 말았다.

결국은 뒷수습에 관한 내용이었기 때문이다.

'그나저나…… 담 씨 아저씨는 제때 맞춰서 올 수 있으려나?'

북해로 간 담재선은 시간이 조금 촉박할 듯싶었다.

거리가 거리니 만큼 제시간을 맞추기 어려울 것이란 생각이 들었다.

'늦으려면 차라리 아예 늦는 게 나을 수도 있는데…….'

결과가 좋지 않을 경우 아예 끼지 않는 것이 좋다.

그렇게 된다면 담재선과 담설이 고단하다 하더라도 북해는 명맥을 유지할 것이다.

모용기가 슬며시 고개를 저었다.

그리고는 금소소를 앞에 두고 쉬지 않고 무언가를 속닥거리는 제갈연의 자그마한 입을 쳐다보며 이를 악물었다.

'절대 안 진다.'

❖ ❖ ❖

백의를 걸친 백운설이 단 위로 올라서자 사방에서 탄성이 터져 나왔다.

그것은 흑의를 입은 철소화가 단 위로 올라설 때 역시 마찬가지였다.

물이 오를 대로 오른 두 여인의 자태에 남녀노소를 막론하고 넋을 놓은 듯한 모습이었다.

조금은 소란스러웠던 소무결과 임무일의 대결과는 달리 고요한 분위기에 둘러싸인 두 여인은 주변의 일은 관심도 없다는 듯이 서로에게 집중했다.

그러나 둘의 눈빛에는 다른 감정이 섞여 있는 듯했다.

철소화는 처음부터 싸늘하게 눈빛을 굳히고 있었고, 그것을 마주한 백운설의 두 눈은 조금은 서글퍼 보였다.

일 장도 채 되지 않는 가까운 거리.

서로 다른 감정을 표출하며 서로를 마주하고 있던 두 여인이 동시에 목소리를 냈다.

"어떻게 그런……?"

"소화야……."

냉담한 자신의 목소리와는 달리 백운설의 목소리가 떨려 나왔다.

괜히 마음이 약해지려 했다.

제법 많은 시간을 함께 보낸 터라 감정이 생각대로 통제되지 않는 것이다.

슬며시 눈초리가 풀어지려는 찰나 철소화가 입술을 꼭 깨물며 고개를 저었다.

철소화가 다시금 차갑게 굳은 눈으로 제 검을 뽑아 들었다.

"이미 끝난 일. 다시 꺼내 들어서 뭐해? 주워 담지도 못하는데. 할 일이나 하자고."

"소화야……."

"내 이름 함부로 부르지 마. 다른 언니, 오빠들은 마음이 좋아서 모른 척할지도 모르겠지만 난 그렇지 못하니까."

그리고는 제 검을 불쑥 찔러 넣었다.

쩡!

백운설이 걸친 먼지 하나 묻어나지 않는 정갈한 백의만큼이나 새하얀 검신이 모습을 드러내며 철소화의 검격을 중간에서 끊어 냈다.

제법 강탄 반탄력에 검신이 부르르 떨리며 손아귀에 진동이 전해졌다.

"제법……."

단 한 번 검을 마주한 것으로도 백운설의 실력이 상당히 늘었다는 것을 한눈에 알아본 철소화였다.

자신이 성장하는 동안 백운설 역시 놀고만 있지는 않았다는 것을 어렵지 않게 알 수 있었다.

그리고 그것은 철소화의 투기를 자극했다.

철소화의 까만 눈동자가 번들거리는가 싶더니 한순간 제 검을 강하게 찔러 넣었다.

철소화의 검과 마주하고 있던 백운설의 검이 힘없이 쭉 밀려났다.

"어?"

예상치 못한 상황에 백운설이 눈을 동그랗게 떴다.

그러나 마냥 놀라고 있을 수만은 없었다.

강력한 경력을 머금은 철소화의 검을 떨쳐 내는 것이 우선이었다.

백운설이 바닥을 콱 찍자 그녀의 신형이 미끄러지듯 뒤로 밀려났다.

그리고는 이어질 철소화의 이격에 대비하려 자신의 검을 치켜드는 순간.

백운설이 이번에도 눈을 동그랗게 뜨며 당황하는 듯한 모습을 보였다.

"이, 이런!"

무섭게 날아드는 반월형의 검기.

철소화는 백운설을 따라붙는 대신 검기를 사용한 것이다.

백운설이 입술을 꽉 깨물더니 자신의 검을 쭉 뻗어 냈다.

좋지 않은 선택이라는 것은 어렵지 않게 알 수 있었지만 공간의 제약이 컸다.

단 위를 벗어날 수 없다는 규정을 생각하면 구석으로 몰리는 것은 좋지 않은 상황이다.

백운설의 검을 빈틈없이 감싼 새파란 검기가 반월형 검기의 중앙을 찍었다.

쾅!

귀를 먹먹하게 하는 폭음과 함께 손바닥을 타고 어마어마한 반탄력이 밀려들었다.

내력으로 보호해도 어깨가 덜컥할 정도로 강력했다.

그러나 그 정도는 이미 예상했던 일.

가볍게 검을 휘두르는 것으로 반탄력을 해소하고자 했던 백운설은, 손바닥을 파고들어 손목부터 치고 올라오는 이질적인 기운에 얼굴을 딱딱하게 굳혔다.

"이, 이건……!"

약간이지만 그것을 경험해 본 적이 있었던 백운설이다.

그리고 그것이 상대하기가 까다롭다는 점도 충분히 알고 있었다.

"용천도법! 네가 어떻게…… 그보다 어떻게 공간을 격하고……."

이런 수법은 철무한에게서도 본 적이 없는 수법이었다.

두 눈을 부릅뜨고 철소화를 찾던 백운설은 한순간 흠칫하더니 급하게 뒤로 물러섰다.

그녀가 물러선 공간으로 철소화의 검이 무겁게 훑고 지나갔다.

백운설이 남긴 잔상을 가볍게 잘라 낸 철소화가 이번에도 그녀를 따라잡지 않고 제 검을 휙 내리그었다.

이전처럼 반월형의 검기가 불쑥 형성되더니 백운설을 향해 무섭게 날아들었다.

작정을 하고 덤벼드는 철소화의 모습에 백운설은 더는 물러설 곳이 없다는 것을 어렵지 않게 알아차릴 수 있었다.

백운설이 저도 모르게 아랫입술을 지그시 깨물더니 부드럽게 손목을 움직이며 제 검을 붓처럼 다루는가 싶더니 한 송이 매화를 그려 냈다.

비록 유형화되지는 않았지만 뚜렷하게 느껴지는 매화 한 송이가 철소화의 검기를 때렸다.

이십사수 매화검법의 절초인 매화점개였다.

쾅!

이전보다 더 강렬한 폭음이 터져 나오더니 경력의 파편이 사방으로 흩뿌려졌다.

콰콰쾅!

단상 주위로 자욱한 흙먼지가 피어오르며 시야를 가리려는 순간, 백운설과 철소화가 동시에 몸을 날렸다.

천중문의 장로 강안을 무릎 꿇린 철무한이 뒤를 돌아봤다.

"이 늙은이가 마지막이지?"

"맞아요. 그 늙은이가 마지막."

하유선이 붓으로 양피지에 줄을 하나 쭉 긋더니 생글생글 웃으며 고개를 끄덕였다.

철무한이 떨떠름한 얼굴을 하며 고개를 저었다.

"계집애가 넉살도 좋아. 자기 껄끄러워하는 거 알면서도 생글생글 웃는 걸 보면."

"그럼 울까요? 그럼 그 일을 용서해 줄래요?"

"아니, 그건 아니고."

눈물은 질색이다.

마음이 약해져서가 아니라 짜증이 나서였다.

여인의 눈물은 눈에 보이는 것이 다가 아니기 때문에 그 의미를 파악하려면 제법 머리를 굴려야 했다.

그 과정이 싫은 것이다.

"그리고 그 일은 내가 용서하고 말 것도 아니고. 아버지가 받아들이셨는데 내가 뭐라 하겠어? 까라면 까야지."

철무한의 말에 하유선의 얼굴이 환하게 밝아졌다.

"그럼 예전처럼 오라버니라 불러도……."

"너무 앞서가지 말고."

철무한이 이번에도 고개를 저으며 하유선의 말을 끊었다.

예전과 같은 관계로 돌아가려면 전제가 필요했기 때문이다.

"그건 소화가 마음을 열면 그때 생각해 보지."

철무한의 말에 하유선이 얼굴을 찌푸렸다.

"소화는 뒤끝이 장난이 아닌데……."

꽃에는 가시가 있다 하지만 철소화는 가시만 가진 것이 아니었다.

가시에 독도 품고 있었다.

떨떠름한 얼굴을 하면서도 자신을 밀어내지 않는 다른 이들과는 달리 여전히 자신에게 틈을 보여 주지 않고 있었다.

그녀의 옆으로 돌아가는 것은 보통 일이 아니었다.

잠깐 고민을 하던 하유선이 또다시 웃는 얼굴을 하며 철무한을 쳐다봤다.

철무한이 그녀가 말을 꺼내기도 전에 고개를 저었다.

"싫어."

"아니, 말도 안 꺼냈는데……."

"소화 마음 돌려 달라는 거 아냐? 싫다. 난 못해."

"아니, 그러지 말고…… 말이라도 한번……."

"네 입으로 말하지 않았나? 소화 뒤끝이 장난이 아니라고. 나까지 미움받으라고? 내가 왜? 절대 싫다."

철무한이 단호한 얼굴로 고개를 저었다.

하유선이 얼굴을 찡그렸다.

"그러지 말고 말이라도 붙여 주면…… 소성주님도 제가 소화랑 서먹서먹한 거 두고 보는 것도 곤욕일 거 아니에요? 그러니까 이번 기회에……."

"소화한테 미움받는 게 더 곤욕이다."

"그럼 신무문은요? 나중에 성주님 자리를 물려받으면 결국은 우리가 필요할 텐데, 소화랑 저희가 불편한 관계를 유지하는 것도 부담이 되지 않겠어요?"

"아직 닥치지도 않은 일을 왜 벌써 고민해야 되지? 그건 닥치면 생각하면 되는 일이고."

철무한은 바늘 하나 들어가지 않을 정도로 여전히 냉정했다.

하유선이 답답하다는 듯이 한숨을 푹푹 내쉬었다.

그 때, 멀리서 연신 폭음이 터져 나왔다.

그 폭음의 원인을 어렵지 않게 짐작할 수 있었던 철무한이 시선을 돌렸다.

"이제 시작한 건가?"

백운설과 철소화가 맞부딪치는 소리였다.

같은 것에 관심을 가진 하유선이 어느새 자신의 고민을 지워 내고는 철무한에게 다가서며 목소리를 냈다.

"소화가 이길 수 있을까요?"

"글쎄……."

예전이었다면 불가능하다고 단언했을 것이다.

그러나 지금의 철소화라면 알 수 없는 일이었다.

자신이 무당에 머무는 동안 몰라볼 정도로 성장했기 때문이다.

그리고 그 원인은 어렵지 않게 짐작할 수 있었다.

자신 역시 같은 방식으로 용천도법을 익혔기 때문이다.

"때 되면 알게 된다고 했을 때 짐작했어야 했는데……."

유진산이 남긴 흔적은 일단 경지에 이르고 나면 어떤 식으로든 응용이 가능했다.

도나 검은 물론이고 심지어 맨손으로도 가능했다.

"그것도 모르고 용천도법이 특별한 것인 줄로만 알고서는……."

잠깐 고개를 젓던 철무한은 연거푸 터져 나오는 폭음에 얼른 정신을 차리더니 다시 하유선을 쳐다봤다.

"그런데 어떻게 된 거야? 왜 희진이가 아니고 소화가 나선 것이지? 그것도 하필 백운설을 상대로. 꼭 이겨야겠다고 작정한 거야?"

그 이유가 아니면 철소화를 내보낼 이유가 없었다.

예측 가능한 조희진보다는 예측 불가능한 철소화가 더 확률이 높았다.

그러나 문제가 있었다.

하유선이 언급한 철소화의 독한 성정은 언제든 문제를 야기할 수가 있었기 때문이다.

제법 많은 시간을 친자매처럼 지냈던 백운설이 상대라 더더욱 그렇다.

그러나 하유선은 고개를 저었다.

"그게 아니고, 희진이는 따로 할 일이 있어서요."

"따로 할 일? 걔가? 무슨 일인데?"

철무한이 의아함이 가득한 눈으로 하유선에게 질문했다.

다른 고수들도 즐비한데 굳이 조희진이 나서야 할 만한 일을 떠올리지 못했기 때문이다.

그러나 이번에는 하유선 역시 쉽게 대답할 수 없다는 얼굴이었다.

"그, 그게……."

"그게 뭐? 무슨 일인데? 나한테 말하지 못하는 건가? 아버지가 그렇게 시켰어?"

"아니, 그건 아니고요."

"그럼? 말해 봐. 대체 무슨 일인데?"

자신을 닦달하는 철무한을 쳐다보며 하유선이 곤란하다는 얼굴을 했다.

"말하지 말랬는데……."

"그러니까 누가? 대체 무슨 일인데? 무슨 일인데 걔를 데리고 나가? 주형이나 민우처럼 일문의 후계라면 모를까 걔는 그런 것도 아닌데."

말을 이어 갈수록 철무한의 얼굴에 어린 의아함이 배가 되는 모습이었다.

아무리 고민을 해도 이해가 되지 않았기 때문이다.

그러나 하유선은 여전히 곤란하다는 얼굴로 쉽사리 입을 열지 못했다.

"그, 그게…… 그러니까……."

"그러니까 뭐? 대체 무슨 일이냐니까?"

철무한이 하유선에게 불쑥 한 걸음 다가섰다.

그 탓에 생겨난 그림자가 자신을 덮어 버리자 하유선이 저도 모르게 움찔 몸을 떨었다.

그리고는 주춤거리며 한 걸음 뒤로 물러섰다.

철무한이 얼굴을 찌푸리며 재차 목소리를 냈다.

"누가 잡아먹기라도 하나? 그러지 말고 말해 보라니까. 내가 어디 가서 떠벌리고 다닐 사람도 아니고. 날 못 믿는 건가?"

"아니, 그건 아니고요."

"그럼 말해 봐. 대체 무슨 일……?"

하유선에게 한 걸음 더 다가서며 그녀를 닦달하려던 철무한이 한순간 멈칫하더니 제 도를 뽑아 들었다.

거무튀튀한 도신이 모습을 드러내자 하유선이 당황한 얼굴을 하며 뒷걸음질 쳤다.

"아, 아니…… 무슨 이런 일로 도까지…… 말할게요. 말한……."

그러나 팔을 뻗어 하유선의 입을 틀어막는 철무한이었다.

철무한이 딱딱하게 굳은 얼굴로 천천히 주변을 돌아보며 목소리를 냈다.

"패천성의 철무한이라 합니다. 어디의 고인이신지요?"

제법 정중함이 담긴 목소리였다.

그러나 들려오는 목소리는 그런 것과는 전혀 상관이 없어 보였다.

"고인은 무슨. 나다, 자식아."

그리고는 불쑥 모습을 드러내는 모용기.

철무한이 눈을 동그랗게 떴다.

"너……!"

"뭘 그렇게 놀라?"

"그거야 갑자기 튀어나오니까……."

"온다는 거 알고 있었잖아?"

"그야 그렇지만……."

철무한이 떨떠름한 얼굴로 고개를 끄덕였다.

모용기가 픽 웃음을 보이더니 한쪽 구석에 딱딱하게 굳어진 사내를 향해 턱짓을 했다.

"청소 중?"

"어? 그, 그래."

"아직 더 남았나?"

"아니. 저게 마지막이다."

철무한의 대꾸에 모용기가 고개를 끄덕이더니 어딘가로 시선을 돌리며 다시 말했다.

"저쪽은?"

"거긴 아직 더 해야 할 거야. 우린 전에 한번 도려냈지만 저쪽은 이번이 처음이거든. 내일까지 보고 있는 것 같던데?"

"내일? 흐음……."

"왜? 무슨 문제라도 있나?"

모용기가 대답 대신 멀뚱멀뚱 자신을 쳐다보고 있는 하유선에게로 시선을 돌렸다.

모용기의 시선을 받은 하유선이 흠칫 몸을 떨며 말했다.

"왜? 왜 갑자기……?"

"몰라서 물어? 밑에서 뭐 물어 온 거 없어?"

"물어 오다니요? 뭘 말하는……?"

모용기가 얼굴을 찌푸렸다.

"하오문도 따돌렸나? 그럼 개방도 마찬가지겠네."

"개방도라뇨? 대체 뭘……?"

철무한이 하유선의 소매를 잡아끌었다.

그녀를 뒤로 물린 철무한이 질문했다.

"그거 혹시……."

"혹시가 아니고 그것밖에 더 있겠어? 밑에 빼곡하게 들어차서 피해 오느라 고생했구만."

"빼곡하게 들어차? 설마……."

철무한이 눈을 동그랗게 뜰 때 하유선이 갑자기 빽하고 소리를 질렀다.

"그럴 리가 없어요!"

모용기가 그녀에게로 시선을 돌리며 얼굴을 찌푸렸다.

"이게 미쳤나? 갑자기 왜 소리를 질러?"

"그거야 말도 안 되는 소리를 하니까……."

"뭐가? 뭐가 말이 안 되는데?"

"밑에 빼곡히 들어찼다는 거요. 우리 제자들이 죄다 장님도 아니고 저들이 거기까지 접근할 때까지 연락이 없을 리가……."

하유선이 고개를 절레절레 저었다.

그러나 이어지는 모용기의 말에 그녀 역시 눈을 동그랗게 떠야만 했다.

"제법 많이 죽었던데?"

"예…… 예?"

"제법 많이 죽었더라고. 그래도 한둘은 살아 나가서 연락이라도 주지 않았을까 했더니 꼴 보니까 다 잘려 나갔구만."

모용기가 쯧하고 혀를 찼다.

멍청한 얼굴을 하고 있는 하유선을 대신해 철무한이 앞으로 나서며 말했다.

"썩을…… 당장 올라온다 해도 이상할 것이 없겠어. 이제 어떻게 하지?"

"가서 기다려야지."

"하지만 저쪽은……."

"이왕 이렇게 된 거 패천성의 무사들을 동원해서 속전속결로 끝내는 게 나을 것 같은데."

"그러면 시끄러워지지 않겠어? 순무대전으로 시선을 끌고 있다 해도 남은 이들이 많아. 그것들을 빠르게 처리하자면…… 그리고 대전이 벌어지는 곳에도 제법 많이 나가 있고."

"상관없어. 결국에는 더 시끄러워질 테니까."

모용기의 말에 철무한이 고개를 끄덕였다.

그리고는 아직까지도 정신을 수습하지 못하고 있는 하유선의 어깨를 툭하고 쳤다.

"어? 왜……?"

"가서 애들 챙기자고. 한바탕 더 해야 하니까."

"아……."

하유선이 짝하고 손뼉을 쳤다.

그제야 두 눈에 초점이 돌아온 모습이다.

하유선을 깨운 철무한이 마지막으로 모용기를 쳐다봤다.

"그럼 난 먼저……."

"아, 깜빡했다."

"응? 또 뭘?"

모용기는 대답 대신 제 품에 손을 넣더니 서신 하나를 꺼내 철무한에게 건네줬다.

철무한의 의아하다는 얼굴을 했다.

"이게 뭔데?"

"연아가 전해 주라 하더라고."

"연아가? 그러고 보니 연아는?"

항상 붙어 다니는 제갈연이 보이지 않는다는 것을 그제야 눈치 챈 철무한이었다.

모용기가 손을 휘휘 내저으며 말했다.

"잘 있으니까 가 봐. 가서 일 처리하고 거기 적혀 있는 대로 움직이면 될 거야."

철무한의 얼굴에는 여전히 의문이 가득했다.

그러나 지금은 움직여야 할 때였다.

철무한이 서신을 제 품에 갈무리하고는 고개를 끄덕였다.

"그렇게 하지. 그럼 나 먼저 간다."

그리고는 철무한이 휙 신형을 돌렸다.

그 때 모용기가 그의 어깨를 턱하고 짚었다.

"왜?"

"죽지 말라고."

모용기의 말에 철무한이 픽하고 웃음을 흘렸다.

"지금 누구를 걱정하는 거냐? 나 철무한이다. 패천성의 소성주."

"소성주고 나발이고 죽지만 마. 그러면 되니까."

철무한이 대답 없이 제 어깨에 올려진 모용기의 손을 툭하고 쳐냈다.

그리고는 하유선의 허리를 감싸더니 바닥을 콱하고 찍었다.

순식간에 멀어지는 그의 뒷모습을 물끄러미 쳐다보던 모용기가 한숨을 내쉬듯 중얼거렸다.

"이번에는 죽지 말자. 할배, 할매들처럼 벽에 똥칠할 때까지 살아 보자고."

그리고는 저 역시 바닥을 콱 찍으며 순식간에 자취를 감춰버렸다.

❖ ❖ ❖

여인들의 대결은 남자들의 그것과는 또 다른 맛이 있었다.

임무일처럼 호쾌하거나 소무결처럼 화려한 맛은 없었다. 결렬함도 부족했다. 그러나 움직임의 선이 곱다는 느낌이었다.

그렇다고 위력적이지 못한 것은 아니었다.

경력이 사방으로 튀어 나가며 연신 폭음이 터져 나왔다.

멀리서 그녀들의 대결을 물끄러미 쳐다보고 있던 홍소천이 고개를 끄덕이며 흡족한 미소를 지었다.

"자네 말대로 제법이야. 어디 내놔도 걱정할 일 없겠어. 제대로 가르쳤군."

그에 비해 조화심은 얼굴을 딱딱하게 굳히고 있었다.

백운설이 자신보다 어린 철소화를 상대로 우위를 점하지 못하고 있기 때문이다.

오히려 움직임이 무뎌지는 듯한 모습이었다.

당장 크게 드러나는 것은 아니었지만 조화심 수준의 고수의 눈을 피해 갈 수는 없었다.

그렇다 보니 지금은 비등해 보여도 시간이 지날수록 더 어려워지는 것은 백운설이었다.

"철소화? 성주의 딸인가? 정말 제법이군. 정말 잘 가르쳤어."

조화심의 목소리가 착 가라앉았다.

성격이 많이 온화해졌다고는 하나 본성이 완전히 사라지는 것은 아니다.

수면 아래에 잠들어 있던 승부욕이 불쑥 고개를 쳐든 것이다.

중간에 홍소천을 두고 조화심과 약간은 거리를 두고 있던 철자강이 그 중얼거림을 듣고는 픽 웃음을 흘렸다.

"내 딸이 호락호락할 줄 알았나? 그럴 리가. 누구 핏줄인데."

조화심이 착 가라앉았던 목소리만큼이나 서늘한 눈으로 철자강을 노려봤다.

철자강은 태연한 얼굴이었지만 그의 뒤에 서 있던 철영강은 그렇지 못했다.

그의 눈초리가 사나워지려 하자 홍소천이 얼른 끼어들며 손을 내저었다.

"그래 봐야 애들 싸움 아닌가? 아직 다 자라지 못한 애들이라고. 그렇게 날을 세울 것 없어."

조화심은 철영강을 힐끔 돌아봤지만 딱히 이렇다 할 말은 꺼내지 않았다.

서늘한 눈빛은 여전했지만 문제를 만들지는 않으려는 인상이었다.

그것을 알아본 홍소천이 한숨을 내쉬었다.

'다행히 문제는 없을 듯한데…….'

홍소천이 조금은 안도한 얼굴이었다.

그러나 그것은 조금 빠른 감이 있었다.

멀리 황산파의 전각에서 미미하게 울림이 들려오는가 싶더니 눈에 띌 정도로 자욱한 먼지가 연거푸 피어오른 탓이다.

그것을 확인한 홍소천이 당황한 얼굴을 했다.

"이건 또 뭔…… 그렇게 조용히 처리하라 했더니."

그나마 다행이라면 백운설과 철소화의 대결에 시선을 빼앗겨 황산파에서 벌어지는 일들에 시선을 돌리는 이들이 드물다는 점이었다.

그러나 그것도 오래가지 못할 것이다.

점점 더 빠르게 번져 나갈 것이다.

홍소천이 자리에서 벌떡 일어서자 철자강이 목소리를 냈다.

"지원해 줄까?"

철자강의 의도는 분명했다.

그리고 홍소천의 입장에서는 매력적인 제안이었다.

홍소천이 잠깐 고민하는 듯하더니 고개를 저었다.

"모양새가 좋지 않아. 일단 우리가……."

그러나 홍소천은 끝까지 말을 잇지 못했다.

어느새 모습을 드러낸 제갈곡이 홍소천을 끌어당기며 그의 귓가에 무언가를 소곤거렸기 때문이다.

"방주님. 저기……."

그리고 할 말을 다 한 제갈곡이 그와 거리를 벌릴 때쯤엔 홍소천이 와락 얼굴을 구겼다.

"이런 빌어먹을! 그걸 지금 말이라고! 이 빌어먹을 거지새끼들은 대체 뭘 했길래!"

그와 동시에 철자강을 둘러싼 기류가 한순간 싸늘하게 내려앉았다.

철자강이 제 동생을 돌아보지도 않고 목소리를 냈다.

"저들을 지원해. 시끄러워도 좋으니까 되도록 빨리."

"알겠습니다."

철영강이 가볍게 고개를 숙이더니 순식간에 신형을 감춰 버렸다.

홍소천이 당황한 얼굴을 했다.

"자네 지금 무슨……!"

"달리 방법이 있나? 내부에 적을 두고 밖의 적을 맞이하자는 것은 아닐 테지? 자네가 그렇다고 해도 난 그럴 생각이 없어."

철자강은 더는 감정을 내보이지 않았다.

그럴 여유가 없었기 때문이다.

홍소천이 한숨을 내쉬며 고개를 절레절레 저었다.

그리고는 조화심을 돌아보며 목소리를 냈다.

"자네도 움직여 줘야겠네. 내가 가고 싶지만 나는 함부로 움직일 수 없는 몸이라서……."

홍소천이 미안하다는 듯이 말끝을 흐렸다.

그러나 조화심은 거리낌 없이 자리에서 일어섰다.

"빠르게 처리하자면 조금 시끄러워질지도 모르네."

"할 수 없지. 그건 내가 해결하겠네. 애들은 준비해 뒀으니 함께 움직이게."

조화심이 고개를 끄덕이더니 철영강이 그랬듯 순식간에 자취를 감춰 버렸다.

일단 급한 일을 처리한 홍소천이 절정으로 치닫는 백운설과 철소화의 대결로 시선을 돌렸다.

서로를 향해 검을 겨누고 있는 그녀들을 애매하다는 눈으로 쳐다보던 홍소천이 제갈곡에게 질문했다.

"말릴까?"

"그냥 두는 것이 좋겠습니다. 조금이라도 더 시간을 끌어줄 수 있다면 그게 더 좋으니까요."

"큰 차이는 아닐 텐데? 그게 의미가 있겠나?"

"원래 작은 차이가 큰 차이를 만드는 법입니다."

홍소천이 쩝하고 입맛을 다셨다.

그리고는 다시금 백운설과 철소화에게로 시선을 돌리다가 한순간 두 눈을 부릅뜨며 목소리를 높였다.

"저 썩을 놈이!"

백운설과 철소화의 대결을 지켜보던 모용소가 놀랍다는 얼굴을 했다.

어제 대결을 펼친 소무결과 임무일도 그랬지만 생각보다 수준이 높았기 때문이다.

가끔 당소문과 실력을 겨루며 그의 실력이 만만치 않다는 점은 잘 알고 있던 모용소였다.

다만 그것은 당소문이 특별하기 때문이라 생각했다.

그런데 이들은 그런 당소문을 오히려 상회하는 감이 있었다.

"대, 대단하군."

모용소가 진심으로 감탄했다는 얼굴이었다.

그것은 당소혜 역시 마찬가지였다.

자신들의 세대와는 차원이 다른 수준이었다.

역시나 입을 헤벌리고 있는 모용인과 모용지를 챙기던 이심환이 모용소를 힐끔 쳐다보며 말했다.

"정말 제법이야. 저 정도면 막 아우나 나도 장담할 수 없는 수준이겠군. 그런데 괜찮겠나?"

"예? 뭐가 말입니까?"

"소문이 녀석도 저기에 나간다면서? 패천성의 다른 녀석들이 저들과 비슷한 수준이라면 아무래도 소문이로는 힘들 것 같은데……."

이심환의 말에 당소혜가 흠칫 어깨를 떨더니 조금은 무거운 얼굴을 했다.

그 때 막수광이 고개를 저었다.

"이 형님의 말은 틀렸습니다."

"틀렸다고? 내가? 자네도 봐서 잘 알지 않는가? 소문이가 대단하다고는 하지만 저 수준에……."

막수광이 다시금 고개를 저으며 이심환의 말을 끊었다.

의아하다는 얼굴을 하고 있는 이심환과 시선을 맞추며 막수광이 목소리를 냈다.

"소문이는 원래 독과 암기가 주력입니다. 순수 무공 실력은 거들 뿐이지요."

"아……."

이심환이 무언가를 알아들었다는 듯이 짝하고 손뼉을 쳤다.

그것은 모용소와 당소혜 역시 마찬가지였다.

막수광이 고개를 끄덕였다.

"소문이가 상대할 이가 누군지는 모르겠지만 정말 쉽지 않을 겁니다. 직접 맞상대하자면 어제 무결이보다 더 까다로운 것이 소문이니까요."

"확실히…… 막 무사 말이 맞습니다. 그러니까 크게 걱정할 필요는 없겠소."

당소혜가 말없이 고개를 끄덕였다.

그녀와 시선을 마주하던 모용소가 다시금 단 위로 고개를 돌리며 말했다.

"그보다…… 이제 막바지인 것 같은데 누가 이길까요?"

백운설과 철소화의 실력의 우위를 가늠하기가 어려웠다.

아직 그 정도 경지에는 이르지 못한 모용소였기 때문이다.

그리고 그것은 이심환이나 막수광 역시 마찬가지였다.

누구 하나 대답하지 못하자 모용소가 어깨를 들썩였다.

"끝까지 지켜보는 수밖에 없겠군."

그러나 모용소의 말이 떨어지기가 무섭게 쾅하는 폭음이 터지더니 두 여인의 신형이 한순간 딱딱하게 굳어져 버렸다.

한순간 사위가 고요해져 가는 가운데 두 여인의 검을 한 손에 하나씩 움켜쥔 이의 얼굴을 확인한 모용소가 당황한 얼굴로 목소리를 높였다.

"기, 기아야!"

미약하지만 검기를 두른 검이다.

맨손으로 받아 내는 것은 사부인 조화심도 불가능한 일이다.

"이익!"

엄지와 검지 사이에 끼인 검날이 용을 써도 미동도 하지 않았다.

백운설이 당황한 감정을 감추지 못하는 얼굴을 하려는 찰나, 철소화가 반색이 가득 담긴 목소리를 냈다.

"오빠!"

"오빠?"

백운설이 고개를 갸웃거리는 순간 철소화가 제 검을 놓고 냅다 몸을 던졌다.

그러나 눈앞의 인영은 스르륵 뒤로 물러서는 모습이었다.

"엇!"

다리가 꼬인 것인지 휘청하는 철소화를 향해 백운설이 얼른 손을 뻗었다.

"조심!"

엉겁결에 백운설의 손을 잡은 철소화는 곧 앙칼진 얼굴로 그녀의 손을 탁 하고 쳐냈다.

"저리 치워!"

"어?"

백운설이 당혹감이 묻어나는 얼굴로 뒤로 물러나려는 찰나, 쿵 하는 소리가 들리더니 철소화가 울상을 하며 제 이마를 감싸 쥐었다.

"왜 때려?"

"몰라서 물어? 성질만 나빠 가지고는."

모용기가 쯧하고 혀를 찼다.

그제야 모용기를 알아본 백운설이 눈을 동그랗게 떴다.

“어? 너!”

“오랜만.”

모용기가 히죽 웃으며 손을 들었다.

여전히 멍청한 얼굴을 하고 있는 백운설을 뒤로하고 철소화가 여전히 아픔이 느껴지는 제 이마를 쓰다듬으며 투덜거렸다.

“모처럼 만나서는…….”

“그건 내가 할 말이고. 모처럼 만나서는 뭐 하는 짓이야? 하루 이틀 본 사이도 아니고. 누가 언니한테 그렇게 모질게 대하래?”

“그거야 저 언니가 잘못…….”

“시끄러. 조그만 게 어따 대고 말대꾸야?”

“다른 건 둘째 치고. 내가 어딜 봐서 조그만데? 나도 이제 다 컸다고!”

“어딜 봐서?”

“어딜 보나! 키도 더 컸고, 가슴이랑 엉덩이도…….”

콩!

“아! 아얏! 왜 또 때려?”

“시끄러. 요게 못 하는 소리가 없어.”

모용기가 눈을 부라렸다.

철소화는 여전히 억울하다는 얼굴이었다.

그러나 그녀는 더 이상 입을 열 수가 없었다.

어느새 십여 명의 무인들이 단 위로 올라선 모용기를 향해 검을 겨누고 있었기 때문이다.

"네놈은 누구냐?"

"물러서라!"

순무대전을 위해 고르고 고른 무인들이니만큼 제법 강렬한 기파가 회오리쳤다.

백운설이 당황한 얼굴로 손을 내저었다.

"어? 그, 그런 게 아니라……."

"맞아요! 아는 오빠……!"

철소화도 의도치 않게 백운설을 거들려 했지만 두 개의 인영이 어느새 모습을 드러내며 그녀의 시선을 가리자 입을 다물 수밖에 없었다.

"물러서라!"

홍소천의 목소리가 카랑카랑하게 터져 나왔다.

철자강 역시 패천성의 무사들을 향해 턱짓을 했다.

고분고분 물러서는 패천성의 무사들과는 다르게 정무맹의 무사들은 의문이 남아 있는 얼굴이었다.

"하지만 방주. 대전을 방해한……."

"물러서라고 했다!"

홍소천의 목소리가 재차 이어지자 그제야 주춤거리며 물러서는 정무맹의 무사들이었다.

철자강이 픽하고 웃음을 보였다.

자존심이 상하는지 홍소천이 살짝 얼굴을 찌푸리더니 이내 고개를 젓고 말았다.

그리고는 모용기를 쳐다봤다.

"어떻게 된 거냐? 네놈이 왜……?"

"그거야 때가 되었으니까요."

"벌써? 이런 썩을……."

홍소천이 와락 얼굴을 구겼다.

아직 청소가 완전히 끝나지 않은 탓이다.

철자강 역시 딱딱하게 굳은 얼굴을 하더니 멀리 신무문주 하수란과 시선을 맞췄다.

하수란이 고개를 끄덕이더니 슬며시 모습을 감춰 버렸다.

그녀의 기척이 사라지는 것을 확인한 모용기가 히죽 웃음을 보였다.

"역시 아저씨가 반응이 빠르다니까."

"반응? 무슨 반…… 어?"

의아하다는 얼굴을 하던 홍소천은 한순간 사방에서 일어서는 살기에 눈을 동그랗게 떴다.

구름처럼 몰려든 군중들 사이사이에서 번쩍 빛을 발하는 검날들이 순식간에 모습을 드러냈기 때문이다.

"무기 버려!"

"저항하지 마!"

"항복하라!"

한순간에 군중 사이에 소란이 일었다.

살기에 화들짝 놀라 급하게 몸을 피하는 이들이나 제 사형제에게 겨누어진 검에 덩달아 살기를 일으키는 이들, 그리고 멀뚱멀뚱 쳐다보는 이들까지 제각각의 모습이었다.

모용기가 시선을 돌려 단 아래의 운현과 정주형 등을 쳐다봤다.

"뭐 해?"

멍청한 얼굴을 하고 있던 운현과 정주형 등이 동시에 움찔 몸을 떨었다.

소란스런 와중에도 나지막한 모용기의 목소리가 또렷하게 귓속으로 파고들었기 때문이다.

"뭐, 뭐?"

"너 대체 무슨 짓을……?"

당황한 얼굴을 하는 그들의 모습에도 모용기는 아랑곳하지 않고 소란이 일어난 곳으로 턱짓을 했다.

"가서 도와. 나중에 줘 터지기 싫으면."

조화심과 철영강에 이어 철무한이 이끄는 패천성의 무사들까지 합류하자 황산파에 머무르던 정무맹의 간자들을 처리하는 것은 순식간이었다.

제법 소란이 일기도 했지만 모두가 순무대전에 정신이 팔린 것인지 우려했던 불상사는 일어나지 않았다.

어려운 임무를 손쉽게 처리한 왕팔이 철무한을 쳐다봤다.

"이제 어쩔 텐가?"

"싸우러 가야죠."

철자강이 당연하다는 듯이 생각도 않고 대꾸했다.

명진 역시 별다른 고민이 없는 듯한 얼굴이었다.

왕팔이 얼굴을 찌푸리더니 결국은 한숨을 내쉬었다.

"할 수 없나? 그럼 두 패로……."

"그건 아니고요."

철무한이 고개를 저었다.

그리고는 의아하다는 얼굴로 자신을 쳐다보는 이들을 향해 히죽 웃으며 목소리를 냈다.

"나와 명진, 이 친구만 갑니다. 다른 분들은 돌아가서 개방주와 우리 아버지 곁에 계세요."

"하지만……."

"괜찮습니다. 원래 그러기로 했으니까. 사실 우리가 중요한 게 아니고 기아 그놈이 중요하니까 그놈 곁에 계세요. 그놈이 어떻게 하냐가 가장 중요합니다."

알 수 없는 말을 하는 철무한이었다.

그러나 큰 얼개는 대충 이해가 되던 철영강이 한 걸음 앞으로 나서며 말했다.

"그렇다면 네 녀석도 굳이 갈 것 없는 것 아니더냐? 차라리 모두 함께……."

"그건 아니고요. 밥값은 해야 하니까요."

"밥값이라고?"

"네, 밥값. 기아 놈 혼자 개고생하게 내버려 둘 수는 없습니다. 하다못해 퇴로라도 확보해 둬야죠. 일이 어떻게 돌아갈지 모르니까."

"흐음……."

철영강은 여전히 무슨 말인지 잘 이해가 가지 않는다는 얼굴이었다.

그러나 한 가지는 확실했다.

"그 고집은 성주님을 꼭 빼닮았구나."

"그건 숙부님도 마찬가지겠죠. 핏줄이 어디 가겠습니까?"

철영강이 픽 웃음을 흘리더니 이내 고개를 절레절레 저었다.

"무사들을 남겨 두겠다."

"그럴 필요는……."

철무한이 급하게 손을 저으려 했다.

그러나 철영강은 어느새 신형을 돌려 멀어져 갔다.

철무한이 쩝하고 입맛을 다시고 있을 때, 조화심이 명진을 쳐다보며 목소리를 냈다.

"조심하거라."

명진은 말없이 양손을 모았다.

조화심은 고개를 끄덕이더니 이내 철영강의 뒤를 따랐다.

왕팔이 한숨을 푹 내쉬었다.

"썩을…… 아직 머리에 피도 마르지 않은 것들한테 뒤를 맡기는 꼴이라니……."

영 내키지 않는다는 얼굴이었다.

그러나 자신의 위치를 잘 아는 왕팔은 얼른 고개를 저어 잡념을 털어 내고는 신형을 돌렸다.

거추장스러운 이들이 모두 멀어지자 철무한이 명진을 쳐다봤다.

"예전에 말했던 대로 넌 노도진. 난 그 무관 놈."

명진은 대답 대신 순무대전이 벌어지고 있는 방향으로 고개를 돌렸다.

조금은 걱정이 묻어나는 얼굴이었다.

철무한이 고개를 저었다.

"지금 누가 누굴 걱정하는 거냐? 네 일이나 잘 해. 어떻게 보면 그 자식보다 우리가 더 힘들지도 모르니까."

명진이 다시금 철무한과 시선을 마주하더니 고개를 끄덕였다.

그리고는 정무맹에 들어온 이후 처음으로 목소리를 내는 명진이었다.

"죽지 마라."

"쓸데없는 걱정. 너나 잘하라고."

그리고는 냉정하게 신형을 돌리는 철무한이었다.

그의 뒤로 패천성의 무사들이 따르는 것을 물끄러미 지켜보던 명진은 조금 시간이 지난 후에야 정무맹의 무사들을 향해 눈짓을 했다.

그리고는 철무한이 향한 곳과 정반대의 방향으로 걸음을 옮기는 명진이었다.

황산의 높은 곳에서 황제의 군대를 내려다보던 검옥련이 한숨을 내쉬었다.

꼬리에 꼬리를 물고 길게 이어지는 군사들의 행렬은 어림잡아도 만이라는 숫자를 가볍게 넘어서는 모습이었다.

황산에 몰려든 이들을 모두 합한대도 열 배가 넘어가는 숫자였다.

검옥련이 신음을 흘리듯 목소리를 냈다.

"승산이…… 보이지 않아."

산 아래를 내려다보는 검옥련의 두 눈에서 음울한 기운이 가시지를 않았다.

그 때 금소소가 그녀의 곁으로 다가서며 목소리를 냈다.

"그래도 기마대를 사용하지 못하니 그나마 다행이지요."

만약 저들이 기마대까지 운용했다면 정말 승산이 없었을 것이다.

황산의 험난한 지형이 그것을 방해한 것이 그나마 다행이라면 다행이었다.

그러나 검옥련은 여전히 고개를 저었다.

"수가 너무 많아. 필연적으로 집단전이 될 텐데 그렇게 되면 우리가 아무리 수가 많다 해도 군대를 이기는 것은 쉽지가 않아. 게다가 군기도 엄정하군."

숫자도 숫자지만 군기가 엄정한 것이 마음에 걸렸다.

제아무리 고수라도 훈련받은 군대를 상대로는 힘을 쓰기가 어려운데, 아무리 봐도 정예 중에 정예들만 긁어모은 것 같은 모습에 어려움이 배가 될 것이라는 사실을 직감적으로 눈치챈 것이다.

"생각 같아서는 당장 물러서고 싶지만……."

그것은 정답이 아니었다.

저들 속에 월향이 숨어 있는 이상 검각이 화를 피해 갈 방법이 없었던 탓이다.

게다가 월향과는 반드시 해결해야 할 일이 있었다.

"월녀검법. 이번에는 반드시 회수해야 해."

조사 대대로 내려온 검각의 비기였다.

월향이 검각에서 도망쳐 나갈 때 훔쳐 가는 바람에 맥이 끊어진 것이다.

반드시 회수해야만 했다.

군사들 사이에서 월향의 흔적을 찾아내려 두 눈을 부릅뜨던 검옥련은 이내 고개를 절레절레 젓고 말았다.

모래사장에서 바늘 찾기와 마찬가지라 느낀 탓이다.

"때가 되면 모습을 드러낸다 했으니…… 그보다 희진이는?"

며칠 전 자신들에게 합류한 조희진에게로 검옥련이 시선을 돌렸다.

그녀는 조금 떨어진 곳에서 두 다리를 모은 채 양팔로 감싸고 고개를 파묻고 있었다.

검옥련이 마음에 들지 않는다는 듯이 얼굴을 찌푸렸다.

금소소가 얼른 그녀의 앞을 막아서며 고개를 저었다.

"사저. 저들과 한 약속을……."

"누가 뭐라더냐? 그것이 아니라…… 아무리 그래도 검각에서 배웠는데 저런 소심한 모습이라니…… 월향 그년은 대체 애를 어떻게 가르쳐서는……."

하나하나 떠오를수록 마음에 드는 구석이 없는 월향이었다.

끌끌 혀를 차던 검옥련이 더는 보기 싫다는 듯이 고개를 휙 돌리다가 한순간 흠칫하며 몸을 떨었다.

"이 기척은……?"

제법 많은 수가 한순간에 느껴졌다.

그것도 거리가 제법 가까웠다.

검옥련이 당황한 기색을 억지로 감추고 제 검을 뽑아 들었다.

그러나 그것은 조금 늦은 감이 있었다.

검옥련이 제자들에게 주의를 주기도 전에 하얀 인영들이 바닥에서 솟구치듯이 하나둘씩 모습을 드러냈다.

검옥련이 검을 뽑는 모습을 지켜보며 눈을 동그랗게 뜨던 금소소가 새로이 나타난 이들을 확인하고는 당황한 얼굴을 했다.

"누, 누구……?"

그 순간 두 개의 인영이 뒤늦게 모습을 드러내며 검각 여인들의 시선을 빼앗았다.

담재선이 한 걸음 앞으로 나서며 검각의 여인들을 휙 돌아보고는 목소리를 내려 했지만 그보다 담설이 한발 더 빨랐다.

"희진 언니!"

반가운 얼굴을 하고 서로의 손을 잡는 담설과 조희진.

그와 달리, 북방과 남방의 두 무리는 서로 섞이기가 쉽지 않았다.

전혀 다른 기질로 인해 예전부터 충돌이 잦았었고 그 기억이 고스란히 전해져 내려오고 있었기 때문이다.

그 탓에 두 무리는 담설과 조희진을 사이에 두고 멀찌감치 떨어진 채 서로의 눈치만 보고 있었다.

그것은 두 무리의 수장이라 할 수 있는 담재선과 검옥련 역시 마찬가지였다.

담재선은 팔짱을 낀 채 별다른 관심을 두지 않는 눈치였고, 검옥련은 조금은 경계심이 깃든 눈초리였다.

그러한 분위기를 눈치 챈 담설과 조희진 역시 머쓱한 얼굴을 했다.

어른들에게 무어라 말을 꺼내기도 힘들어 그녀들마저 눈치를 보기 시작한 것이다.

이내 그녀들의 목소리까지 사라지며 숨 막힐 듯한 침묵만이 주위를 맴돌았다.

그렇게 얼마간의 시간이 흘렀을까?

제법 이어진 서먹서먹한 분위기가 비로소 해소된 것은 제갈연이 모습을 드러낸 이후였다.

수풀을 헤치며 모습을 드러낸 제갈연은 담재선과 담설의 모습을 확인하고는 반색을 했다.

"아저씨! 설아야!"

담재선을 격의 없이 대하는 그녀의 모습에 그의 뒤로 늘어서 있던 하얀 옷의 무사들이 움찔 몸을 떨었다.

반면 담재선은 오히려 팔짱을 풀며 고개를 끄덕이고는 그녀를 맞이했다.

"오랜만이구나."

얼굴을 찌푸리며 불만을 표하려던 몇몇 무사들은 얼른 표정을 고치며 다시금 무표정한 얼굴을 유지했다.

제갈연은 그들에게 관심도 두지 않은 채 담재선에게 다가서며 양손을 모았다.

"다행히 제시간에 오셨네요. 감사합니다."

"감사할 것 없다. 내가 살고자 하는 것이니까."

담재선의 목소리엔 여전히 별다른 감정이 드러나지 않았다.

항상 흐트러짐 없이 같은 모습이었다.

그가 유일하게 감정을 드러내는 것은 모용기를 마주할 때뿐이었다.

'대단하다니까. 저 아저씨한테 감정을 끌어내는 걸 보면.'

다만 좋은 의미는 아니었다.

슬며시 고개를 저어 잡념을 털어 낸 제갈연이 검각의 무리들을 돌아봤다.

"이리 오세요. 상의를 좀 해야 하니까."

제갈연의 시선이 자신에게 향하자 검옥련이 얼굴을 찌푸렸다.

그러나 그 이상의 감정은 드러내지 않은 채 순순히 걸음을 옮기는 모습이었다.

여전히 적대감을 지워 내지는 못하는 모습이었지만 담재선의 관심을 끌지는 못했다.

담재선은 그녀에게 관심조차 주지 않은 채 주위를 휙 돌아보며 말했다.

"그 녀석은?"

"위에 올라갔어요."

"위에?"

제갈연의 말을 되뇌며 황산파가 있는 방향을 힐끔 쳐다보던 담재선은 이내 그것에서마저 관심을 끊어 내며 목소리를 냈다.

"이제 어떻게 하면 되는 것이지?"

"기다리다가 한 방향만 뚫어 내면 돼요."

"한 방향이라…… 기회가 없을지도 모르겠군."

"차라리 그게 낫지 않겠어요? 괜히 피 흘릴 이유도 없고."

"그 녀석들한테 갚아야 할 것이 남아 있다."

"가끔씩은 묻어 두는 게 도움이 될 때가 있는 법이죠."

담재선이 더 이상은 대꾸를 하지 않고 입을 다물었다.

괜히 말싸움할 이유가 없다.

상황에 따라 움직이면 되는 것이다.

그러나 검옥련은 그렇지 않았다.

"우리는 월향을 잡아야 한다."

"기회가 생기면 그것도 괜찮겠죠. 하지만 그보다는 이게 우선입니다."

"하지만……!"

"정무맹과 패천성이 무너지면 검각 역시 무사하지는 못할 테니까요."

제갈연이 말을 덧붙이며 검옥련의 입을 틀어막았다.

불만이 가득한 얼굴이었지만 더 이상은 제 고집을 부리지 못하는 검옥련이었다.

그녀마저 한 걸음 물러서자 제갈연이 짝하고 손뼉을 치며 주위의 시선을 끌어모았다.

"그럼 움직일까요?"

헤실거리는 그녀의 얼굴에 자신감이 가득했다.

그녀의 심사가 겉모습과는 다르다는 것을 잘 알고 있던 담설은 황산파가 있는 방향을 힐끔 쳐다보더니 한숨을 내쉬었다.

모용기의 옆에 가장 잘 어울리는 이가 누구라는 것을 비로소 알아챈 것이다.

그러나 담설은 이내 아랫입술을 꼭 깨물었다.

'그래도 물러서진 않을 거야.'

94 章.

94 章.

멀리 일단의 무리가 산을 오르고 있었다.

신무문과 개방의 눈을 잘라 낸 것을 인지하고 있는 상태였기에 그들의 발걸음은 거칠 것이 없었다.

빠른 속도로 산을 오르는 그들을 내려다보던 철무한이 턱을 쓰다듬었다.

"흐음……."

산을 타는 그들의 움직임만으로도 고된 훈련을 받은 고수들이라는 것을 어렵지 않게 알아볼 수 있었다.

그러나 그 부분은 큰 문제가 아니었다.

자신을 뒤따르는 패천성의 무사들 역시 그들 못지않은 이들이었다.

적어도 순순히 물러나지는 않을 것이다.

그럼에도 철무한의 두 눈이 신중한 빛을 띠는 이유는 선두에서 그들을 이끌며 남다른 존재감을 보이고 있는 무사 때문이었다.

바로 천호였다.

길을 만들며 움직이는 다른 이들과는 달리 움직일 때마다 스르륵 길이 열린다는 느낌이었다.

그것만으로도 다른 이들과 다르다는 것을 어렵지 않게 알아챌 수 있었다.

철무한이 쩝하며 입맛을 다셨다.

"쉽지 않은 게 아니라 불가능에 가까운 거였네. 저거 잡을 수나 있으려나?"

명진은 올라섰지만 자신은 아직 올라서지 못한 경지였다.

자신과 천호의 차이가 명확하게 느껴진 것이다.

그러나 철무한은 고개를 저었다.

"가끔씩 명진이 자식도 이겨 먹었는데 무조건 진다는 보장은 없으니까."

전적으로 용천도법의 위력에 기인한 것이었다.

도를 타고 침투해 들어가는 철무한의 진기는 상대방의 내력 운용을 방해해 생각보다 큰 위력을 발하는 것이었다.

"그러려면 죽어라 시간을 끌어야겠군. 이번에도 미친 듯이 얻어터지겠구나."

중요한 것은 시간이다.

자신의 진기가 상대방에게 충분히 전달될 때까지 기다려야 했다.

그 시간을 잘 버텨 내는 것이 중요했다.

그 때, 신속하게 접근하던 저들의 발걸음이 조금은 느려지는 것이 확연하게 보이기 시작했다.

"벌써 알아챘나?"

철무한의 입이 열리기가 무섭게 천호가 고개를 들었다.

정확하게 자신과 시선이 맞닿은 천호를 내려다보던 철무한이 쓰게 웃으며 말했다.

"기감도 좋고. 정말 쉽지 않겠구나."

철무한이 등 뒤의 구룡도를 뽑아 들었다.

오랜 시간을 함께한 익숙한 느낌이 손끝에서 전해지자 철무한의 얼굴이 조금은 편안해지는 듯한 모습이었다.

철무한이 구룡도를 길게 늘어뜨린 채 상대를 기다렸다.

그런 그의 기대에 보답이라도 하듯이 천호를 필두로 기다리던 이들이 하나둘씩 모습을 드러냈다.

움찔하고 몸을 떨며 당장이라도 달려 나가려는 패천성의 무사들을 구룡도를 들어 제지한 철무한이 천호와 시선을 맞추며 말했다.

"예전에 우리 애들이 빚진 게 있다고 하던데."

임무일 등을 일컫는 것이다.

그러나 천호는 별다른 반응을 보이지 않았다.

철무한이 얼굴을 찌푸렸다.

"이거 또 명진이 자식과 비슷한 놈이었나? 말 한마디 들으려면 몇 날 며칠을 기다려야 되겠네."

철무한이 투덜거리며 앞으로 나섰다.

그리고는 구룡도를 들어 천호를 겨누었다.

“둘이서 결판내는 것이 어때? 괜히 많은 피를 볼 이유는 없다고 생각하는데?”

철무한의 말에 잠깐 고민을 하던 천호가 뒤를 돌아보며 수하들에게 눈짓을 했다.

그 의미를 알아본 이들이 일제히 뒤로 물러섰다.

제 의도가 통하자 만족스런 얼굴을 하던 철무한 역시 등 뒤를 향해 손짓을 했다.

패천성의 무사들 역시 일제히 거리를 벌렸다.

충분한 공간이 확보되자 철무한이 목을 우두둑 꺾어 관절을 풀더니 천호와 시선을 맞추며 말했다.

“유언은?”

그 말에 여태껏 침묵으로 일관하던 천호가 처음으로 반응을 보였다.

천호가 픽 웃음을 흘리며 목소리를 냈다.

“그건 내가 묻고 싶은 말이군. 유언은?”

철무한이 고개를 저었다.

“그런 것 없어. 왜냐하면 내가 살아남을 거니까. 웃차!”

철무한이 바닥을 콱 찍었다.

거무튀튀한 구룡도가 단숨에 공간을 격하며 천호의 목을 노렸다.

천호가 손을 들어 구룡도의 도날을 움켜쥐었다.

탁!

도기조차 두르지 않아 큰 위협이 되지 않는다 판단한 것이다.

그러나 그 결정이 그릇됐음을 깨닫기까지는 그리 오랜 시간이 걸리지 않았다.

자신의 장심을 통해 파고드는 이질적인 기운.

천호의 얼굴이 한순간 딱딱하게 굳어졌다.

천호의 얼굴이 변한 것을 확인한 철무한이 히죽 웃으며 목소리를 냈다.

"용천도법은 처음이지?"

명진을 마주한 노도진이 고개를 모로 틀었다.

"네놈이냐?"

자신의 앞을 막아선 명진이 마음에 들지 않는 눈초리였다.

내심 모용기를 기대했던 것이다.

그러한 심정을 알아차린 명진이었지만 대답 대신 검을 뽑아 들 뿐이었다.

관리가 잘된 터라 새하얀 검신은 인상적이었지만 그리 좋은 검으로 보이진 않았다.

"네 녀석 정도면 무당에서도 제법 대우를 받을 텐데 좀 더 좋은 검을 쓰지 그러나?"

명진 정도면 원하는 것을 요구할 수 있을 것이라 생각한 것이다.

그리고 그것은 틀린 생각은 아니었다.

명진이 원하기만 했다면 장삼봉 이후로 전해져 내려온 진무겸을 가질 수 있었을 것이다.

실제로 충진이 권하기도 했었다.

그러나 명진은 고개를 저었다.

"중요한 것은 사람이지요."

노도진이 히죽 웃으며 고개를 끄덕였다.

"영 맹탕은 아니라니까."

모용기에 비해 아쉽다는 것뿐이지 명진이 만만한 상대는 아니었다.

그것은 지난번에 잠시 손을 섞을 때에 확실히 알아볼 수 있었다.

노도진이 명진의 뒤에 죽 늘어선 정무맹의 무사들을 쳐다봤다.

"거치적거리는 건 치우고 하는 게 어떻겠나?"

그 말에 정무맹의 무사들이 얼굴을 붉히며 기세를 세웠다.

한순간 칼날 같은 기운들이 노도진을 향해 쏟아져 내렸다.

노도진의 뒤를 채운 무사들 역시 덩달아 반응하는 모습이었다.

그 가운데에서 태연한 얼굴을 하고 있는 노도진과 시선을 마주하던 명진이 고개를 끄덕이며 등을 돌렸다.

명진이 검을 거꾸로 잡은 채 양손을 모았다.

"물러서 주십시오."

정중한 요청이었지만 노도진을 향한 정무맹 무사들의 적대감은 쉽게 사그라들지 않았다.

명진이 재차 목소리를 냈다.

“물러서 주십시오.”

명진이 두 번이나 같은 말을 하자 정무맹의 무사들 역시 더는 고집을 부릴 수가 없었다.

못마땅하다는 기색이 가득했지만 결국에는 한숨을 내쉬는 그들이었다.

떨어지지 않는 두 발을 억지로 움직여 그들이 충분히 거리를 벌리자 명진이 고개를 숙였다.

“감사합니다.”

그리고는 노도진에게로 다시 신형을 돌렸다.

명진과 시선을 마주한 노도진이 등 뒤를 돌아보지도 않은 채 손짓을 했다.

그의 뒤를 지키던 무사들이 그 손짓 한 번에 일제히 거리를 벌렸다.

충분한 공간이 확보되고 만족스런 얼굴을 하던 노도진이 문득 시선을 들었다.

순무대전이 벌어지고 있는 황산파 방향이었다.

“그놈은 저기에 있나?”

여전히 모용기에 대한 미련을 지워 내지 못한 모습이었다.

명진은 검을 들어 노도진에게 겨누었다.

“당신은 그곳에 갈 수 없습니다.”

별다른 기운이 서리지 않은 목소리였지만 단호한 감정이 깃들어 있었다.

노도진이 시선을 내려 명진을 쳐다봤다.

무당답지 않게 차가운 기색만이 가득한 그의 두 눈과 마주하던 노도진이 한순간 바닥을 콱 찍었다.

그와 동시에 명진 역시 흐릿한 잔상을 남기며 신형을 날렸다.

퍽!

중간 지점에서 검과 주먹이 마주하며 타격음이 울려 퍼졌다.

명진의 얼굴을 가까이에서 마주한 노도진이 흐릿하게 웃음을 보이며 고개를 저었다.

"그걸 정하는 것은 네 녀석이 아닐 텐데?"

상황이 정리되기까지는 그리 오랜 시간이 걸리지 않았다.

철자강과 홍소천이 미리 철저히 준비를 한 덕이다.

제법 많은 수의 무사들이 한꺼번에 검을 들이대자 목표들이 한순간에 전의를 상실한 것이다.

물론 그에 승복하지 못한 각 문파의 주요 인사들이 홍소천에게로 몰려들었지만 남궁세가의 가주 대리 자격으로 참관한 남궁서현만은 달랐다.

여전히 침착한 모습으로 사태를 주시하고 있는 그.

오히려 그의 수하들이 더 조바심이 난 모습이었다.

이윽고 참을성이 부족했던 남궁서호가 먼저 목소리를 냈다.

"소가주, 숙부님을 저대로 내버려 두실 생각이십니까? 홍방주에게 따져야 하지 않겠습니까?"

남궁서호가 정무맹의 무사들에게 제압당한 남궁진안을 가리켰다.

남궁서현이 그쪽을 힐끔 쳐다봤으나 역시나 고개를 저을 따름이었다.

"홍 방주님은 사리에 밝으신 분이다. 숙부님이 결백하다면 별일이 없을 것이다."

"그것이 문제가 아니지 않습니까? 남궁입니다. 남궁의 사람이 저들에게 억류되어 있는 것입니다. 설사 잘못을 했다 하더라도 우리가 추궁해야 할 일이 아닙니까? 저들이 무슨 자격으로……."

"그만하라."

"하지만……."

"그만하라 했다. 네 녀석도 눈이 있다면 주위를 돌아보거라. 소림과 무당도 함부로 나서지 않고 있다. 저들이 바보라서 저러고 있겠느냐?"

남궁서현의 말에 남궁서호가 움찔하더니 주위를 돌아봤다.

확실히 소림과 무당의 움직임이 없었다.

충진을 필두로 한 무당의 도사들은 물론이고 소림의 고승들 역시 제 동문이 억류당하고 있음에도 물끄러미 지켜보고만 있을 뿐 별다른 조치를 취하지 않는 모습이었다.

조금은 거칠었던 이전과는 달리 남궁서호의 숨결이 누그러졌다.

그러나 완전히 승복한 모습은 아니었다.

"하지만 소가주. 저들이 그런다고 해서 우리까지……."

“입 다물라고 했다. 지금 누구 앞이라고 생각하느냐? 내가 가주를 대신해 이 자리에 있는 것을 잊은 것이냐?”

나직하지만 서늘한 목소리였다.

다만, 날카로운 눈빛만은 그의 심기가 불편하다는 것을 여지없이 드러내고 있었다.

남궁서호가 당황한 얼굴로 얼른 허리를 숙였다.

“죄, 죄송합니다.”

남궁서현은 가타부타 대답 없이 시선을 돌렸다.

말은 그렇게 했어도 마음이 좋지 못한 것은 그 역시 마찬가지였기 때문이다.

그 탓에 남궁서호를 향한 말이 더 날카롭게 쏟아진 것일 수도 있었다.

‘어쩐다?’

무작정 지켜보는 것보다는 홍소천에게로 다가가 이유라도 묻고 싶었다.

그러나 그를 둘러싼 이들 틈에 섞이는 것이 영 내키지 않았다.

잠깐 고민을 하던 남궁서현이 문득 단 위의 모용기에게로 시선을 돌렸다.

모용기는 담담한 얼굴을 하고 있었지만 정체를 알 수 없는 묘한 기운이 그의 주위를 둘러싼 듯 누구 하나 그에게 접근하지 못하고 있었다.

그러나 그 모습이 오히려 남궁서현의 마음을 정하게 했다.

‘저들에게 둘러싸이는 것보다 차라리 저 녀석이 낫겠지.’

조금 껄끄러운 모습이긴 했지만 그것이 낫다는 판단이다.

남궁서현이 드디어 무거운 엉덩이를 떼며 자리에서 일어섰다.

여전히 허리를 숙이고 있는 남궁서호를 지나쳐 멀리 모용기에게로 걸음을 옮기려던 그는 한순간 멈칫하며 그 자리에 멈출 수밖에 없었다.

모용기와는 전체적으로 다른 인상이었지만 자세히 뜯어보면 드문드문 같은 얼굴이 보이는 사내가 어느새 그에게 접근하고 있었기 때문이다.

'모용소로군.'

남궁서현은 결국은 고개를 젓고 말았다.

아직은 때가 아니란 것을 잘 알기 때문이다.

남궁서현이 다시 제자리로 돌아가며 여전히 허리를 숙이고 있는 남궁서호의 등을 툭하고 쳤다.

"그만 허리 펴."

자신의 주위로 철저하게 장막을 두른 모용기였다.

오죽하면 철소화까지 물러설 정도로 단단한 장막이었다.

억지로 접근하려 한다 하더라도 자신도 모르는 사이에 자연스레 밀려날 것이다.

그 틈을 탄 모용기가 잠시나마 제 생각에 빠져들려 했지만 단단한 장막을 유유히 헤치고 들어오는 기척에 얼굴을 찌푸리고 말았다.

"이건 또 뭐야?"

어딘가 익숙한 기척이었다.

혹시나 운현이나 정주형 등의 무리 중 하나가 아닐까 싶어 시선을 돌리던 모용기가 의외의 얼굴에 눈을 동그랗게 떴다.

"어? 형?"

단단한 장막을 뚫고 들어오느라 제법 심력을 소모한 모용소가 기어이 모용기의 앞으로 다가서더니 주르륵 흘러내리는 땀을 닦으며 말했다.

"이게 대체 어떻게 된 일이냐?"

"그건 내가 묻고 싶은 말이야. 형이 대체 여긴 어쩐 일이야?"

"나야 당연히 네 녀석을 보러 온 것이지. 네가 순무대전에 참여할지도 모른다 하길래."

제 형의 대꾸에 모용기가 와락 얼굴을 구겼다.

"어떤 자식이!"

단순히 얼굴을 구긴 것뿐이었지만 날카로운 기운이 쭉 뻗어 나왔다.

한순간에 분위기가 일변한 채로 자신들을 노려보는 모용기의 모습에 운현이나 정주형 등이 쭈뼛거리며 시선을 돌렸다.

그나마 거리가 멀어 그 정도로 끝난 것이다.

지척에서 제 동생을 마주하고 있던 모용소는 심장을 쿡 찌르는 듯한 느낌에 격한 신음성을 토해 냈다.

"컥!"

"이, 이런……."

급하게 허리를 숙이는 제 형의 모습을 확인한 모용기가 당황한 얼굴로 얼른 기운을 거둬들였다.

그리고는 제 형의 등을 툭툭 두드리는 모습이었다.

"괜찮아?"

잠시나마 심장이 멎는 듯한 아찔한 느낌이었다.

그러나 모용기의 손길이 닿자 언제 그랬냐는 듯이 순식간에 통증이 사라졌다.

모용소가 그제야 허리를 펴고는 조금은 당황한 얼굴로 제 동생을 쳐다봤다.

"너 이게 대체 어떻게……?"

여전히 모용기의 경지를 알아볼 수준은 되지 않았다.

그러나 눈치라는 것이 있었다.

자신의 온몸을 엄습한 통증의 원인이 모용기라는 것을 단번에 알아본 것이다.

"내력을 움직이는 것만으로 이런 것이 가능하다고?"

"그건 아니고."

모용기가 고개를 저었다.

내력을 움직인 것이 아니기 때문이다.

그러나 굳이 그것을 말해 줄 여유가 없었다.

여전히 눈을 동그랗게 뜨고 있는 제 형을 마주하던 모용기가 한순간 당황한 얼굴로 시선을 돌렸다.

"이럴 때가 아니고. 또 누가 왔어? 혹시 꼬맹이들까지? 이런 젠장!"

혹시나가 역시나였다.

멀리서 제 엄마의 손을 잡은 채 똘망똘망한 눈으로 자신을 쳐다보고 있는 두 쌍둥이를 확인한 모용기가 와락 얼굴을 구겼다.

그리고는 제 형을 다시 돌아보며 버럭 소리를 질렀다.

"형, 미쳤어? 재들을 여기 왜 데리고 와?"

"왜 데리고 오다니? 당연히 너를 보려고……."

"날 봐서 뭐 하려고? 집안 말아먹을 일 있어? 당장 여기서……!"

그러나 모용기는 말을 끝까지 이을 수가 없었다.

마음 같아서는 당장 내려보내고 싶었지만 그럴 수 없다는 것을 누구보다도 잘 알고 있었기 때문이다.

모용기가 골치가 아프다는 얼굴로 제 이마를 짚었다.

"미치겠네, 이거."

자칫 잘못하면 가문의 맥이 끊길지도 모른다는 위기감이 든 것이다.

모용공처럼 강호에 흩어져 있는 이들이 또 있을지도 모르겠지만 그것에 기대기에는 불확실성이 너무 컸다.

'이거 화를 내고 있을 때가 아니고……'

모용기가 재빨리 머리를 굴렸다.

그러나 딱히 떠오르는 것이 없었다.

이럴 때 제갈연이 있었다면 좋았겠다는 생각이 들었다.

문득 떠오른 제갈연의 얼굴에 모용기의 얼굴에 걱정이 깃들었다.

'잘하고 있으려나?

그녀를 혼자 내버려 둔 것이 신경이 쓰인 것이다.
그러나 모용기는 곧 고개를 저었다.
'여기보단 낫겠지. 그보다 이건 또 어떻게 해결하지?'
여전히 의아하다는 얼굴로 자신을 쳐다보는 제 형의 모습에 절로 한숨이 나오려 했다.
그리고 전혀 믿음직스럽지 못했다.
잠깐 머리를 굴리던 모용기가 손가락을 딱하고 튕겼다.
"소문이가 있었지!"
그들 역시 무사할 거라는 보장은 없었지만 적어도 제 형보다는 나을 것이라는 데 생각이 미친 것이다.
모용기가 얼른 시선을 돌려 당소문을 찾았다.
그러나 멀지 않은 곳에 있을 당소문에게 시선이 닿기도 전, 그는 흠칫하며 몸을 떨 수밖에 없었다.
곧이어 감정이 깃들지 않은 듯한 목소리가 들려왔기 때문이다.
"제법이구나. 이제는 제법 빨리 내 기척을 잡아내기도 하고."
모용기가 딱딱한 얼굴로 시선을 돌렸다.
그곳에는 사마철이 당연하다는 듯이 자리를 차지하고 있었다.
뒤늦게 그를 확인한 모용소가 움찔 몸을 떨었다.
이렇게 가까이 접근할 동안 전혀 기척을 느끼지 못했다.
한눈에 보기에도 자신이 감당하기 어려운 고수였다.
모용소가 긴장한 얼굴로 제 동생의 옷깃을 툭툭 쳤다.
"저분은 누구시냐? 너는 사람이냐?"

모용기는 대답 대신 와락 얼굴을 구겼다.

"썩을……."

"저들의 눈과 귀를 모두 잘라 냈습니다."

무사의 보고에 왕식이 고개를 끄덕이며 다시 질문했다.

"노도진과 천호는?"

"먼저 움직였습니다."

"벌써? 사고나 치는 것 아닌지 모르겠군."

왕식이 못마땅하다는 듯이 얼굴을 찌푸렸다.

그러나 곧 고개를 젓고 마는 왕식이었다.

일이 꼬인다 해도 이제는 돌이킬 수 없다는 것을 잘 알기 때문이다.

"포위망은 확실하겠지?"

"개미새끼 한 마리 빠져나갈 수 없을 겁니다."

수하의 확신에 왕식이 고개를 끄덕였다.

자신 역시 같은 생각이었기 때문이다.

저들은 절대로 빠져나갈 수 없을 것이다.

왕식이 드디어 자리에서 일어섰다.

"그럼 이제 움직여 볼까?"

그리고는 크게 기지개를 켜며 군막을 나서는 모습이었다.

군막을 나서자 따사로운 햇볕이 그를 반겨 줬다.

화창한 날씨였다.

"대군을 움직이기에 딱 좋은 날씨로군."

힘과 힘의 맞대결에서는 변수가 없는 것이 가장 좋다.

산을 오른다 해서 조금은 꺼림칙했었지만 화창한 날씨가 그것을 상쇄했다 생각한 것이다.

왕식이 자신을 뒤따라 나선 수하를 돌아보지도 않은 채 다시 질문했다.

"진아는?"

"폐하를 뫼시고 있습니다."

일을 이끌어 나가는 감각은 부족했지만 주인의 환심을 사는 것에는 천부적인 재능을 타고난 왕진이었다.

이제 와서는 왕식조차 함부로 그를 내칠 생각을 하지 못할 만큼 황제의 신임을 얻어 낸 것이다.

왕진의 헤실거리는 얼굴을 떠올리며 조금은 못마땅하다는 얼굴을 하던 왕식은 결국 고개를 저으며 걸음을 옮기기 시작했다.

그리고 얼마 지나지 않아 황제가 머무는 곳에 도착한 왕식은 자신의 앞을 막아서는 군관의 존재에 슬며시 얼굴을 찌푸리다가 얼른 표정을 고치는 모습이었다.

여느 때처럼 담담한 얼굴을 하고 있는 왕식이 투구를 깊이 눌러써 간신히 턱선만 드러내고 있는 군관을 향해 목소리를 냈다.

"남 장군. 폐하께 아뢰어 주게."

그러나 군관은 고개를 저었다.

"폐하께신 한동안 아무도 만나시지 않겠나 하셨습니다.

군관의 말에 왕식이 저절로 일그러지려는 얼굴을 억지로 붙잡았다.

안에서는 왕진의 재잘거리는 듯한 목소리와 즐거워 보이는 듯한 황제의 웃음소리가 흘러나오고 있었고, 눈엣가시 같은 송가 놈의 목소리도 드문드문 섞여 있었기 때문이다.

참을 수 없는 분노가 몰려오려 했지만 왕식은 억지로 이성의 끈을 잡았다.

그러나 목소리가 떨려 나오는 것은 그 역시 어찌할 수가 없었다.

"이제 때가 되었다고…… 그렇게 전해 주시게."

군관 역시 그의 심경 변화를 여실히 느낄 수 있었지만 별다른 반응을 보이지는 않았다.

그리고는 왕식이 떨어지지 않는 듯한 걸음걸이로 멀어져 가자 그제야 신형을 돌리는 군관이었다.

"폐하! 안으로 들어도 되겠습니까?"

석대림의 뒤를 따르는 임무일의 걸음걸이는 어딘가 어색해 보였다.

약간의 내상과 외상이 심각한 수준은 아니었지만 거동에 불편함을 느끼게 하기에는 충분했던 탓이다.

임무일이 얼굴을 찌푸리며 석대림을 불렀다.

"어디까지 가는 거냐? 왜 이렇게 멀어?"

"다 왔습니다. 조금만 더 가면 됩니다."

"그 소리는 아까부터 한 것 같은데?"

"아닙니다. 진짜 다 왔습니다, 형님."

동글동글한 얼굴로 헤실거리는 석대림을 임무일이 못마땅하다는 눈으로 쳐다봤다.

사실 석대림보다는 소무결에 대한 감정이었다.

"쓸데없이 멀리 가서는……."

"다른 이들에게 발각되는 것보단 이게 낫지 않겠습니까? 형님도 어쩔 수 없었다고요."

"그러게 왜 불러서는……."

"이럴 때 아니면 언제 또 마음 놓고 얘기라도 할 수 있겠습니까? 좋게 좋게 생각하세요."

넉살 좋게 받아치는 석대림을 쳐다보며 임무일이 쩝하고 입맛을 다셨다.

그리고 조금 더 걸음을 옮기자 석대림의 말대로 소무결이 모습을 드러냈다.

아무렇게나 널브러져 있던 소무결이 상체를 일으키며 손을 들었다.

"왔냐? 왜 이렇게 늦었어?"

"그게 지금 할 말이냐? 네가 멀리 와서 그런 거 아냐?"

"그렇다고 가까이 잡았다가 누가 보기라도 하면 감당할 자신은 있고?"

"내가 문제가 아니라 네가 문제겠지. 우리야 좀 시끄러운 걸로 끝날 테지만 정무맹은 그렇지 않은 걸로 아는데."

"뭐가 됐든! 기껏 아픈 몸 끌고 나왔더니 이건 시작부터 긁어 대."

외형은 임무일보다 더 형편이 없는 소무결이었다.

군데군데 감아 놓은 천 조각에선 살짝 핏물도 묻어나 있었고 내상으로 안색도 창백했다.

외형만 봐서는 결과가 뒤바뀐 것처럼 보였다.

그런 소무결의 곁으로 다가선 임무일이 엉덩이를 붙이며 힐끔 그를 쳐다봤다.

"많이 아프냐?"

"그럼 안 아프겠어? 이건 무식하게 힘만 세 가지고. 적당히를 몰라, 적당히를."

"네가 적당히 해서 될 놈은 아니잖아. 있는 힘껏 다 해도 졌구만."

"이기고 지는 게 뭐가 중요해? 대충 하고 얼굴이나 보고 헤어지면 되는 걸."

"그게 네가 할 말은 아니지 않나? 눈 돌아가서 죽자고 덤빈 건 너도 마찬가지거든?"

"그럼 내가 어떻게 해야 되는데? 너 같으면 맞고만 있겠어? 내가 무슨 부처님도 아니고."

소무결이 투덜거리며 다시 상체를 눕혔다.

임무일이 픽 웃으며 고개를 저었다.

"아무 데나 눕는 버릇은 여전하네."

"나 거지잖아. 거지가 자리 가리는 거 봤어? 등 붙일 데만 있으면 다리 뻗는 거지."

"자랑이다, 자식아. 근데 왜 부른 거냐?"

"의각에만 처박혀 있으려니 심심하기도 하고……."

"그게 다냐?"

"그럼 다른 이유가 필요해?"

"그걸 말이라고 해? 차라리 소화랑 운설이 겨루는 거 구경이라도 할 것이지."

"그걸 또 봐서 뭐해? 예전에 지겹도록 많이 봤는데."

"그때랑은 또 다르지. 네가 생각하는 것보다 소화도 많이 늘었다고."

"그래서? 소화가 너 이겨?"

"아니. 그건 아니고."

"그럼 봐서 뭐해? 예전이나 지금이나 똑같은데."

"그게 어딜 봐서 똑같은 거냐?"

"똑같은 거지, 뭐. 걔들 크는 동안 너나 나도 크는 건 마찬가지니까."

"그러다가 추월당하면?"

"추월당하면 당하는 거지. 그게 뭐 대수라고. 걔네랑 죽자고 싸울 것도 아닌데."

태연하게 대꾸하는 소무결을 쳐다보며 임무일이 어처구니없다는 얼굴을 했다.

"대체 이런 놈이 어떻게 날 이긴 거지?"

도저히 이해가 가지 않는다는 얼굴이었다.

그 때, 석대림이 헤실거리는 얼굴로 답을 꺼내 들었다.

"소 형님이 저래 보여도 뒤에서는 죽자고 수련하거든요."

"대림이 이 새끼! 너 지금 무슨 말을……!"

소무결이 벌떡 상체를 일으키며 석대림을 노려봤다.

"왜요? 내가 틀린 말 했어요? 남들 다 잘 때 나 붙잡고 잠도 못 자게 한 게 누군데?"

"그거야 다 너 가르치려고 한 거 아냐?"

"형님이 가르치긴 뭘 가르쳐요? 죽도록 맞은 기억밖에 없는데. 아! 덜 아프게 맞는 방법 같은 거라면, 그거라도 건진 게 있긴 하네요."

"이 자식아, 네가 잘 몰라서 그렇지 그게 얼마나 중요한 건데. 이게 챙겨 줘도 고마워할 줄은 모르고."

석대림이 기가 차다는 얼굴로 헛웃음을 흘렸다.

샐쭉한 얼굴로 그를 쳐다보는 소무결을 임무일이 묘한 눈으로 쳐다봤다.

"그랬단 말이지."

"이 자식이. 그랬긴 뭐가 그래?"

"됐고. 하던 대로 드러눕기나 해, 자식아. 이게 거지답지 않게 성질은……."

"거지가 뭐? 거지는 성질도 못 내냐?"

"당연한 거 아냐? 그래서 어디 가서 빌어먹기나 하겠어? 당연히 성질을 죽이고 살아야…… 어?"

유들유들한 얼굴로 소무결의 말을 받아넘기던 임무일이 한순간 귀를 쫑긋했다.

소무결이 고개를 갸웃거렸다.

"왜 그래 또? 아무것도 없는 데를 찾았는…… 어라?"

소무결 역시 무언가를 느낀 듯 귀를 쫑긋했다.

조금 시간이 지난 후 석대림 역시 심각한 얼굴을 하더니 목소리를 낮췄다.

“여긴 사람 발길이 닿지 않는 곳인데…… 길을 잘못 들었거나 뭐 그런 거겠죠?”

“그것도 한두 명이지, 떼거리로 몰려오는 것 같은데 길을 잘못 들었겠어? 이거 대체 몇이야? 열? 스물?”

소무결의 말에 임무일이 고개를 저었다.

“뒤에 더 있다. 세 자릿수는 넘어가는 것 같은데…….”

내력의 깊이가 다른 이들보다 한발 앞선 덕분인지 기감 역시 다른 이들보다 더 탁월한 임무일이었다.

그리고 그 부분은 소무결 역시 잘 알고 있었다.

소무결이 그의 말에 토를 달지 않고 얼굴을 찌푸렸다.

“어떤 놈들이지? 이거 함부로 고개를 들 수도 없고.”

잠깐 고민하던 소무결이 자세를 뒤집더니 엉금엉금 기어 앞으로 나아갔다.

임무일이 황당하다는 얼굴을 했다.

“뭐 하는 거냐?”

“몰라서 물어? 눈으로 확인은 해야 할 거 아냐? 어떤 놈들인지.”

“그런다고 보이겠냐?”

“시끄럽고. 따라오기나 해. 나무 탈 거니까.”

“나무?”

임무일이 고개를 갸웃거렸다.

그러나 소무결은 대꾸도 하지 않고 이동하더니 큰 나무로 다가가 쪼르르 기어올랐다.

그의 의도를 알아챈 임무일이 석대림을 돌아보며 말했다.

"넌 먼저 가서 높으신 분들한테 말해. 나는 저 녀석과 좀 살펴보다가 갈 테니까."

"하지만……."

"됐으니까 어서 가 봐. 참, 너 쟤네 사부 잘 알지? 그분께 가서 말하면 되겠네. 어서 움직여."

임무일의 재촉에도 석대림은 여전히 미련이 남은 얼굴이었다.

그러나 이내 두 눈을 질끈 감으며 미련을 털어 내는 모습이었다.

"그럼 먼저 가 보겠습니다. 조심하세요."

석대림이 조심조심 자리를 벗어나는 것을 확인한 임무일이 얼른 신형을 움직여 소무결처럼 나무를 기어올랐다.

숨을 죽인 채 어딘가를 주시하고 있는 소무결의 시선을 따라가던 임무일이 한순간 얼굴을 딱딱하게 굳혔다.

"뭐, 뭐야 저거? 뭐가 저렇게 많아?"

꼬리에 꼬리를 물고 많은 인원이 산을 오르고 있었다.

얼핏 봐도 이백은 족히 넘어서는 듯한 숫자.

생각보다 많은 수에 등골이 서늘한 느낌이었다.

"대체 어떤 놈들이……."

"몰라서 물어? 그놈들이잖아."

"그놈들?"

"잘 봐. 저기 그 할망구 있잖아. 허리에 연검 두른 할망구.

월향이라고 했었지 아마?"

눈썰미가 좋은 소무결이 월향을 정확히 잡아낸 것이다.

그가 가리키는 방향으로 시선을 돌려 월향을 확인한 임무일이 저도 모르게 신음성을 흘리다가 한순간 와락 얼굴을 구기며 욕설을 내뱉었다.

"이런 썩을……."

"왜 또? 뭐 또 나온 거 있어?"

"저기 그 할망구 옆에 덩치 큰 놈."

소무결이 임무일의 손가락을 따라갔다.

큰 덩치에 제법 화려한 복장을 한 사내가 그의 시선을 가득 채웠다.

"누군데?"

"철성한."

"철…… 뭐? 그거 혹시……?"

"맞아. 무한이 사촌. 헛짓거리 하다가 성에서 쫓겨난 놈."

"작정했네, 작정했어. 저쪽에도 우리 제자들이 깔려 있는데 연락이 없…… 이런 썅! 설마 다 죽이고 올라오는 거야?"

무심코 고개를 끄덕이던 소무결의 얼굴이 와락 일그러졌다.

참지 못하고 사나운 기운이 꿈틀거리려 할 때 임무일이 얼른 그의 팔을 낚아챘다.

"자, 잠깐. 여기서 흥분하면 다 끝이라고."

"나도 잘 알거든."

소무결이 임무일의 손을 탁하고 쳐냈다.

조금은 거친 움직임이었지만 임무일은 오히려 안도한 얼굴이었다.

아직은 이성이 남아 있다 생각한 것이다.

임무일이 한숨을 내쉬며 질문했다.

"이제 어떻게 하지? 돌아가서 전해야 하나?"

"그건 대림이가 갔으니까 걱정할 것 없고. 일단 저들이 어떻게 움직이나 더 지켜봐야 할 것 같은데…… 이런! 다른 곳은 어떻게 하지?"

뒤늦게야 다른 곳이라고 멀쩡할 리가 없다는 것에 생각이 미친 것이다.

손이 부족했다.

소무결이 잠시 고민하는 얼굴을 할 때 임무일이 그의 어깨를 툭하고 쳤다.

"내가 한번 돌아보지."

"네가? 혼자서 되겠어?"

"대림이가 갔으니까 곧 사람들이 몰려올 테고. 잠시만 숨죽이고 돌아다니면 어떻게든 되겠지."

좋은 방법은 아니었다.

그렇다고 다른 방법도 없었다.

소무결이 한숨을 내쉬며 고개를 끄덕였다.

"조심해라. 재수 없으면 진짜 죽을 수도 있으니까."

"너나 잘해. 죽지 마라."

❖ ❖ ❖

모용기와 사마철이 서로를 마주하고 있었다.

모용소는 이미 밀려난 지 오래였고, 어떻게든 접근해 보려던 홍소천이나 철자강 역시 그것이 쉽지 않은지 선뜻 걸음을 옮기지 못하고 있었다.

수많은 사람들이 둘러싼 가운데 오직 둘만의 공간.

서로가 서로를 탐색이라도 하듯 숨을 죽인 채 물끄러미 쳐다보기만 한 것도 제법 많은 시간이 흘렀다.

그중 먼저 탐색을 끝낸 것은 사마철이었다.

그의 표정엔 별다른 변화가 없었지만 말투에는 실망감이 묻어 나오고 있었다.

"제법 많은 노력을 한 듯 보이지만 그 정도로는 부족하다."

"그렇게 보여요?"

"내 판단이 틀렸다고 생각하나?"

"기(氣)는 느낄 수 있겠지만 기(技)는 두 눈으로 직접 확인하기 전에는 모르는 거니까요."

"기(技)?"

모용기의 말을 되뇌던 사마철이 픽 웃음을 내보였다.

"오랜만에 들어 보는 말이구나. 그러나 의미가 없다. 그런 이들은 예전에도 많았고 결국 넘어서지 못했으니까. 압도적인 힘은 모든 것을 때려 부수는 법이지."

"확실히 그렇긴 하죠. 하지만 압도적인 힘이라는 게 한 가지 방법으로만 가질 수 있는 건 아니라고 보는데요. 가는 길이

다를 뿐이지 결국 그 끝은 같지 않겠습니까?"

"만류귀종을 말하는 것이냐?"

"사람들이 많이 말하는 건 다 이유가 있더라고요."

모용기는 속이야 어쨌든 자신감이 넘치는 얼굴이었다.

그리고 그 부분이 마음에 드는 사마철이었다.

시작부터 지고 들어간 이들치고 좋은 모습을 보인 이가 없었기 때문이다.

사마철이 고개를 끄덕였다.

"네 말대로 직접 겪어 보면 알 일이겠지."

"그럼 이제 시작할까요?"

모용기가 제 검을 뽑아 들었다.

스르렁거리는 맑은 소리를 내며 새하얀 검신이 검집에서 뽑혀 나왔다.

그러나 사마철은 고개를 저었다.

"아직은 아니다. 올 사람이 아직 오지 않았으니까."

"올 사람?"

잠깐 고민하던 모용기가 이내 그 의미를 알아듣고는 픽 웃음을 흘렸다.

그 때 사마철이 무언가를 휙 내던졌다.

모용기가 그것을 받아 들자 작은 호리병이었다.

움직일 때마다 찰랑거리는 소리를 내는 호리병을 물끄러미 쳐다보던 모용기가 히죽 웃음을 보이며 고개를 끄덕였다.

"술…… 좋죠."

알싸한 향과는 다르게 목 넘김이 부드러웠다.

향과는 달리 자극이 적은 맛에 모용기가 만족스럽다는 얼굴을 했다.

"좋은데요? 좋은 술인가 봐요?"

"특별한 날에만 내놓는 것이다."

"특별한 날이요?"

"오늘 같은 날 말이다."

"돼지도 잡기 전에 배불리 먹인다고, 죽기 전에 좋은 것이라도 먹으라는 것입니까?"

"마음대로 생각하거라."

무뚝뚝하게 대꾸하는 사마철의 모습에 픽 웃음을 흘린 모용기가 술병을 내밀었다.

그러나 사마철은 고개를 저었다.

"되었다."

"왜요? 독이라도 타셨습니까?"

"어지간한 독은 듣지도 않지 않느냐?"

"영감님이라면 방법이 있을지도 모르죠."

"찾아보면 할 수도 있겠지. 그런데 그런 짓을 내가 왜 해야 하나?"

"독 같은 건 쓸 필요도 없다는…… 뭐 그런 말입니까?"

사마철은 더 이상 대꾸가 없었다.

모용기는 쩝하고 입맛을 다시더니 술을 한 모금 더 마시고는 다시 말을 꺼냈다.

"그런데요."

"또 뭐가 남았나?"

"다른 건 아니고…… 이번 일이 끝나면 말입니다. 만약 제가 영감님을 잡지 못하면 어쩌실 생각입니까? 또 다른 이를 찾으실 생각이십니까?"

"왜 그런 생각을 하는 것이지? 이제 와서 자신이 없는 것인가?"

조금은 자극을 하려는 심사인 듯 보였다.

그 의도를 읽은 모용기는 픽 웃음을 흘릴 뿐이었다.

"이제 와서 긁어 봐야 소용없다는 건 영감님이 더 잘 알지 않습니까? 괜한 짓은 그만두고 제 질문에나 대답해 주세요."

"흐음……."

사마철이 고개를 모로 틀었다.

무슨 생각을 하는지 까만 눈동자가 일렁이는 듯했다.

모용기는 그의 생각이 끝날 때까지 기다려 줄 생각이 없었다.

"무슨 생각을 하시는지 모르겠는데, 그건 나중에 하고 제 의문이나 풀어 주시죠. 다른 이를 찾을 겁니까?"

"그것이 왜 궁금한 것이지? 너와는 상관없는 일일 텐데?"

"완전히 그렇지는 않죠. 영감님이 누구를 찍었는지에 따라 이 지긋지긋한 짓을 또 해야 할지도 모르니까요."

"그런 일은 없다. 네가 기억하는 건 없을 테니까."

"결국 이 짓거리를 또 해야 한다는 건 마찬가지네요? 그것도 아무것도 모른 체. 그건 더 마음에 들지 않는데요?"

"내가 그런 것까지 신경 써야 하나?"

"그러라고 한다고 그러지도 않을 거고. 그냥 제 질문에나 답해 주시죠. 남의 생을 마음대로 가지고 놀았는데 그 정도도 못 해 주십니까?"

일렁이던 까만 눈동자가 한순간 가라앉았다.

사마철이 모용기와 시선을 맞추며 말했다.

"그것이 그렇게 억울한가?"

"당연한 것 아닙니까? 내 의지로 움직이는 것이 아닌데."

"그렇긴 하지."

"그러니 대답이나 해 주시죠. 다음이 또 있습니까?"

"이미 정해 뒀다."

"그게 철무한이나 명진은 아니겠지요?"

그제야 본심을 드러내는 모용기였다.

자신을 밀어 두면 남은 것은 철무한이나 명진이라 생각한 것이다.

그 꼴은 보고 싶지 않다는 것이 솔직한 심정이었다.

그러나 사마철이 고개를 저었다.

"그 녀석들보다 나은 녀석을 찾아냈지."

"나은 녀석이요? 설마…… 그런 녀석이 있을 리가……."

"물론 당장은 상대가 되지 않을 테지. 시간을 두고 지켜볼 생각이다."

"시간을 두고 지켜본다면……."

차라리 명진이나 철무한이 낫지 않을까 하는 생각이 들었다.

그러나 모용기는 얼른 그 생각을 지워 냈다.

'개고생은 나 하나로 족하지.'

모용기가 다시 술병을 들었다.

무의식적으로 술병을 입으로 가져가려던 모용기가 문득 멈칫하더니 술병을 내렸다.

멀리서 말똥말똥한 눈으로 자신을 쳐다보는 쌍둥이와 시선이 맞닿은 것이다.

걱정이 가득한 눈의 모용소와는 달리 쌍둥이는 호기심이 가득한 눈이었다.

그리고 그 상반된 모습이 황산에 모인 모든 이들의 심정을 대변하는 듯했다.

그러나 걱정이 깃든 듯한 얼굴은 극히 일부분일 뿐이었다.

대부분은 호기심이 가득한 눈으로 모용기와 사마철을 번갈아 가며 쳐다보고 있었다.

모용기가 쩝하고 입맛을 다시더니 곤란하다는 얼굴을 했다.

"구경거리가 되는 건 싫은데…… 영감님. 자리를 옮길까요?"

"그럴 순 없다."

"왜요? 설마 이제 와서 무공 자랑이라든가, 관심을 받고 싶다든가 뭐 그런 건 아니겠죠?"

"보여 줘야 할 이가 있지 않나? 혹시라도 네게 좋은 결과가 나온다면 그편이 더 좋을 것이다."

"영감님이 이기면 한낱 유흥거리로 끝나겠죠."

사마철은 고개를 저었다.

자신의 관심사가 아니었기에 대답할 이유를 찾지 못했던 것이다.

대신 자신에게 중요한 부분을 질문했다.

"진산은 보이지 않는구나."

조금은 질책이 섞인 말이었다.

유진산의 존재가 꼭 필요했기 때문이다.

그러나 이번에는 모용기가 고개를 저었다.

"유 씨 할아버지는 영감님과 더 마주하고 싶지 않다고 하셨습니다. 혹 같은 일이 반복되더라도 자신을 찾지 말라고 하셨어요. 그래도 옛 정이 있으니까 그 정도는 들어 달라고."

"당장 그 친구가 필요하다는 것을 네 녀석도 모르지는 않을 텐데?"

"대신할 사람이 있습니다."

"대신할 사람?"

사마철이 고개를 갸웃거릴 때 모용기가 무언가를 느낀 듯 시선을 돌렸다.

그리고는 멀리서 모습을 드러내는 제갈연을 향해 턱짓을 했다.

"마침 저기 오네요."

"저 아이가?"

"이제는 아이가 아니구요. 나이가 몇인데."

"어쨌든…… 진산을 대신할 자격이 된다는 말이더냐?"

"많이 배웠습니다. 유 씨 할아버지가 꼭 붙잡고 가르쳤거든요. 게다가 영특해서 봉마진에 관해서는 이제 유 씨 할아버지보다 더 잘 알지도 모릅니다."

제갈연을 쳐다보며 헤실거리는 모용기의 모습에 사마철이 고개를 끄덕였다.

"그렇다면 다행이고. 가서 말이라도 나눌 테냐?"

의외의 말에 모용기가 눈을 동그랗게 떴다.

"영감님이 그런 배려도 할 줄 아셨습니까?"

"신소리는 그만하고 가서 말이라도 나누는 게 어떻겠느냐?"

사마철의 말에 잠깐 고민하던 모용기가 고개를 저었다.

"괜찮습니다."

"하고 싶은 말이 있을 텐데?"

"나중에 하죠, 뭐. 전 살 거거든요. 그렇게 약속했습니다."

여전히 헤실거리는 얼굴을 하고 있는 모용기를 쳐다보며 사마철이 입을 닫았다.

이전까지와는 다르게 무거운 침묵이 내려앉은 단 주위로 몇 명의 사람이 분주하게 움직였다.

그들이 준비를 끝내 갈 때에 멀리서 희미하지만 북소리가 들려오기 시작했다.

그리고 조금 더 시간이 지나자 그 북소리는 다른 이들에게도 또렷하게 전해졌다.

모두가 당황한 얼굴로 웅성거리기 시작할 때, 사마철이 모용기를 쳐다보며 말했다.

"이제 곧 시작이구나. 무운을 빈다."

모용기가 픽 웃음을 흘리더니 고개를 저었다.

"전 영감님께 무운 따위는 빌어 주지 않겠습니다."

95 章.

참룡회귀록

斬龍回歸錄

95 章.

땀을 뻘뻘 흘리며 모습을 드러낸 석대림이 순간 당황한 얼굴을 했다.

상황이 자신이 예상한 것과는 다르게 돌아가고 있었기 때문이다.

단 위의 모용기를 확인했지만 반가움을 표시할 틈도 없었다.

우선 다른 일을 해결해야 했다.

그러나 석대림은 원하는 바를 이룰 수가 없었다.

홍소천의 주위를 빼곡하게 메운 개방의 고수들, 그들을 비집고 홍소천에게 접근할 방법이 없었기 때문이다.

"썩을…… 차라리 형님이 오셨어야 했는데."

소무결이라면 모를까 자신으로서는 무리였다.

답답함에 얼굴을 찌푸리던 석대림이 문득 떠오른 것에 얼른 시선을 돌렸다.

"운현 형님? 영영 누님?"

운현과 천영영 등을 찾는 것이다.

그들이라면 방법이 있을 것이라 생각한 게다.

그리고 멀지 않은 곳에서 자신이 원하는 이들을 찾은 석대림이 더 생각할 틈도 없이 바닥을 콱 찍었다.

불쑥 얼굴을 들이미는 석대림에게 반사적으로 손을 뻗으려던 운현이 뒤늦게 그를 확인하고는 멈칫했다.

"뭐, 뭐야? 네가 왜 갑자기……?"

"형님. 그게 문제가 아니고 지금 큰일 났습니다."

"큰일? 무슨 큰일?"

"그건 나중에 설명해 드릴 테니까 일단 방주님 좀…… 제가 접근해 보려니까 답이 없어서요. 형님이 좀 움직여 주시면……."

"야, 일단 무슨 일인지는 말을 해야 알 거 아냐?"

"그게 문제가 아니라니까요. 일단 방주님 좀 뵙고……."

석대림은 여전히 거칠게 숨을 몰아쉬고 있었다.

급박한 상황에 숨소리조차 가다듬을 틈이 없었던 것이다.

오죽하면 그리 멀지 않은 곳에 있는 백운설에게조차 눈길도 주지 않았다.

그러나 운현은 쉽사리 움직이려 들지 않았다.

석대림이 답답하다는 얼굴을 하려 할 때 천영영이 끼어들었다.

"대림아."

"어? 누님."

"뭐가 그렇게 급한지는 모르겠지만 일단 설명부터 해야 하지 않겠니? 그래야 움직이든 말든 할 거 아냐? 급하다고만 하면 우리가 어떻게 움직이겠어?"

"하, 하지만…… 진짜 급해서……."

"그러니까 설명부터 해 보라니까. 그게 더 빠를 거야. 일단 호흡부터 좀 가라앉히고."

그러나 석대림은 여전히 호흡을 가라앉히지 못했다.

대신 눈알을 굴리며 잠깐 고민하는 듯하다가 최대한 짧게 상황을 설명했다.

"전에 그놈들입니다."

"전에 그놈들? 누구?"

"전에 무당에서 내려왔을 때…… 아! 그 할망구! 그 할망구가 나타났어요."

석대림이 월향의 존재를 알리자 운현과 천영영의 얼굴이 딱딱하게 굳어졌다.

그 때 당소문이 그들보다 먼저 반응하며 앞으로 나섰다.

"어디냐? 안내해라."

"무리입니다. 수가 많아요. 방주님께 말씀드려야……."

"지금 방주님을 뵙지는 못한다. 당연히 다른 이들을 움직일 수도 없고. 그러니까 안내해라."

"하, 하지만……."

두설이 녀석이 안 보이는 거 보니까 그 녀석이 남았나 보군. 그 녀석 몸놀림이 잽싸긴 하지만 혼자서는 오래 버티지 못한다. 그러니까 어서 안내해."

당소문이 아픈 곳을 콕 찌르자 석대림은 더는 반항할 수가 없었다.

"그럼 저를 따라오세요."

그 말을 남기고는 뒤도 돌아보지 않고 몸을 날리는 석대림이었다.

그만큼 상황이 급했던 탓이다.

그리고 제법 많은 거리를 이동해 더 이상 군중들의 모습이 보이지 않을 때쯤, 운현이 석대림을 부르며 걸음을 멈췄다.

"잠깐! 잠깐 서 봐!"

"예? 왜……?"

의아하다는 얼굴로 뒤를 돌아보는 석대림을 쳐다보지도 않은 채 운현이 어딘가를 향해 시선을 던졌다.

"그만 나와."

운현의 목소리에 수풀이 움찔 떨리는가 싶더니 곧 정주형 등이 모습을 드러냈다.

정주형이 운현을 쳐다보며 투덜거렸다.

"하여간 감은 좋다니까."

"너네들이 어설픈 거고. 그보다 왜 따라온 거야? 누가 보기라도 하면 어쩌려고?"

"지금 그게 중요하냐? 그 할망구가 또 나타났다며? 다른 건 둘째 치고 무결이 녀석 혼자서는 감당 못해. 그건 피해야지."

그 때 석대림이 목소리를 내며 끼어들었다.

"무일이 형님도 있어요!"

한 걸음 물러서 있던 고민우가 반응하며 석대림을 쳐다봤다.

"무일이가? 그 녀석이 왜?"

"둘이서 바람이나 쐬려다가……."

더 말을 하지 않아도 그림이 그려졌다.

"이 시국에…… 대체 왜 그렇게 철이 없는 건지."

좋지 못한 얼굴을 하고 있는 고민우의 어깨를 안은희가 툭 하고 쳤다.

"일단 가자. 타박을 하더라도 일단 그 녀석들 빼낸 뒤에 해야지. 늦어서 정말 잘못되기라도 하면 그건 정말 큰일이니까."

철소화와 혁련강 역시 고개를 끄덕였다.

친구들과 시선을 맞춘 고민우가 석대림을 향해 말했다.

"안내 부탁한다."

"알겠습니다, 형님!"

"진짜 미친 거 아니야? 분명 자신들도 부담이 될 텐데……."

굳이 말하면 내전이나 다름없는 것이다.

자신들이 반란을 일으킨 것도 아니고 굳이 할 필요가 없는 싸움이다.

여전히 외부의 적이 건재한 상황에서 제 살만 깎아먹는 것이다.

그래서 더 이상했다.

이마를 타고 주르륵 흐르는 땀이 흘렀다.

거치적거리는 느낌에 신경질적으로 땀을 훔친 임무일이 고개를 절레절레 젓고는 다시금 걸음을 옮겼다.

"내가 고민한다고 답이 나오는 것도 아니고. 일단 빠져나갈 궁리부터 해야 하는데……."

궁금한 것은 나중으로 밀어 두고 일단 눈앞에 닥친 일부터 해결해야 했다.

살아남는 것이 우선이다.

그러나 아무리 고민을 해도 눈앞이 깜깜했다.

도저히 방법이 보이지 않은 탓이다.

"아무래도 산 전체를 둘러친 것 같은데…… 많아도 너무 많아."

저들도 그렇고 자신들도 마찬가지였다.

저들이 많은 수를 이용해 그물을 치는 것도 부담스럽고, 어떻게든 이 자리를 빠져나가야 하는 자신들에게 있어서도 건사해야 할 이가 많다는 것은 부담이었다.

"일단 위에 가서 합류해야 하나?"

가장 손쉽게 택할 수 있는 생각이었지만 임무일은 곧 고개를 저었다.

경고를 하는 것은 석대림으로도 충분했다.

자신마저 다른 이들과 합류해서 기다리는 것보단 상황을 살피는 것이 현재로서는 이득이라는 생각이었다.

자신이 다른 이들과 함께하는 것은 그다음이다.

마음을 정한 임무일이 주위를 살피며 빠르게 움직였다.

높은 나무와 높은 나무 사이를 옮겨 다니며 높은 곳에서 주위를 살피는 모습이었다.

그러나 보는 것이 많아질수록 점점 더 얼굴이 무거워져 가는 임무일이었다.

"이거 살아 나갈 수는 있나?"

수가 많아도 너무 많았다.

그러면서도 대열에 흐트러짐이 없이 일사분란하게 움직이는 것이 군기가 엄정했다.

고도로 훈련된 군대였다.

언뜻 보기에도 빠져나갈 길이 보이지 않았다.

"아주 작정을 했군. 대체 왜 이렇게까지 하는 거지?"

억지로 털어 내려 했지만 계속 같은 의문이 머릿속에서 가시지를 않았다.

얼굴을 찌푸리던 임무일이 짧게 고개를 젓고는 다시금 몸을 날렸다.

또 다른 나무와 나무를 뛰어넘으며 빠르게 이동하던 임무일은 한순간 움찔하며 와락 얼굴을 구겼다.

"이런 씨!"

아래에서 느껴지는 미약한 기척.

급하게 움직이는 와중에도 놓치지 않았던 것이다.

그리고 기다렸다는 듯이 세 개의 검날이 한꺼번에 튀어 올랐다.

"죽어!"

그와 동시에 내력을 움직여 저들을 찍어 누르려던 임무일은 한순간 눈을 동그랗게 떴다.

"어라? 당신들은……?"

이제껏 상대하던 이들과는 달랐다.

하나같이 검은 복색에 한마디 말도 없이 자신에게 검을 내지르던 이들과는 달리 호리호리한 체형에 같은 동작으로 세 방위를 점하는 이들의 복색은 어딘가 익숙했기 때문이다.

"아차! 이럴 때가 아니고!"

임무일이 가장 먼저 튀어 오르는 검끝을 가볍게 밟았다.

가벼워 보이는 동작이라도 그 안에 실린 내력은 만만치 않았다.

퉁 하는 묵직한 소리가 나더니 치고 올라오던 검이 활처럼 휘어졌다.

"어?"

당황한 듯한 여인의 목소리를 뒤로하고 임무일이 몸을 날렸다.

단숨에 저들을 떨어트린 임무일이 그제야 여유를 찾았다.

"아무래도 우리 아는 사이 같은데……."

임무일이 가만히 시선을 돌리며 주변을 훑었다.

군데군데에서 움찔하는 기척이 느껴졌다.

그것으로 더는 숨어 있는 것이 의미가 없다 여긴 이들이 동시에 신형을 일으켰다.

그리고 아는 얼굴을 확인한 임무일이 고개를 끄덕이며 목소리를 냈다.

"이게 대체 어떻게 된 거지? 검각의 여인들 맞지? 네가 왜 이들과 함께 있는 거지?"

임무일의 시선을 받은 조희진은 질문에 대한 답 대신 뒤를 돌아봤다.

"다른 이들도 있어."

"다른 이들?"

임무일이 의아하다는 얼굴로 고개를 갸웃거릴 때 하얀 복장을 한 이들이 하나둘씩 몸을 일으켰다.

"어? 당신들은……?"

복장만으로도 그들이 북해의 무리들이라는 것을 어렵지 알아챈 임무일이었다.

다만 그들이 검각의 이들과 함께한 이유를 찾지 못하는 모습이었다.

그러나 그 의문도 그들과 같은 복색을 한 담설이 모습을 드러내자 순식간에 풀려 버렸다.

"너…… 설마 북해 출신이었어?"

담설이 말없이 고개를 끄덕였다.

그녀를 대신해 목소리를 낸 것은 한 걸음 떨어져 있던 담재선이었다.

"네 녀석이 왜 여기에 있는 것이지?"

"그건 제가 하고 싶은 말입니다. 아저씨가 어떻게…… 검각은 또 어떻게 된 일이고요?"

서로 제 의문이 먼저인 이들이었다.

그 때 담설이 끼어들며 둘의 사이를 갈라놨다.

"그보다…… 오라버니 혼자인 거예요? 다른 이들은 없어요?"

가장 중요한 문제였다.

선불리 움직여 문제를 일으키면 저들도 경계심을 품게 될 터, 아직은 그럴 때가 아니었다.

작은 문제라도 차단해야 했다.

“당연히 나 혼자…… 아, 아니 무결이도 같이 왔는데?”

“소 오라버니요? 어디 있는데요?”

“그거야…….”

자신이 온 길로 시선을 돌리는 임무일을 확인한 담설이 제 아비를 쳐다봤다.

담재선이 한숨을 내쉬며 말했다.

“아무래도 그 녀석부터 빼 와야겠군.”

“그 녀석이요? 걱정할 것 없어요. 호락호락한 녀석이 아니라서 잘 빠져나올 테니까.”

“네 녀석이 오면서 제법 많은 이들을 마주한 것 같던데 그러고도 모르겠나? 황산에 깔린 이들이 제법 많다. 조금이라도 삐끗하면 둘러싸이는 건 순식간이지. 그 녀석이 빠져나올 수 있겠나?”

제 생각에 갇혀 미처 살피지 못했던 부분이다.

딱딱하게 변해 가는 그의 얼굴을 확인한 담재선이 다시 말을 이었다.

“고수도 제법 많지. 절대로 빠져나오지 못해.”

임무일이 저도 모르게 고개를 끄덕였다.

월향의 존재는 그 역시 신경이 쓰였던 것이기 때문이다.

“안 그래도 그 할망구. 그 할망구가 같이 있었습니다.”

임무일의 말에 담재선보다 검옥련이 먼저 반응했다.

"그 할망구?"

"왜 그…… 남경에서 마주했던……."

임무일의 말이 끝나기도 전에 검옥련의 낯빛이 변했다.

그가 말하는 것이 월향이라는 것을 어렵지 않게 알아차린 탓이다.

검옥련이 제 검을 뽑아 들며 제자들을 돌아봤다.

"가자. 그 요녀가 나타났으니까."

검각의 무리들이 단번에 날을 세웠다.

잘 벼려진 검처럼 날카로운 예기가 뿜어져 나왔다.

그리고 그것은 조희진 역시 마찬가지였다.

금방이라도 움직일 듯한 그들의 앞을 가로막은 것은 담설이었다.

"안 돼요."

"무슨 말이냐?"

검각의 무리들 중 가장 날카로운 예기가 담설에게로 향했다.

검옥련의 그것이 그녀의 피부를 콕콕 찌르는 듯 했다.

그러나 담설은 전혀 물러섬이 없었다.

"잊으셨어요? 제갈 언니가 말했잖아요. 그 할망구보다 이 일이 우선이라고. 일단 이 일부터 해결하는 게……."

"우린 그것에 동의한 적 없다."

검옥련이 차가운 얼굴로 담설의 말을 잘랐다.

검옥련만이 아니다.

평소에는 온화한 모습을 보여 주던 금소소 역시 이번에는 검옥련과 뜻을 같이한 듯 전혀 물러섬이 없어 보였다.

담설이 입술을 질끈 깨물었다.

제갈연이 맡긴 것이 있기에 이대로 물러설 수 없었다.

"하지만……."

그 때 담재선이 제 딸의 어깨를 짚었다.

"그만하거라."

"하지만 아버지……."

"원래 계획이라는 것은 상황에 맞춰 변하기 마련. 검각의 일은 둘째 치더라도 그 소무결이라는 새끼거지를 모른 척할 수도 없는 일 아니냐?"

소무결이란 말에 담설이 아랫입술을 잘근잘근 씹었다.

그리고는 곧 고개를 끄덕이며 다시 제 아비를 쳐다봤다.

"그럼 이제 어쩌죠?"

"가 봐야겠지."

담재선이 임무일을 향해 눈짓을 했다.

"안내해라."

"어……? 예."

멍청한 얼굴을 하고 있던 임무일이 얼떨결에 고개를 끄덕이며 걸음을 옮겼다.

그와 동시에 검각의 무리들이 그 뒤를 따랐다.

그들에게 휩쓸리기라도 하듯 무심코 걸음을 옮기던 담설이 문득 제 아비를 돌아봤다.

"아버지는……?"

담재선은 여전히 그 자리에 선 채 움직임이 없었기 때문이다.

그는 가만히 고개를 젓더니 수하들을 돌아보며 목소리를 냈다.

"너희들은 설아를 지키거라."

누구 하나 대답이 없었다.

다만 이전보다 더 날카로운 눈을 할 뿐이었다.

담설이 불안한 얼굴로 제 아비를 다시 불렀다.

"아, 아버지는요?"

담재선은 대답 대신 어딘가로 시선을 옮겼다.

오로지 그만이 느낄 수 있던 것이다.

"나는 다른 일을 봐야겠다."

"다른 일이요? 무슨……?"

담재선을 고개를 저었다.

"나중에 보자."

그리고는 바닥을 콕 찍더니 순식간에 신형을 감춰 버렸다.

담설이 당황한 얼굴을 했다.

"아, 아버지!"

용천도를 처음 마주한 이들의 반응은 하나같이 똑같았다.

손을 섞을 때마다 내부로 침투하는 진기에 당황하는 모습을 보이다가 제 풀에 꺾이는 모습.

간혹 저항을 하는 이들도 없진 않았지만 큰 그림에서는 달라짐이 없었다.

상대의 수준에 따라 그 자체로는 큰 타격이 되지 않는다 하더라도 움직임에 불편함을 가하기에는 충분했기 때문이다.

그리고 고수들 간의 격전에서는 그것으로도 큰 위력을 발휘했다.

작은 틈이라도 물어뜯어 큰 상처로 만드는 것은 제법 이름을 날린 이라면 모두가 마찬가지였기 때문이다.

다만 예외가 있다면 모용기와 명진이었다.

물론 둘은 다르다.

처음부터 용천도를 어렵지 않게 상대한 모용기와는 달리 명진은 익숙해질 때까지 제법 곤욕을 치렀기 때문이다.

'아니지. 어떻게 보면 기아 녀석도 마찬가지인가?'

모용기 역시 용천도를 상대한 것은 한두 번이 아니라 들었다.

틈만 나면 손을 섞었다는 것이다.

다만 자신이 알지 못할 뿐이다.

결국 제아무리 모용기라도 용천도는 상대하기 쉽지 않다는 결론이다.

'그런데…… 이 녀석은 대체 뭐지?'

철무한이 눈앞의 천호를 쳐다보며 눈매를 좁혔다.

분명 용천도를 상대하는 것은 처음일 텐데 다른 이들과는 반응이 달랐다.

'아니지. 처음에는 이 녀석도 똑같았는데……'

장심을 파고드는 진기에 당황하는 모습을 보이던 것은 천호 역시 마찬가지였다.

그러나 그 순간이 극도로 짧았다.

처음에 몇 수는 당황하는 모습을 보이는가 싶더니 시간이 흐를수록 그런 모습은 점점 사라졌다.

그리고 이제는 아예 자신의 장심을 파고드는 철무한의 진기를 신경조차 쓰지 않는 듯한 모습이었다.

'이걸 허세라고 볼 수도 없고……'

짧은 시간이라면 몰라도 수십여 수를 교환하는 동안에도 평온함을 유지하지는 못한다.

무리하다가는 내부부터 무너지는데 감추려야 감출 수가 없기 때문이다.

그리고 철무한의 의문에는 별다른 감흥도 없다는 얼굴로 주먹을 찔러넣는 천호.

"썩을……"

다섯 개의 주먹이 일시에 날아드는 것을 확인한 철무한이 크게 도를 휘둘렀다.

퍼퍼퍽 소리가 나며 순식간에 네 개의 주먹이 소멸됐다.

그러나 끝까지 살아남은 하나의 주먹이 철무한의 복부로 향했다.

별다른 소리가 없는 평범한 듯이 보였지만 오히려 그것이 더 무서웠다.

철무한이 급하게 도를 틀었다.

그와 동시에 천호의 주먹이 용천도의 도면을 때렸다.

쩡하는 소리와 동시에 철무한의 신형이 주르륵 밀려났다.

여전히 무뚝뚝한 얼굴을 하고 있는 천호의 모습에 철무한이 이를 갈며 용천도를 들어올렸다.

"어디 끝까지 가 보자!"

철무한의 신형이 흐릿해지는 순간 용천도가 눈앞에서 불쑥 튀어나왔다.

겉모습만 보기에는 도기조차 담지 않은, 예기마저 하나 보이지 않는 거무튀튀한 낡고 무거워 보이는 도에 불과했다.

그러나 그 안에 감춰진 발톱은 그 무엇보다도 위력적이다.

특히 몸과 몸이 부딪히는 싸움은 천호에게는 더할 나위 없이 치명적이다.

'가급적이면 마주치고 싶지 않은데…….'

상성이 좋지 않았다.

본능적으로 몸이 거부했다.

그러나 천호는 억지로 손을 들었다.

퍽!

주먹과 도면이 부딪히는 타격음이 들리며 서로가 주춤거리며 물러섰다.

얼굴을 찌푸리는 철무한과는 달리 천호는 별다른 감흥이 없는 얼굴이었다.

그러나 속내는 전혀 달랐다.

용천도와 마주칠 때마다 철무한의 진기가 파고들었다.

처음에는 어찌어찌 해소하는 듯했고 아직까지는 조금 거슬리는 수준일 뿐이었지만, 그것이 전부가 아니라는 것을 잘 안다.

차곡차곡 쌓이는 철무한의 진기는 자신의 내력의 움직임을 방해했다.

시간이 지날수록 위력을 더해 가며 그 여파는 심해질 것이 분명할 터.

'지금이라도 다른 방법을 찾아야 하나?'

철무한의 진기가 쌓여 갈수록 마음이 약해지려 했다.

그러나 이내 고개를 가로젓는 천호였다.

다른 방법을 찾기에는 몸에 익은 것이 있다.

지금껏 쌓아 온 것을 포기하는 것은 결국 자신에게 도움이 되지 않을 것이다.

'어쩔 수 없나?'

인내심의 문제였다.

버티고 또 버텨야 했다.

다행히 그것은 자신이 가장 잘하는 것이다.

씩씩거리며 조금은 흥분한 듯한 모습을 보이는 철무한을 살피면 그리 오랜 시간도 아닐 것이다.

'다만…….'

그때까지 몸이 버텨 줄지가 문제였다.

가끔씩 제 생각과 다르게 움직이는 신체를 통제할 수가 없었기 때문이다.

'그 전에 끝내야 된다. 그러자면…….'

물러서는 철무한을 노려보던 천호의 두 눈이 반짝 빛을 발했다.

그것을 철무한이 알아보는 순간 천호의 신형이 포탄처럼

무섭게 쏘아졌다.

"썩을!"

철무한이 얼굴을 와락 구기며 용천도를 찔러 넣었다.

퍽!

천호의 주먹이 도면을 정확하게 가격하며 용천도가 휙 돌아갔다.

그리고 뒤따르는 또 하나의 주먹.

'이건 뭐 양손잡이도 아니고……'

권법의 대가들이 보통 잘 쓰지 않는 손도 단련하기는 하지만 어디까지나 보조적인 방편이었다.

천호처럼 양 주먹의 위력이 차이를 보이지는 않는 것은 듣도 보도 못한 기사였다.

제각기 다른 방향으로 자유자재로 움직이는 천호의 양 주먹을 상대하다 보면 둘을 상대하는 것과도 같은 착각이 들 지경이었다.

그러나 언제까지나 감탄만 하고 있을 수는 없었다.

밀려 나가던 용천도가 부드럽게 원을 그리며 제자리로 돌아오더니 천호의 주먹을 가로막았다.

"어딜 감히!"

퍽!

그러나 손해를 본 것은 철무한이었다.

철무한이 시큰거리는 손목에 저도 모르게 한 걸음 물러서고 만 것이다.

"썩을……"

천호는 그 틈을 놓치지 않았다.

천호의 두 주먹이 무차별적으로 날아들었다.

한순간 여덟 개로 불어난 듯한 천호의 두 주먹이 자신을 가로막은 용천도의 도면을 무수히 때려 댔다.

퍽! 퍽! 퍽!

그리고 그 충격이 철무한에게 전해지는 것은 여지없었다.

"큭!"

철무한이 주춤거리며 계속해서 밀려났다.

손목을 타고 넘으며 양팔에마저 충격이 전해지는가 싶더니 곧 전신으로 퍼져 나갔다.

얼굴이 파랗게 질리며 굳건하게 고개를 치켜들고 있던 용천도도 조금씩 아래를 향했다.

그러나 철무한은 이를 악물었다.

"겨우 이 정도로? 더 해 봐!"

새파랗게 질린 얼굴에 은은하게 붉은 기가 모습을 드러내려 했다.

정반대의 색을 동시에 머금은 그의 얼굴을 유심히 쳐다보던 천호가 다시금 주먹을 들었다.

'얼마 안 남았군.'

그 순간 속이 메슥거리는 느낌이 들더니 일순 눈앞이 흐릿해졌다.

어떤 경우에도 제 무공을 포기하지 않은 철무한이었고, 그것이 차곡차곡 쌓인 결과였다.

천호의 내부에 파고든 철무한의 진기가 생각보다 제법이었다.

'좋지 않은데…….'

반시진이 넘도록 철무한의 용천도법을 상대하는 것은 천호에게도 무리가 가는 일이었다.

철무한의 용천도법은 천호와 같이 단련된 무인에게도 충분히 피해를 줄 수 있을 정도로 위력적이었다.

억지로 자세를 무너트리지 않은 천호는 철무한에게 들키지 않도록 살짝 혀끝을 깨물어 피를 낸 후 겨우 시력을 회복할 수 있었다.

'돌아갈 걸 그랬나?'

후회가 되는 순간이었다.

자신이 잘하는 것을 조금만 포기했다면 더 나은 상황을 마주했을지도 모른다는 생각이 들었기 때문이다.

그러나 천호는 그 생각을 이내 털어 내고 말았다.

어디까지나 가정일 뿐이었기 때문이다.

'어쨌든 효과가 없는 것도 아니고.'

이제 끝이 다가온다는 것을 본능적으로 알 수 있었다.

천호가 다시금 두 주먹에 힘을 불어넣었다.

바스슥하며 두 주먹을 감싼 철 조각이 약간의 소음을 일으켰다.

그와 동시에 철무한이 다시금 용천도를 들어 올리며 이를 악물었다.

그리고는 서로가 한순간을 노리며 호흡을 가다듬는 순간.

쾅!

둘 사이에 강력한 기파가 내리꽂힌 탓에 두 사람이 동시에 뒤로 물러서며 거리를 벌렸다.

"뭐, 뭐야?"

"어떤 놈이냐!"

흙먼지가 훅 몰아치며 파동이 사방으로 번져 나왔다.

제법 땀을 흘린 탓인지 유독 더 차갑게 느껴지는 기운이 뺨을 스치고 지나갔다.

"한기?"

철무한이 고개를 갸웃거리는 순간 하얀 의복을 걸친 인영이 불쑥 모습을 드러냈다.

익숙한 얼굴에 철무한이 눈을 동그랗게 떴다.

"어? 아저씨!"

둘 사이에 모습을 드러낸 이는 담재선이었다.

담재선은 날카롭게 눈매를 좁히고 있는 천호를 힐끔 쳐다보더니 철무한에게 손을 내저었다.

"가라."

"어? 그, 그게 무슨……?"

예상치 못한 말에 철무한이 두 눈을 동그랗게 떴다.

그러나 담재선은 더는 그를 쳐다보고 있지 않았다.

천호에게로 시선을 돌린 채 자신에게 등을 보이고 있는 담재선의 모습에서 무언가를 알아챈 철무한은 이를 악물더니 앞으로 나섰다.

자신에게 다가서는 철무한의 기척을 느낀 담재선이 그제야 뒤를 돌아봤다.

"가라."

"그럴 수는 없습니다."

"가라고 했다."

"제 일입니다."

철무한은 담재선과 시선을 맞춘 채 전혀 물러서지 않겠다는 기색을 내비쳤다.

담재선이 말없이 천호에게로 시선을 돌렸다.

그 역시 못마땅하다는 기색이 가득했다.

속내야 어떻든 둘 모두 투기로 두 눈이 번들거렸다.

그러나 담재선은 여전히 고개를 저었다.

"저 친구보다 더 급한 일이 있지 않나? 그것이 우선이다."

담재선은 여전히 철무한의 앞을 막아선 채 단호하게 고개를 저었다.

그것에 담긴 의미를 알아채는 건 어렵지 않았다.

어디까지나 천호는 거쳐 가는 과정일 뿐 목적지는 아니었기 때문이다.

"하, 하지만……."

그러나 철무한은 여전히 망설이는 얼굴을 했다.

이대로 끝내는 것이 내키지 않는다는 얼굴이었다.

쉽게 발걸음을 옮기지 못하는 철무한의 심정을 이해할 수 있었던 담재선이 다시 입을 열었다.

"죽이지 않겠다. 기회가 있을 것이다."

담재선이 이렇게까지 나오자 철무한도 무작정 제 고집만 앞세울 수는 없었다.

여전히 번들거리는 눈으로 자신을 쳐다보는 천호와 시선을 마주하던 철무한은 곧 한숨을 내쉬며 그의 시선을 피하고 말았다.

"약속하신 겁니다?"

"물론이다. 죽이지 않겠다."

철무한이 고개를 끄덕이더니 뒤돌아서며 수하들을 찾았다.

"아저씨의 뒤를 지키도록."

"예!"

일제히 고개를 숙이는 패천성의 무사들에게 고개를 끄덕인 철무한이 더는 미련을 남기지 않으며 걸음을 옮겼다.

그 때 담재선이 다시 목소리를 내며 그의 발길을 붙잡았다.

"그 녀석도 데려가라."

"그 녀석이요?"

"무당의 그 녀석 말이다. 데려가라."

"하지만 명진은……."

노도진과 마주하고 있을 명진을 떠올리며 철무한이 고개를 저으려 했다.

그러나 이번에도 제 말이 먼저인 담재선이었다.

"가 봐라. 그러면 알 것이다."

그것을 끝으로 더는 말이 없는 담재선이었다.

철무한은 여전히 의문이 가득한 얼굴이었지만 결국은 신형을 돌릴 수밖에 없었다.

"나중에 다시 뵙겠습니다. 그때 설명 부탁드립니다."

다음을 기약하는 철무한의 말에 좀체 감정을 드러내지 않는 담재선이 씩하고 웃음을 흘렸다.

그리고 그의 기척이 완전히 멀어졌을 때 담재선이 천호와 시선을 맞추며 이전처럼 싸늘한 기운을 뿌려 댔다.

"더 할 텐가?"

밝은 대낮에도 눈이 부실 정도로 검기를 뿌려 대는 명진이었다.

제법 오랜 시간이 지났음에도 여전히 처음과 같은 검기를 유지하는 그의 모습에 노도진은 내심 감탄한 모습이었다.

'무슨 내력이…… 저 나이에 저게 되나?'

문득 자신의 어린 시절을 떠올리던 노도진은 저도 모르게 절레절레 고개를 저었다.

그 당시의 자신은 반시진이 넘도록 검기를 유지하는 것을 꿈도 꾸지 못했기 때문이다.

어마어마한 내력이라고 생각했다.

'아니면 그만큼 내력의 운용이 절묘하든가.'

그러나 그것은 더 어려운 일이다.

차라리 무지막지한 내력이 더 납득하기 쉬울 것이다.

쉽지는 않은 일지만 영약이라는 빠른 길이 분명 존재했으니 이해하기가 더 쉽다.

잠깐 한눈을 판 틈을 노려 명진의 검이 불쑥 치고 들어왔다.

간혹 검기를 감추고 지금처럼 본연의 모습을 드러내고는 했는데 그럴 때마다 노도진의 얼굴이 황당하다는 얼굴을 했다.

"뭐, 뭐가……."

쉭하고 솟구쳐 오르는 명진의 검을 노도진이 주먹을 들어 망치로 내려치듯 찍어 눌렀다.

퍽하는 타격음이 터져 나오긴 했지만 그리 크지 않았다.

그러나 그 안에 숨겨진 발톱은 검기에 비할 바가 아니었다.

더 날카롭고 치명적인 기운이었다.

그리고 그것에 위협을 느끼는 것은 명진 역시 마찬가지였다.

자신의 검을 찍어 누르는 노도진의 주먹을 정면으로 받아내겠다는 오기 같은 것은 조금도 찾아볼 수가 없었다.

그의 주먹이 모습을 드러내기가 무섭게 자신의 검을 틀어버리며 그의 주먹을 흘려내는 것에 집중하는 모습이었다.

어린 나이에 경지에 이른 터라 터무니없는 자신감을 보일 법도 했지만 명진의 검은 사나운 것과는 별개로 겸손하다는 느낌을 줬다.

절대로 무리를 하지 않는 모습이었다.

노도진이 저도 모르게 얼굴을 찌푸렸다.

'이거 진짜 약관을 갓 넘어선 놈이 맞아? 검 쓰는 게 수십 년은 더 지난 것 같은데?'

그만큼 명진의 검은 까다로웠다.

검을 쓰는 것 그 자체로만 보면 오히려 자신의 윗줄에 있다 느껴질 정도였다.

잠시 다른 생각을 하는 순간, 서늘한 느낌에 번쩍 눈을 뜬 노도진이 다시 한 번 거리를 벌리려 했다.

부드럽게 원을 그리며 자신의 힘을 빗겨 낸 명진의 검이 쉭 소리를 내며 가슴을 노리고 날아든 것.

그러나 명진은 그러한 틈을 용납하지 않았다.

단번에 세 개의 검을 찔러 넣으며 노도진이 움직일 수 있는 공간을 제어하려 했다.

자신의 움직임을 통제하려 하는 명진의 모습에 어지간하던 노도진도 드디어 눈썹을 꿈틀거렸다.

"건방진!"

순간 거친 기운이 고개를 치켜세우며 명진의 검을 밀어내려 했다.

반면 굳이 무리를 하지 않는 명진이었다.

얄밉게 제 검을 쏙 빼내 거리를 벌리는 명진의 모습에 노도진이 눈매를 가늘게 좁혔다.

노도진이 목을 뚝뚝 꺾으며 굳은 몸을 풀었다.

"내가 사과하지. 애라고만 생각했는데……."

조금은 얕보는 마음이 있었던 것이 사실이다.

그러나 지금은 모두 지워 냈다.

노도진이 한순간 쾅하고 진각을 밟았다.

훅하고 흙먼지가 밀려오는 사이로 정확하게 노도진의 신형을 잡아낸 명진이 검을 쭉 뻗어 냈다.

노도진의 주먹이 뻗어진 것은 그와 동시였다.

퍽!

이전과 같은 억눌린 듯한 소리가 나더니 이번에는 명진만 주춤거리며 뒤로 물러섰다.

흙먼지를 헤집고 모습을 드러낸 노도진이 명진을 확인하고는 어처구니가 없다는 얼굴을 했다.

"웃어?"

이제껏 상대했던 이들과는 반응이 달랐다.

노도진이 제 주먹을 내려다봤다.

"약했나?"

무언가를 골똘히 생각하는 듯 보이던 그가 이내 고개를 젓고 만다.

"그럴 리는 없는데……."

자신에게는 별다른 문제가 없었다.

문제가 있다면 그것은 명진이다.

그리고 문제는 해결하면 된다.

고개를 끄덕인 노도진이 바닥을 콱 찍었다.

순간 그의 신형이 엿가락처럼 쭉 늘어나더니 순식간에 거리를 좁혔다.

그리고 두 눈을 가득 채우는 하나의 주먹.

살이 찢어질 듯한 강력한 풍압에 명진이 급하게 고개를 틀었다.

그러나 그 와중에도 제 검을 잊지 않은 명진이었다.

그가 움직이는 결을 따라 자연스레 검날이 움직였다.

검기가 불쑥 치솟아 오르며 서늘한 기운이 노도진을 위협했다.

굳이 검기를 맨손으로 상대할 이유가 없었다.

단 한 걸음 물러서는 것으로 명진의 검기를 아슬아슬하게 피해 낸 노도진이 물러선 것만큼이나 빠르게 한 걸음 앞으로 나섰다.

그 움직임에 반응하듯 명진의 검이 빠르게 방향을 틀었다.

그러나 이번에는 물러설 생각이 없었던 노도진이다.

노도진이 명진의 검면을 내리쳤다.

강력한 기파에 명진의 검이 바람에 나부끼는 갈대처럼 힘없이 나부꼈다.

감히 저항할 엄두를 내지 못한 명진이 급하게 한 걸음 물러섰다.

그 순간 노도진이 눈을 반짝였다.

'기회!'

그리고는 기다렸다는 듯이 명진을 따라잡으려 한 걸음 내딛으려 했다.

그러나 노도진은 제 생각을 실행에 옮기기도 전에 와락 얼굴을 일그러트려야 했다.

"망할!"

자신이 움직이려는 순간 명진의 검이 번쩍 빛을 발했기 때문이다.

가까운 거리에서 터져 나온 반월형의 검기가 혓바닥을 날름거리며 노도진을 위협했다.

노도진이 급하게 허리를 뒤로 젖혔다.

명진의 검기가 쉭 하는 위협적인 소리를 내며 아슬아슬하게 코끝을 스치고 지나갔다.

그러나 노도진은 명진의 검기를 피해 냈다는 안도감보다는 아차 하는 심정이 더 강했다.

급한 마음에 섣불리 움직여 명진의 움직임을 시야에서 놓친 것이다.

불길한 예상이 틀리지 않았다는 듯이 뚝 떨어져 내리는 명진의 검.

검기조차 두르지 않은 검이었지만 그것이 이전보다 더 위협적이라는 것을 본능적으로 알아본 노도진이었다.

명진의 검을 받아 낼 엄두조차 못 낸 채 급하게 몸을 날렸다.

노도진의 신형이 횡으로 빙글 돌며 사방으로 기파를 뿌렸다.

그러나 그 정도는 이미 예상했던 바, 명진의 검에 어느새 파란 검기가 일어나며 노도진의 기파를 잘라 내더니 그 사이를 파고들었다.

그 순간 노도진이 자세를 잡더니 양손을 합장하듯 마주쳤다.

텁 하는 소리가 나며 그 자리에 멈춰 서는 명진의 검.

여전히 새파란 검기가 이글거리는 가운데 맨손으로 그것을 잡아낸 광경은 어딘가 모르게 이질적이었다.

항상 나태로워 보이던 낯빛을 지워 내고 조금 더 진지한 얼굴을 한 노도진이 명진과 시선을 맞추며 목소리를 냈다.

"내가 사과라도 해야 하나?"

영문을 알 수 없는 말에 명진의 두 눈에 의문이 어렸다.

노도진이 픽 웃음을 흘리며 말을 이었다.

"네 녀석을 우습게 본 것 말이다. 생각보다 제법이야."

지난번 마주쳤을 때 보통이 아니라는 것은 알고 있었지만 이 정도로 자신을 몰아붙일 줄은 몰랐다.

생각보다 제법이었다.

가벼운 마음으로 상대하자던 생각은 자취를 감췄다.

어느새 진지해진 얼굴의 노도진이었다.

반면 명진은 조금도 변화를 보여 주지 않았다.

처음 만났을 때나 지금이나 무표정한 얼굴 그대로였다.

"감정이 없는 건가, 아니면 억지로 눌러 두는 것인가?"

둘 모두 까다로운 것은 마찬가지였지만 후자가 상대하기에 더 편하다.

조금이라도 흔들어 볼 여지가 있기 때문이다.

그러나 애초에 명진에게 답을 구할 수 없는 질문이다.

여전히 입을 다문 채 자신을 주시하고 있는 명진의 눈길에 노도진이 고개를 저었다.

"의미가 없는 질문이었나? 관심도 없겠고 말이야."

자신과 마주한 눈길에는 오로지 투기만 가득했다.

다른 것에는 일체 관심도 없어 보이는 눈빛이었다.

가장 위험한 유형이다.

정답은 정해져 있었다.

노도진의 얼굴이 조금 더 진지해지려는 찰나, 그가 급하게 양손을 움직여 명진의 검을 밀어냈다.

쭉 밀려나는 명진을 확인한 노도진이 그제야 시선을 돌렸다.

그에 명진의 눈에 의아함이 깃든 것도 잠시, 그의 시선 역시 동일한 방향으로 향했다.

조금 시간이 지난 후, 부스럭거리는 소리가 들리더니 운현 등이 한꺼번에 모습을 드러냈다.

조금 멀리 떨어진 명진, 그리고 더 가까운 거리의 노도진을 확인한 운현이 와락 얼굴을 구기더니 번쩍 제 검을 뽑아 들었다.

"너 이 새끼!"

운현은 노도진을 여전히 잊고 있지 않았던 탓이다.

제법 시간이 지났지만 여전히 치가 떨리는 일이었다.

흐릿한 인상과는 달리 그의 얼굴은 또렷하게 각인되어 있었다.

그것은 천영영 역시 마찬가지였다.

천영영이 말없이 제 검을 뽑아 든 채, 운현의 옆으로 다가갔다.

검을 뽑아 든 채 나란히 서서 자신을 노려보는 한 쌍의 남녀를 쳐다보며 노도진이 얼굴을 찌푸렸다.

그리고는 명진을 힐끔 돌아보며 목소리를 냈다.

"아무래도 오늘은 날이 좋지 않군."

노도진의 목소리가 떨어지기가 무섭게 검은 의복의 무인들이 움직임을 보이려 했다.

그러나 그 기색을 알아채고 미리 움직인 것은 개방의 거지들이었다.

개방의 거지들이 어느새 이동해 노도진과 검은 옷의 무인들 사이를 갈라놨다.

노도진이 쩝하고 입맛을 다셨다.

"반응이 빠르군."

그러나 조금의 곤란함도 보이지 않는 얼굴이었다.

자신을 뒤따르는 무인들을 챙겨야 할 이유도 없었을뿐더러, 제 한 몸 빼는 것에는 충분히 자신이 있었기 때문이다.

마음을 정한 노도진이 슬며시 뒷걸음질 치려는 찰나, 그의 발목을 옭아맨 것은 명진이었다.

강력한 풍압이 몰아치며 퍽 하는 소리가 나더니 운현 등의 앞으로 긴 선이 그어졌다.

명진이 운현 등을 향해 제 검을 휙 그은 것이다.

제 앞으로 길게 남겨진 명진의 흔적을 보며 운현이 얼굴을 구겼다.

"이게 무슨 짓이냐?"

명진이 고개를 저었다.

"물러서라."

"뭐, 인마?"

"물러서라. 내 몫이다."

그러나 운현은 조금도 고려해 본 적이 없는 생각이다.

운현이 한 걸음도 물러서지 않으며 대꾸했다.

"이게 미쳤나? 지금 이 상황에 네 몫, 내 몫이 어딨어?"

누구 하나 쉽사리 고개를 끄덕이지는 않았지만 드러난 표정에서 운현의 생각에 동조하는 듯한 기색을 어렵지 않게 읽어 낼 수 있었다.

조금도 물러서지 않으려, 서로 눈을 빛내는 그들을 쳐다보며 노도진이 어이가 없다는 얼굴을 했다.

"이거…… 황당하네. 그러니까 지금 날 두고 이런단 말이야? 내 의사는 들어 보지도 않고?"

누구 하나 대답도 없었고, 심지어 그에게 관심조차 주지 않았다.

노도진이 저도 모르게 얼굴을 찌푸렸다.

저도 모르게 짜증이 밀려왔던 것이다.

마음이 동한 탓인지 강대한 내력이 저절로 움직이려 했다.

그리고 그것을 제어하지 않는 노도진이었다.

제멋대로 움직인 내력이 유형화되더니 그의 주위로 파지직 기파가 일었다.

그 순간 모두의 시선이 노도진에게로 몰려들었다.

원하는 바를 달성한 노도진이 픽 웃으며 목소리를 냈다.

"이제 내가 보이나?"

누구 하나 대답이 없었다.

그러나 그들의 시선을 불러 모은 것만으로도 충분히 만족스럽던 노도진이었다.

노도진이 자신을 향한 시선과 하나하나 눈길을 맞추며 목소리를 냈다.

"저 녀석과 좀 놀아 줬더니 내가 그렇게 만만하게 보였나? 네놈들 주제에 누굴 죽이고 살리겠다고? 건방지…… 어라?"

그러나 노도진은 한순간 눈을 동그랗게 뜨며 말꼬리를 흐리며 말았다.

운현 등의 무리 속에서 쏟아질 듯이 큰 눈으로 자신을 쳐다보고 있는 익숙한 얼굴.

예전의 기억을 불러일으키는 얼굴에 노도진이 당황한 얼굴로 목소리를 냈다.

"너! 너 누구야?"

정확히 자신을 가리키는 노도진의 손가락에 철소화가 고개를 갸웃거렸다.

"저요?"

소무결이 거칠게 숨을 몰아쉬며 끊임없이 다리를 놀렸다.

와락 일그러진 얼굴엔 낭패감이 역력했다.

"썩을…… 하필 발을 잘못 디뎌 가지고……."

취팔선보를 너무 과신한 것이 문제였다.

좁은 공간에서의 움직임은 타의 추종을 불허하지만 은밀하게 움직이는 것에는 그리 큰 효과를 보지 못한다는 것을 간과한 것이다.

"그냥 숨죽이고 있을걸."

몸 상태가 좋지 않다는 생각에 저들과 거리를 벌리려 한 것이 실수였다.

나뭇가지가 부러지는 작은 소리에 그들이 제깍 반응한 것이다.

제 딴에는 충분한 거리라 생각했지만 월향이나 다른 고수들의 수준을 알아보지 못한 탓이다.

급박하게 뛰는 와중에도 흘깃 뒤를 돌아본 소무결이 얼굴을 찌푸렸다.

"이거 아무래도 토끼몰이를 당하는 것 같은데……."

정신이 없는 와중에도 적의 숫자가 줄어든 것을 정확하게 잡아낸 것이다.

가뜩이나 작은 소무결의 눈이 조금 더 가늘어졌다.

"오른쪽? 왼쪽?"

적의 기척을 잡아 보려 하지만 쉽지가 않다.

길게 생각하지 않은 소무결이 전면으로 방향을 잡았다.

"에라, 모르겠다. 어떻게든 되겠지."

포기한 듯했지만 그 이면에는 자신의 취팔선보에 대한 자신감도 깔려 있었다.

환하게 트인 공터라면 몰라도 지형지물이 복잡한 산길에서는 쉽사리 잡히지 않을 자신이 있었다.

이제는 자신의 사부인 홍소천을 훌쩍 넘어선 취팔선보에 믿음이 있었기 때문이다.

그러나 소무결을 따라잡는 이들 역시 하나하나가 만만치 않은 이들이었다.

월향은 둘째 치고 정각만 하더라도 산서에서 경공으로 명성을 드높인 고수였다.

나무와 나무 사이를 타고 넘어 순식간에 거리를 좁힌 정각이 뚝 떨어져 내리며 소무결을 향해 검을 찔렀다.

"제길!"

불쑥 튀어나와 내리찍으려는 듯한 정각의 검을 확인한 소무결이 순간 어깨를 흔들었다.

한순간 여덟 개의 신선이 튀어나오며 정각의 검로에 혼선을 줬다.

정각의 검이 하나의 신선을 스치고 지나가는 순간 스르륵 흩어져 내리는 모습이었다.

허무한 손안의 느낌에 정각이 얼굴을 찌푸렸다.

"취팔선보?"

강호에서 워낙 유명한 탓에 어렵지 않게 알아볼 수 있었다.

그러나 조금도 걱정하는 듯한 기색은 찾아볼 수 없었다.

차례차례 떨어져 내린 대여섯 개의 검기가 나머지 여섯 개의 신선마저 지워 버린 탓이다.

그리고 자신의 앞을 막아선 월향.

소무결이 얼굴을 찌푸렸다.

"썩을……."

그의 곤란함을 알아본 월향이 예의 그 짤랑짤랑한 목소리로 웃음을 터트렸다.

"호호호. 이제 어디로 갈 테냐?"

소무결이 주위를 둘러봤다.

자신을 둘러싼 이들의 면면이 하나같이 만만치 않은 모습이다.

그러나 소무결은 조금도 주눅이 들지 않은 얼굴로 타구봉을 들었다.

"어디로 가긴? 알면 데려다주려고?"

"너 같으면 그렇게 하겠니?"

"그런데 왜 물어봐? 입만 아프게. 할매, 변태야?"

소무결의 말에 월향이 얼굴을 찌푸렸다.

"이 거지새끼가 못 하는 말이 없구나."

"뭐가? 아, 그 할매라는 거? 그럼 할매를 할매라고 하지 뭐라 그래?"

"썩을 놈. 내 오늘 반드시 네놈의 그 주둥아리를……."

날카롭게 살기를 피우던 월향이 한순간 멈칫하며 입을 닫았다.

그리고 오래지 않아 한 무리가 모습을 드러냈다.

임무일과 그 뒤를 따르는 검각의 여인들이었다.

월향을 알아본 검옥련이 번쩍 검을 뽑아 들며 그녀에게 날아들었다.

"죽어!"

짧게 스쳐 지나간 검각의 무리들. 그중에서도 검옥련을 알아본 소무결이 눈을 동그랗게 떴다.

"어라? 저 아줌마가 왜……?"

소무결이 뜬금없이 나타난 검각의 인물들에 어리둥절한 얼굴을 할 때, 임무일이 다가서며 그의 어깨를 툭하고 쳤다.

"좀 괜찮냐?"

"어? 네가…… 어떻게 된 일이야?"

임무일이 한 걸음 늦게 다가오는 담설을 힐끔 돌아보며 어깨를 들썩였다.

"가다가 만났어."

“어라? 설아네? 재가 왜 여기…… 아니, 그게 아니고. 그보다 저 아줌마들이 여기 왜 있어?”

“나도 몰라. 그보다 우리도 돕자.”

“도와? 뭘?”

“뭐긴 뭐야? 희진이 저대로 내버려 둘 거야?”

“희진이?”

소무결이 어리둥절한 얼굴로 다시 시선을 돌렸다.

그리고는 검각의 여인들 사이에서 검을 날리고 있는 조희진의 존재를 알아보고는 얼굴을 찌푸렸다.

“아니 재가 왜?”

“재가 왜가 아니라 돕자고. 어서 움직……”

급하게 움직이려던 임무일이 제 어깨를 짚는 소무결의 손길에 어리둥절한 얼굴을 했다.

“왜?”

“왜긴 왜야? 상황 파악이 안 되냐? 당장 튀어야 한다는 걸 모르겠어?”

“뭔 소리야?”

“뭔 소리긴. 저기 누가 있나 봐. 정각에 하윤에 오성에…… 저 할망구 하나라면 몰라도 우리가 저 많은 고수들을 무슨 수로 감당해? 아무리 봐도 각이 안 나오는데. 일단 튀고 나서 상황을 보는 게……”

그러나 임무일은 고개를 저었다.

한 걸음 물러선 채 자신을 물끄러미 쳐다보는 이가 눈에 밟혔기 때문이다.

"그건 안 되겠는데. 철성한 저 자식을 그냥 둘 수는 없거든."

"이 자식이 뭐래? 상황이 불리하다는 게 계산이 안 되냐? 딱 봐도 아는 걸."

"알긴 뭘 알아? 내가 아는 건 저 자식을 그냥 보낼 수 없다는 것뿐이거든?"

임무일이 소무결을 밀쳐 내며 앞으로 나섰다.

소무결이 당황한 얼굴로 그를 향해 손을 뻗으려 할 때 담설이 다가서며 그를 만류했다.

"소 오라버니."

"어? 오랜만. 아, 이게 아니지. 일단 인사는 나중에……."

"그게 아니라, 괜찮다고요."

"아니, 그러니까 나중에…… 응? 뭐가?"

소무결의 시선이 자신에게로 향하자 담설이 싱긋 웃더니 제 뒤를 따르는 사내를 돌아봤다.

"아저씨."

"말씀하십시오."

"가서 저들을 도와주세요."

"알겠습니다."

사내가 가볍게 고개를 숙이더니 순간 그의 신형이 흐릿해졌다.

동시에 그를 따르던 사내들 역시 마찬가지로 희미해지더니 순식간에 전장에서 모습을 드러냈다.

그러자 얼추 균형이 맞아 들어가는 모습이었다.

강호의 고수들을 상대로 한 치도 밀리지 않는 하얀 옷의 사내들을 물끄러미 쳐다보던 소무결이 뒤늦게 담설에게로 시선을 돌렸다.

"대체 누구야? 너네 아버지랑 분위기가 비슷하긴 한데."

짧은 순간 핵심을 짚어 내는 소무결의 말에 담설이 웃으며 대꾸했다.

"대단하죠? 우리 아버지도 함부로 대하지 못한다고요."

"그러니까 누구냐고? 어디서 저런 고수가…… 혹시……?"

"맞아요. 우리 북해에서 두 번째로 강한 사람이에요."

"응? 두 번째로?"

"첫 번째는 우리 아버지거든요."

귀엽게 웃으며 혀를 날름하는 담설의 모습에 멍한 얼굴을 하던 소무결이 이내 고개를 젓고는 시선을 돌렸다.

"이 정도면…… 할 만한가?"

부족함은 없어 보였다.

소무결이 눈을 가늘게 뜨며 상황을 재려 했다.

그 때 담설이 그의 팔을 툭 치며 말했다.

"뭐 해요? 오라버니도 움직이셔야죠."

"응? 나도?"

"그럼 보고만 있을 생각이에요?"

"그건 아니지만……."

소무결이 고개를 저으며 타구봉을 고쳐 잡았다.

한 걸음 앞으로 나서려던 소무결이 문득 담설을 돌아봤다.

자신을 빤히 쳐다보는 소무결의 시선에 담설이 고개를 갸웃거렸다.

“왜, 왜요? 내 얼굴에 뭐 묻었어요?”

“그게 아니고. 너 언제부터 이렇게 말이 많아졌어? 예전에는 말도 잘 안 하더니.”

“시간이 많이 흘렀으니까요. 그동안 겪은 것도 많았고…… 그보다 얼른 움직여요. 보고만 있을 거예요?”

담설의 재촉에도 소무결은 쉽게 움직이려 하지 않았다.

뚱한 얼굴로 자신을 쳐다보는 그에게 담설이 재차 질문했다.

“무슨 문제라도……?”

“너는?”

“예? 저요?”

“그래, 너. 넌 안 움직여? 이게 어디서 사람을 부려 먹으려고 해?”

소무결의 타박에 담설이 황당하다는 얼굴을 했다.

그러나 곧 얼굴을 고치며 고개를 끄덕였다.

“그래요. 같이해요.”

헤실거리며 앞으로 나서는 그녀의 뒷모습을 쳐다보며 소무결이 쩝하고 입맛을 다셨다.

‘잘하는 짓인지 모르겠다.’

96 章.

참룡
회귀록

斬龍回歸錄

96 章.

팽팽한 긴장감이 한순간 누그러들었다.

노도진은 더 이상 명진에게 관심을 두지 않은 채 오로지 철소화만을 쳐다봤다.

정주형과 안은희 등이 긴장한 얼굴로 그녀를 가리려 했지만 완벽하지는 않았다.

철소화가 그들의 뒤에 숨어만 있을 생각이 없었던 탓이다.

이윽고 그들을 제치며 앞으로 나서더니 복잡한 얼굴을 하고 있는 노도진을 쳐다보며 고개를 갸웃거렸다.

"절 아세요?"

"널 아냐고? 넌 대체 누구냐?"

"절 아는 거 아니었어요? 얼굴은 꼭 그런 얼굴인데?"

"넌 누구냐고 물었다. 질문에나 대답하라."

노도진이 제 말만 하자 철소화가 얼굴을 찌푸렸다.

정주형이 얼른 다시 앞으로 나서며 노도진을 노려봤다.

"그게 뭐가 중요해? 이 자리에서 살아 나갈 궁리부터 하는 게 우선 아니야? 아, 어차피 불가능하니까 희망을 접은 건가?"

정주형이 삐딱한 얼굴로 한껏 이죽거렸다.

그러나 노도진은 그에게 관심조차 주지 않았다.

오로지 철소화만을 쳐다보며 말을 이었다.

"네가 누구냐고 물었다."

"이 인간이 진짜!"

정주형이 얼굴을 일그러트리며 소매를 길게 늘어트렸다.

그와 동시에 고민우나 운현 등도 한껏 긴장한 얼굴이었다.

그 때 철소화 정주형을 밀치며 앞으로 나섰다.

팽팽하게 당겨졌던 긴장감이 누그러트려지는 것을 느낀 정주형이 당황한 얼굴로 철소화를 쳐다봤다.

"소, 소화야."

"잠깐만. 아무래도 날 아는 것 같은데 애기 좀 하고."

"저 인간이랑 무슨 말을 해?"

"잠깐이면 된다니까."

철소화가 제 고집을 앞세우며 정주형을 물러서게 했다.

그리고는 다시 노도진을 쳐다봤다.

"절 아세요?"

그러나 노도진은 제 의문이 우선이었다.

"누구냐고 물었다."

같은 말만 반복하는 노도진을 쳐다보며 철소화가 얼굴을

찌푸렸다.

그러나 서로의 의견만 내세우면 결국 같은 상황의 연속일 뿐이었다.

이내 그녀가 한숨을 내쉬더니 순순히 입을 열었다.

"전 철소화라고 하는데요."

"철소화? 혹시……?"

"맞아요. 패천성주가 우리 아버지예요."

그제야 노도진은 짚이는 것이 있었다.

노도진이 아련한 얼굴로 중얼거리듯 말했다.

"네가 누님의 딸이로구나."

"누님? 누님이요?"

철소화가 눈을 동그랗게 뜬 채 질문했다.

그러나 어느새 제 생각에 갇혀 버린 노도진은 대답이 없었다.

철소화가 참지 못하고 재차 질문했다.

"딸이라면…… 우리 엄마를 아세요?"

그러나 이번에도 대꾸가 없는 노도진이었다.

어딘가 모르게 우울한 얼굴을 하던 노도진이 결국은 고개를 젓더니 시선을 들어 주위를 돌아봤다.

운현과 정주형의 무리, 그리고 자신을 따라나선 황궁의 무사들, 명진을 따라나선 개방의 방도들.

모든 시선이 갑자기 불편하게 느껴졌다.

노도진이 짐짓 고민하는 얼굴을 하더니 이내 철소화를 향해 손을 내저었다.

"산을 내려가라. 이곳은 네가 있을 만한 곳이 아니다."

"네?"

"집으로 돌아가라. 집으로 가서 다시는 강호에 나서지 말거라."

노도진의 배려였다.

그러나 그것을 알아채지 못한 철소화는 큰 눈을 깜빡이다가 곧 고개를 젓고 말았다.

"그럴 수는 없어요."

"돌아가라 했다."

"그럴 수는 없다고 했어요."

철소화가 고집을 부리자 노도진이 얼굴을 구겼다.

"다 죽일까? 그래야 말을 듣겠느냐?"

노도진의 주위로 파지직 기파가 퍼져 나갔다.

강대한 내력이 움직이자 주변 사물이 요동쳤다.

자잘한 돌 부스러기며 부러진 나뭇가지 등이 그의 주위로 둥실 떠올랐다.

처음 접하는 기사에 운현이 입을 쩍 벌렸다.

"무, 무슨! 이거 진짜 괴물 아니야?"

반응의 정도만 달랐을 뿐 당황한 것은 정주형 등도 마찬가지였다.

그들 역시 동요하는 모습을 보이려는 찰나.

퍽!

어디선가 타격음이 들리는가 싶더니 둥실 떠오르던 잡다한 것들이 투둑 소리를 내며 바닥에 떨어져 내렸다.

노도진이 날카롭게 눈매를 굳히며 명진을 돌아봤다.

"죽고 싶은가?"

간신히 눌러놓았던 마음이 다시 들끓어 오르는 듯했다.

저도 모르게 살기가 불쑥 치솟아 올랐다.

살을 쿡쿡 찌르는 듯한 무형의 기운에도 명진은 조금의 동요도 보이지 않은 채 제 검을 들어 올렸다.

노도진이 손가락 관절을 툭툭 풀며 목소리를 냈다.

"아무래도 하나가 죽어야 끝이 나겠군."

그리고는 입을 다물더니 가만히 명진을 노려보는 모습이었다.

명진 역시 말이 없는 가운데 둘 사이로 정체를 알 수 없는 묘한 기류가 형성되었다.

정주형이 긴장한 얼굴로 침을 꿀꺽 삼키더니 팔꿈치로 운현을 툭툭 쳤다.

"저거……."

"뭐? 왜?"

"아니, 그냥 내버려 둬도 되냐고."

"그럼 어쩔 건데? 독이라도 풀게? 아서. 그러다 명진 저 자식한테 진짜 칼 맞을지도 모르니까."

운현이 고개를 젓자 정주형이 끙하고 앓는 소리를 냈다.

그러나 불안한 눈동자는 여전히 가시지 않았다.

"저러다 지면? 보통이 아닌 것 같던데……."

"그때는 내가 나선다."

"네가?"

"저 자식한테 빚이 있거든."

운현이 노도진을 노려보며 빠드득 이를 갈았다.

자신과는 달리 주눅 들지 않는 운현을 쳐다보며 정주형이 새삼스럽다는 얼굴을 했다.

그 시선을 느낀 운현이 고개를 갸웃거렸다.

"왜 그렇게 쳐다봐? 왜? 내가 갑자기 존경스럽기라도 하냐?"

정주형이 냉큼 고개를 저었다.

"아니."

"그럼?"

"신기해서 그러지. 근거 없는 자신감이."

"뭐, 인마?"

운현이 얼굴을 와락 구겼다.

그 때 당소문이 둘 사이에 끼어들며 둘을 막아섰다.

"그만."

"하지만 저 자식이……."

반발하는 운현을 쳐다보며 당소문이 고개를 저었다.

"그만해라. 이제 시작할 때 됐다."

당소문이 명진과 노도진을 향해 턱짓을 했다.

운현이 아차하는 얼굴을 하더니 그들에게로 시선을 돌렸다.

그것은 정주형 등도 마찬가지였다.

모두가 잔뜩 긴장한 채 숨을 죽였다.

그들만이 아니었다.

개방의 방도들과 황궁의 무사들 역시 마찬가지로 긴장한 얼굴이었다.

명진과 노도진 사이의 심상찮은 기류가 불러일으킨 것이다.

별다른 움직임 없이 노도진을 노려보기만 할 뿐이었지만 명진의 이마를 타고 땀방울이 주르륵 흘러내렸다.

노도진의 기력을 받아 내는 것이 전부였으나 그조차도 쉽지가 않았던 탓이다.

손안에도 땀이 번져 검병이 미끌거리는 듯한 느낌이 들었다.

그러나 명진은 제 검을 고쳐 잡을 생각조차 하지 못했다.

그 찰나의 순간이 우려스러웠던 것이다.

'할 수 없나?'

조금 더 버텨 보려 하지만 쉽지가 않다.

아무래도 자신이 먼저 움직여야 할 것 같았다.

움직임을 통해 틈을 만들어 보려는 것이다.

마음을 먹은 명진이 손안의 검병에 힘을 주려는 순간.

노도진과 명진 사이의 공간으로 시커먼 인영이 뚝 떨어져 내렸다.

그 정체가 철무한임을 확인한 노도진이 처음으로 당황한 얼굴을 했다.

"네 녀석이 어떻게…… 천호는?"

철무한은 노도진의 질문에 대한 답을 주는 대신 정주형을 쳐다봤다.

"어떻게 된 거야?"

"어? 저기…… 대림이가 무결이랑 무일이가 위험하대서요."

"무결? 무일?"

철무한이 보이지 않는 둘을 떠올리며 고개를 갸웃거렸다.

"걔네들이 왜?"

"그게……."

정주형이 얼른 답을 이어 가려 했지만 그 전에 철무한이 고개를 저었다.

"됐고. 마침 잘됐다. 저 자식부터 빨리 처리하자."

철무한이 노도진을 향해 턱짓을 하며 눈을 빛냈다.

이유가 어찌 되었든 기회인 것은 분명했다.

생각보다 일이 쉽게 풀릴지도 모른다는 생각이었다.

그러나 정주형은 조금 머뭇거리는 얼굴이었다.

"저 자식이요? 하지만……."

못마땅하다는 눈을 한 채 자신들을 쳐다보고 있는 명진이 걸린 것이다.

그 기색을 알아차린 것은 철무한 역시 마찬가지였다.

그러나 철무한은 고개를 저었다.

"나도 이런 건 하기 싫거든. 그런데 아무래도 위에 올라가 봐야 할 것 같아서. 기아 자식을 못 믿는 건 아닌데, 아무래도 상대가 상대니까."

"그 녀석이 원하지 않을 것이다."

명진이 처음으로 목소리를 내며 대꾸했다.

노도진이 새삼스럽다는 눈으로 쳐다볼 때, 철무한이 다시 고개를 저었다.

"원하건, 원하지 않건 그건 중요한 게 아니지. 중요한 건 이 상황을 바로잡는 거야. 나머지는 그다음에 생각하는 거고."

철무한의 대꾸에도 명진은 여전히 내키지 않는다는 얼굴이었다.

그들이 하는 바를 유심히 지켜보고 있던 노도진이 픽 웃음을 보였다.

"이거 기분이 상하는데? 벌써 난 다 잡았다는 태도 같아서……."

"거기까지는 아니고. 그래도 유리한 건 사실이지 않나?"

"그렇게 생각하나?"

"아니라고 생각해? 나라면 이 자리를 어떻게 빠져나갈까 고민하는 게 우선일 것 같은데."

철무한이 구룡도를 꺼내 들고는 길게 늘어트렸다.

단순히 무기를 꺼내 든 것뿐이었지만 기류가 변했다.

조금 더 무겁고 위험해 보였다.

덩달아 다른 이들 역시 긴장하는 모습이었다.

제 뒤를 따르는 관의 무사들 역시 날을 세우는 것은 마찬가지였지만 아무래도 부족했다.

"이거 조금 불리할지도 모르겠는데……."

"조금? 그 정도가 아니라고 보는데."

한마디도 빠뜨리지 않는 철무한이었다.

노도진이 그를 못마땅하다는 눈으로 쳐다보다가 이내 고개를 젓고는 크게 기지개를 켰다.

전혀 물러설 생각이 없다는 뜻이다.

많은 수를 앞에 두고도 주눅이 들지 않은 듯한 그의 모습에 철무한이 고개를 끄덕였다.

"그래야 재밌지."

"나는 재미없는데? 너무 비겁하지 않나?"

"너무 비겁한 건 네놈들이었고. 말이 나와서 그러는데 우리는 시작부터 재미없었다고."

철무한의 대꾸에 노도진이 픽 웃음을 보였다.

그리고는 절레절레 고개를 젓더니 천천히 주위를 둘러봤다.

'까다로운 건 저 두 녀석. 저 둘만 없으면 못할 것도 아닌데…….'

노도진이 자신의 앞뒤를 막아선 명진과 철무한을 유심히 쳐다봤다.

결국은 그 둘이 문제다.

그들을 해결하려 머리를 굴려 보지만 쉬운 일이 아니었다.

'빠져나갈 수는 있나?'

노도진이 조금 더 시선을 돌려 어느새 흩어져 각 방위를 틀어막고 있는 정주형 등을 살폈다.

그중에서도 잔뜩 날을 세우고 있는 운현이 유독 눈에 밟혔다.

'아무래도 좋은 꼴 보기는 어렵겠군. 그래도 몸을 빼는 게 불가능하지는 않을 것 같은데…….'

그러나 노도진의 날카롭던 눈매는 철소화를 향했을 때 수그러들었다.

그 기색을 눈치 챈 철무한이 픽 웃음을 보였다.

“왜? 내 동생에게 반하기라도 한 건가? 너무 양심 없는 것 아닌가? 나이 차가 얼만데.”

“그런 것 아니니까 까불지 말…… 뭐? 동생?”

“뭘 그렇게 놀라? 그게 그렇게 놀랄 일인가?”

철무한이 조금은 당황한 눈을 하고 있는 노도진을 쳐다보며 고개를 갸웃거렸다.

이해가 가지 않는다는 얼굴이었다.

그러나 노도진은 그런 것엔 일절 관심도 없었다.

이전보다 더 신중해진 눈으로 철무한의 얼굴을 살피기에 바빴다.

철소화처럼 뚜렷한 것은 아니지만 철무한의 얼굴에서도 그녀의 흔적을 군데군데 찾을 수 있었다.

그것으로 충분했다.

노도진이 저도 모르게 한숨을 내쉬었다.

“패천성주의 아들이라고 했나? 그때 눈치 챘어야 했는데…….”

“뭔 말이야? 뭘 눈치 채?”

“되었다. 이제 와서 뭘 어쩔 수도 없는 노릇. 그보다…… 내가 조언 하나 해도 되겠나?”

“조언? 무슨 조언?”

노도진이 의문을 표하는 철무한에게서 시선을 거두더니 위를 쳐다봤다.

"가지 마라."

"뭐?"

"가지 말라고 했다. 그냥 도망가. 도망가서 쥐 죽은 듯이 살아라."

제 딴에는 생각해 준다고 한 말이다.

그러나 그것이 먹힐 리가 없다는 것은 자신이 가장 잘 알았다.

그의 예상이 틀리지 않았다는 듯 역시나 철무한은 픽 웃으며 흘려들을 뿐이었다.

"할 말 다 했나? 그럼 시작해 볼까?"

자신을 향해 구룡도를 겨누는 철무한을 쳐다보며 노도진이 한숨을 내쉬었다.

'누님도 지키지 못했는데 이 녀석들이라고 될 리가 없지. 그래도 무작정 죽으라고 등을 떠밀 수는 없으니까.'

최대한 시간을 끌어 볼 작정이다.

마음을 먹은 노도진이 내력을 끌어올리자 강력한 기파가 회오리처럼 들끓어 올랐다.

한순간 달라진 그의 모습에 철무한이 마음에 든다는 듯이 고개를 끄덕였다.

"그렇게 나와야지."

그리고는 친우들을 향해 눈짓을 했다.

노도진과는 다르게 시간을 오래 끌 생각이 없었던 탓이다.

그의 눈짓을 받은 정주형 등이 덩달아 내력을 끌어올리려 할 때, 뾰족한 목소리가 그들을 가로막았다.

"잠깐만!"

철소화가 앞으로 나서며 제 오라비를 막아섰다.

철무한이 얼굴을 찌푸렸다.

"뭐 하는 거냐?"

"잠깐 있어 봐. 물어볼 게 있어서 그래."

"물어봐? 뭘?"

철소화는 더 대꾸를 하지 않고 노도진에게로 시선을 돌렸다.

"제가 물어볼 게 있는데요."

"뭐냐?"

"다른 게 아니고…… 아무래도 저를 아는 것 같은데……."

전혀 본 적이 없는 얼굴이었다.

그런데 자신을 아는 듯하는 모습이 마음에 걸린 것이다.

그러나 노도진은 고개를 저을 뿐이었다.

"알 것 없다."

"왜 알 것 없어요? 제 일인데. 저나 제 오라버니는 아저씨를 본 적이 없거든요. 혹시 우리 아버지를 아세요?"

조금 전에 철무한을 쳐다보며 패천성주를 들먹인 것을 놓치지 않은 것이다.

"모른다."

"그럼 어떻게……."

"알 것 없다고 했다."

철소화가 재차 목소리를 높이려 했지만 철무한이 그녀의

어깨를 짚으며 그녀의 입을 틀어막았다.

"시간 없다. 그만 물러서."

"하지만……."

"그러다가 기아 녀석이 잘못되기라도 하면? 그땐 진짜 답도 없다."

모용기를 거론하자 그제야 수그러드는 철소화였다.

철무한이 앞으로 나서며 다시금 구룡도를 겨누며 말했다.

"이제 시작할까?"

노도진은 대답 대신 시선을 들었다.

'누님. 누님 아이들도 지키기 힘들겠소.'

천자가 모습을 드러내자 모두가 고개를 땅에 박았다.

홍소천은 물론이고 오만한 인상을 풍기던 철자강 역시 예외가 아니었다.

원래대로 고개를 쳐들고 있는 것은 사마철과 모용기 두 사람뿐.

모용기는 원래 철자강과 홍소천이 차지하고 있던 자리에 대신 오른 천자를 힐끔 쳐다보며 못마땅하다는 얼굴을 했다.

"아주 대단하시네."

"원래 천자가 그런 것 아닌가? 그래서 다들 그 자리를 차지하려 불나방처럼 덤벼드는 것이고."

"천자는 무슨…… 그래 봐야 똑같은 사람 새끼 아닙니까?"

"똑같은 사람 새끼?"

"저 다 봤습니다. 그때 제 검기가 튀어서 피 흘리는 거요. 빨간색이던데요."

모용기의 대꾸에 사마철이 고개를 끄덕였다.

"용케 그것을 알아봤구나."

"보라고 보여 준 것 아닙니까? 영감님이 조금만 신경 썼어도 그런 꼴을 보일 리가 없었을 텐데요."

"거기까지 알아봤나?"

"제가 눈치 하나는 또 기가 막히게 빠르다니까요."

곧 싸움을 앞둔 사람답지 않게 너스레를 떠는 모용기의 모습에 사마철이 고개를 절레절레 저었다.

"긴장이 되지 않는 건가? 나를 만만하게 보는 것인가?"

"그럴 리가요. 세상에 누가 있어 영감님을 만만하게 보겠습니까? 저기 위세 높은 인간도 영감님 앞에서는 입을 다무는데."

천자가 모습을 드러냈음에도 사마철과 모용기가 고개를 빳빳하게 들고 있는 것에 말이 많았다.

그리고 그것을 잠재운 것은 사마철의 눈짓을 받은 천자였다.

모용기가 그것을 짚은 것이다.

사마철이 대수롭지 않다는 얼굴로 대꾸했다.

"개도 자신을 돌보는 사람은 물지 않는 법이지. 그런데 저 녀석은 개만도 못하구나. 틈만 나면 물어뜯으려고 하는 걸 보면."

"물어뜯으려 한다고요? 진짜요? 간땡이가 아주 배 밖으로 나왔네. 제정신인가?"

"모르니까 그러는 것이지. 들은 것이 있다 해도 제 눈으로 직접 보기 전에는 확신하지 못하는 것이 사람의 본성 아니더냐?"

"그럼 보여 주면 될 것 아닙니까? 두 번 다시 못 기어오르게. 왜 저걸 그냥 내버려 두는 겁니까?"

"너는 개미가 네 앞에서 으르렁거린다고 발끈해서 반응을 하더냐?"

사마철의 말에 담긴 의미는 명확했다.

그것을 어렵지 않게 알아들은 모용기가 어처구니가 없다는 얼굴을 했다.

"개미요? 저게? 그렇게 보기에는 지나치게 큰데……."

"다를 것 없다. 저 위에 있는 녀석이나 밑에서 고개를 박고 있는 녀석들이나. 네 녀석도 조금은 느끼고 있지 않나?"

무심코 고개를 끄덕이려던 모용기는 무슨 생각이 들었는지 얼굴을 찌푸리더니 고개를 저었다.

"아무래도 그 정도는 아니죠. 밟고 싶다고 막 밟을 수 있는 인간이 아니니까."

사마철이 동의하지 않는다는 듯이 고개를 저으려 할 때, 누군가의 목소리가 크게 터져 나왔다.

"시작하라!"

전투를 알리는 북소리가 연신 울려 퍼지며 긴장감을 불러일으켰다.

그에 따라 사방에 고개를 박고 있던 사람들이 조금씩 시선을 들며 단 위의 사마철과 모용기를 올려다봤다.

그러나 사마철과 모용기는 미동도 없었다.

예의 그 목소리가 재차 터져 나왔다.

"시작하라!"

우렁우렁한 목소리에 모용기가 신기하다는 눈으로 목소리의 주인공을 찾았다.

"내가고수는 아닌 것 같은데……."

"원래 세상에는 무언가 한 가지 재주는 타고난 사람이 있는 법이지."

"단순히 재주라고 보기에는…… 이거 무슨 사자후도 아니고 너무 큰 것 아닙니까?"

"그래서 문제가 되나? 그냥 내버려 두거라."

"아니, 그렇게 무심하게……."

불만이 가득한 얼굴로 대꾸하려던 모용기가 문득 입을 닫았다.

누군가 자신들에게 다가서는 것을 어렵지 않게 눈치 챈 탓이다.

그리고 자신에게 다가서는 이를 확인한 모용기가 눈을 동그랗게 떴다.

"어라? 그 내시네?"

"저 녀석을 아는가?"

"예전에 한번 본 적 있어요. 그때 내 앞에서 오줌 쌌었나? 아…… 그건 아닌가?"

옛일을 떠올리던 모용기가 이내 고개를 저었다.

"그게 중요한 게 아니고…… 저거 내버려 둬요? 단 위로 올라오려고 하는데?"

사마철이 왕신을 힐끔 쳐다보더니 가볍게 손을 내저었다.

그 순간 왕진의 신형이 둥실 떠오르는가 싶더니 어딘가로 날아가 쾅하고 땅바닥에 처박혔다.

동시에 관의 무사들이 두 갈래로 나뉘어 하나는 왕진에게로, 하나는 사마철과 모용기에게 금방이라도 덤벼들 기세였다.

"그만!"

그러나 예의 그 우렁우렁한 목소리가 눈을 번들거리는 무사들을 단숨에 잠재워 버렸다.

여전히 살기가 가득한 그들을 돌아보며 모용기가 픽 웃음을 보였다.

"살려 준 걸 고마워해도 부족할 판에……."

"제 눈으로 보지 못하는 거니까. 그보다 언제까지 기다려야 하는 건가? 시간이 너무 오래 걸리는군."

"다 되어 갈걸요? 원래라면 더 빨리 끝나는데 관의 무사들이 거치적거려서…… 곧 연락이 올 겁니다."

모용기가 휘휘 시선을 돌려 제갈연을 찾았다.

그러나 어디론가 꽁꽁 몸을 숨긴 제갈연을 찾아내는 것은 절대로 쉬운 일이 아니다.

'기감을 확장해 볼까?'

모용기가 잠깐 고민하는 찰나 사마철이 모용기와 시선을 맞추며 고개를 끄덕였다.

"이제 다 되었군."

그의 목소리에 주변의 기류가 미묘하게 변한 것을 알아챈 모용기였다.

모용기 역시 고개를 끄덕이며 제 검을 뽑아 들었다.

"이제 시작해 볼까요?"

"이거 진짜 해도 되나?"

제갈연이 수중의 돌 조각을 만지작거리며 망설이는 얼굴을 했다.

기하학적 문양으로 가득한 돌 조각은 단순한 그것이 아니었다.

봉마진을 완성시키기 위한 마지막 조각이었다.

"이게 발동되면 완전히 갇혀 버리고 말 텐데……."

공간과 공간의 완전한 분리.

예전에 위일청과 조문홍을 가뒀을 때의 어설픔은 사라진 지 오래였다.

이제는 안에 있는 자가 누가 됐건 그 누구도 뚫어 내지 못한다.

제갈연이 멀리 모용기를 쳐다봤다.

사마철과 태연하게 마주보고 있는 그를 확인한 제갈연이 조금은 섭섭하다는 얼굴을 했다.

"남의 속도 모르고……."

그러나 그 마음이 전해지기에는 거리가 너무 멀었다.

제갈연이 한숨을 내쉬며 제 손안에 들린 돌을 내려다보다가 한순간 몸을 흠칫 떨었다.

"어라? 누구……."

제갈연이 잔뜩 긴장한 얼굴로 시선을 돌렸다.

그리 멀지 않은 위치였다.

봉마진에 집중하느라 잠시 주의가 흩어진 탓에 누군가가 따라붙는 것을 놓친 것이다.

'너무 방심했어.'

제갈연이 자책하는 얼굴로 아랫입술을 꼭 깨물었다.

그리고 잠시 후 주춤거리며 모습을 드러낸 것은 익숙한 얼굴이었다.

"운설이 네가 여긴 어떻게……?"

예상치 못한 얼굴이었지만 그나마 조금은 안도한 제갈연이었다.

반면 백운설은 그와 정반대였다.

어딘가 어색해 보이는 얼굴로 불안해하는 기색이 한눈에 보였다.

'그때 일……'

모용기는 신경 쓰지 않았지만 다른 이들은 그렇지 않았다.

백운설 역시 마찬가지였다.

오히려 다른 이들보다 더 신경 쓰는 듯한 모습이었다.

'자업자득이긴 한데……'

모용기와의 일도, 다른 이들과의 일도 백운설 스스로가 자초한 것이다.

우유부단한 성정이 문제인 것이다.

동정할 필요가 없는 일이다.

그렇게 냉정하게 생각하려 하지만 신경이 쓰이는 것은 어쩔 수 없었다.

'그래도 예전에 기아를 많이 챙겨 줬다 들었는데…….'

그뿐만이 아니다.

그녀와 함께 보낸 시간이 만만치 않았다.

여러 가지 상황이 머릿속에서 마구 뒤섞이며 헝클어지는 듯한 느낌이었다..

제갈연이 복잡한 얼굴로 자신과 비슷한 얼굴을 하고 있는 백운설과 시선을 맞추고 있을 때, 한순간 가슴 한쪽이 따끔한 느낌이 들었다.

"어?"

본능적으로 제 가슴에 손을 가져다 대는 제갈연의 모습에 백운설이 흠칫 놀라며 재빨리 검을 뽑아 들었다.

"누구냐!"

날카로운 눈으로 사방을 경계하는 그녀의 모습에 제갈연이 손을 저었다.

"아냐, 그런 거."

"어?"

"그런 거 아니라고. 걱정할 것 없어."

제갈연이 재차 손을 내젓자 슬그머니 검을 내리는 백운설이었다.

그러나 여전히 경계심을 지워 내지 않은 얼굴로 주변을 두리번거렸다.

제갈연이 가만히 시선을 놀려 이 일의 원흉을 찾았다.

모용기와 사마철은 여전히 대화를 나누고 있을 뿐 별다른 모습을 보이고 있지는 않았다.

원망스럽다는 얼굴로 그들을 쳐다보던 제갈연이 이내 제 손안의 돌을 다시 내려다봤다.

그때 백운설이 그녀의 곁으로 다가섰다.

"그게 뭐야?"

"아냐, 아무것도."

제갈연이 고개를 저으며 돌을 아무렇게나 툭 던졌다.

그 순간 공간이 일그러지는 듯한 느낌이 들었다.

'이제 되돌릴 수 없어.'

진이야 얼마든지 해체할 수 있지만 그래서는 안 된다.

티끌 같은 희망이라도 제 손으로 꺾어 버리는 일이기 때문이다.

제갈연이 한숨을 푹 내쉬자 백운설이 눈치를 보며 말을 붙였다.

"뭔데 그래? 얼굴이 왜……?"

"아니라니까. 그보다 네가 어쩐 일이야? 어떻게 내 뒤에 있는 거야?"

"아…… 잠깐 쉬고 있는데 네가 움직이고 있는 게 보이길래…… 혹시 내가 실수라도 한 거야?"

백운설의 얼굴이 한층 더 조심스러워졌다.

자신의 눈치를 살피며 눈을 데룩데룩 굴리는 그녀의 모습에 제갈연이 픽 웃으며 고개를 저었다.

"그런 거 없어."

다른 이들과 달리 벽이 흐릿했다.

그것을 알아챈 백운설이 조금은 가벼워진 얼굴을 했다.

"그래? 그럼 다행이고. 그런데 어떻게 된 거야? 천자가 여긴 왜…… 아니, 그보다 저 노인은 누구야? 대체 누군데 기아랑 저러고 있는 거야?"

마음이 편해지자 제 의문을 쏟아 내는 백운설이었다.

제갈연이 무어라 대답하려 입을 떼려는 순간.

쾅!

무지막지한 폭음에 두 여인의 시선이 동시에 돌아갔다.

"뭐, 뭐야?"

당황한 얼굴의 백운설과는 달리 제갈연의 두 눈은 차갑게 가라앉아 있었다.

자욱한 흙먼지가 뭉게뭉게 피어오르는 듯했지만 일정 범위 이상을 절대로 벗어나지 않았다.

그 안에서만 빙글빙글 돌고 있는 것이다.

봉마진이 완벽하게 가동된 모습이었다.

제갈연이 쓴웃음을 머금으며 고개를 저었다.

'이런 건 또 쓸데없이 실수를 안 하지.'

순무대전을 위해 쌓아 둔 단이 사마철의 손짓 한 번에 날아가다시피 했다.

짙은 회색의 흙먼지가 뭉게뭉게 피어오르며 시야를 가렸지만 모용기는 눈 하나 까딱하지 않았다.

눈으로만 사물을 짚어 내던 시기는 이미 한참 전에 지나간 탓이다.

그러나 못마땅하다는 내심까지는 완전히 감춰 내지 못했다.

모용기가 눈살을 찌푸리며 말했다.

"굳이 이럴 이유가 있습니까?"

그 순간 자욱하게 피어오르던 흙먼지가 단숨에 흩어져 내렸다.

제법 거리를 두고 있던 사마철이 만족스럽다는 듯이 고개를 끄덕였다.

"빈틈이 없군. 진산이 제대로 가르쳤어."

봉마진을 시험하기 위한 것치고는 너무 거창하다 여겼다.

자신과 사마철이 딛고 있는 곳만 툭 튀어 나와 기둥 위에 올라선 형태로, 나머지 부분은 쓸려 나갔기 때문이다.

"무식하게 진짜…… 그냥 기파 한 번 뿌려 보면 될 일 가지고."

모용기가 여전히 불만스럽다는 얼굴로 투덜거렸지만 사마철은 더 이상 말이 없었다.

대신 모용기를 향해 검지를 쭉 내밀었다.

일전 무당에서 모용기를 단번에 제압했던 바로 그 수법이다.

형체도 기척도 없었지만 날카로운 무언가가 생생하게 느껴졌다.

모용기가 제 검을 쭉 그었다.

팟 하는 나직한 소리가 들리더니 약간의 공간이 일그러지는 것처럼 보였다.

모용기가 히죽 웃으며 사마철을 쳐다봤다.

"같은 수에 두 번 당할 정도로 호락호락하지 않다니까요."

"싸움 중에 말이 많군."

"꼭 입 다물고 싸우란 법은 없잖습니까? 꼭 그렇게 삭막하게 안 해도…… 망할!"

능글맞게 대꾸하던 모용기가 한순간 와락 얼굴을 구겼다.

이전의 날카로운 무언가가 사방에서 날아들었기 때문이다.

모용기가 이번에는 검을 휘두를 생각도 않은 채 바닥을 콱 찍었다.

그의 신형이 흐릿해지는 것과 동시에 그가 서 있던 기둥이 와르르 무너져 내렸다.

이제는 사마철만이 홀로 우뚝 솟아 있는 듯한 형세였다.

사마철이 다시금 모습을 드러낸 모용기를 오만한 얼굴로 내려다봤다.

"거기가 네 자리다."

모용기 역시 대답 대신 제 검을 휙 그었다.

단번에 유형의 검기가 모습을 드러내며 쭉 뻗어 나갔다.

사마철의 딛고 서 있는 기둥을 노리는 것이다.

그 의도를 눈치 챈 사마철이 모용기의 검기가 자신이 딛고 선 기둥에 닿으려는 순간 가볍게 발을 굴렀다.

퍽 소리가 나더니 모용기의 검기가 힘없이 흩어졌다.

"고작 이 정도로…… 으음……."

모용기의 검기를 흩어 버린 사마철이 그의 신형을 찾다가 저도 모르게 신음성을 흘리고 말았다.

그의 시선이 닿았을 때 모용기의 신형은 어느새 스르륵 흩어지고 있었기 때문이다.

그리고 불쑥 튀어나오는 검 끝.

사마철이 급하게 고개를 틀었다.

쉭 소리를 내며 모용기의 검이 스쳐 지나가는 순간, 사마철이 한 손을 들었다.

퍽!

한 박자 늦게 날아드는 모용기의 무릎을 예상이라도 했다는 듯이 받아 낸 것이다.

그러나 그 위력이 제법이었다.

실로 오랜만에 저릿저릿한 느낌을 받은 사마철이 의외라는 얼굴로 모용기를 찾았다.

"제법이구나."

"전 아직 시작도 안 했는데요."

모용기가 헤실거리는 얼굴로 검병을 틀었다.

순간 검로가 변하며 안쪽의 날이 사마철의 얼굴을 노렸다.

굳이 받아 줄 이유가 없었다.

그러나 모용기의 의도가 거슬렸다.

퍽 하는 소리가 나더니 모용기의 검날이 사마철의 오른손에 단단히 틀어박혔다.

반짝이는 검날을 가운데 두고 사마철과 모용기가 시선을 마주했다.

그 순간 모용기가 히죽 웃음을 보였다.

"왜 웃는…… 응?"

의아하다는 듯이 고개를 갸웃거리던 사마철의 얼굴이 딱딱하게 굳었다.

비스듬히 기울어져 있는 검날을 타고 또르르 굴러 내리는 한 줄기 핏방울.

"영감님 말대로 봉마진이 제대로 작동하나 본대요? 영감님도 피가 나는 걸 보니까 시간이 흐르기 시작했나 봐요?"

그뿐만이 아니었다.

그동안 새하얗다 싶을 정도로 창백하던 안색에 발그레 혈색까지 돌기 시작했다.

새빨간 핏방울을 쳐다보며 딱딱한 얼굴을 하던 사마철이 한순간 픽 웃음을 흘렸다.

"그렇구나."

"그럼 제대로 시작할까요?"

그와 동시에 모용기의 검에 새파란 검기가 둘러졌다.

충분한 거리가 있다면 모를까 직접 마주하는 검기는 심각한 위협이다.

사마철의 오른손에서 파지직 기파가 일어나는가 싶더니 모용기의 검을 밀어냈다.

팡 소리와 함께 강력한 반탄력에 밀려나던 모용기가 가볍게 몸을 뒤집었다.

한 동작으로 반탄력의 방향을 틀어 버린 모용기가 아래로 뚝 떨어져 내리며 휙 검을 그었다.

그 동작의 의미를 알고 있는 사마철이 얼굴을 찡그렸다.

“영악한 놈.”

말이 떨어지기가 무섭게 구구궁 소리가 나더니 그가 딛고 있던 기둥에서 쾅 하는 굉음이 터져 나오며 스르륵 흘러내렸다.

어느새 몸을 날려 이제는 자신과 같은 눈높이를 하고 있는 사마철을 쳐다보며 모용기가 만족스럽다는 얼굴로 고개를 끄덕였다.

“누가 내 위에서 내려다보는 건 못 참겠더라고요.”

그리고는 바닥을 콱 찍더니 순식간에 거리를 좁히며 검을 찔러 넣었다.

검 끝이 빛을 받아 반짝거리며 눈앞을 어지럽혔다.

사마철이 가늘게 눈매를 좁히며 손가락으로 검면을 튕겨 냈다.

땅! 하는 소리가 들리더니 모용기의 검이 휙 돌아갔다.

그러자 이전처럼 검로가 변하며 휙 내리긋는 형세가 되었다.

상대의 힘을 거스르지 않고 자유자재로 검로를 틀어 버리는 모습이었다.

땅!

사마철이 이번에도 손가락으로 모용기의 검을 위로 튕겨 냈다.

그 순간 모용기의 상체가 환하게 드러났지만, 마주하기 껄끄러울 정도로 자유자재로 검로를 틀어 버리는 모용기였다.

그 안으로 파고드는 순간 그의 검이 뚝 떨어져 내릴 것이라는 사실을 어렵지 않게 짐작할 수 있었다.

그러나 사마철은 거침이 없었다.

오히려 한 걸음 더 빨리 움직인 탓에 모용기가 거리를 잡지 못했다.

급하게 물러서 보려 했지만 사마철의 주먹이 먼저였다.

퍽!

모용기의 신형이 두 줄기 긴 선을 남기며 주르륵 밀려났다.

"제길……."

그의 주먹과 마주한 왼손이 저릿저릿한 것을 넘어서 찢어질 듯한 통증이 느껴졌다.

몇 차례 주먹을 쥐었다 폈다 하고 나자 간신히 감각이 돌아왔다.

모용기가 하는 꼴을 잠시 지켜보던 사마철이 다시금 걸음을 옮기며 천천히 거리를 좁히기 시작했다.

저도 모르게 검 끝에 힘이 바짝 들어가는 모용기의 모습에 사마철이 픽 웃으며 말했다.

"이게 네가 원한 것 아닌가? 개싸움 말이다."

"개싸움은 좀…… 근접전이란 말도 있는데……."

"뭐가 되었든. 근데 그건 나도 제법 좋아한다."

그리고는 사마철이 바닥을 콱 찍었다.

제 검을 신경도 쓰지 않고 거리를 좁히는 그의 모습에 모용기가 와락 얼굴을 구겼다.

"썩을……."

가볍게 내지른 일권에도 소름이 오싹 돋아났다.

별다른 풍압조차 동원하지 않은 평범한 주먹이 예기가 잔뜩 돋아난 검기보다 더 위협적이었다.

모용기가 한 걸음 물러서자 공간이 팡 하고 터져 나갔다.

아지랑이가 피듯 일그러지는 공간에 모용기가 잔뜩 긴장한 얼굴을 했다.

'쌍. 한 대 맞으면 골로 가겠네.'

저도 모르게 힘이 들어가 몸이 굳어졌다.

심각한 위협을 앞에 두고 몸이 저절로 반응하는 것이다.

모용기가 본능적으로 빠득 이를 갈았다.

무리가 간 잇몸에서 피가 배어 나올 정도로 강하게 힘을 가했다.

비릿한 맛이 혀끝에 느껴지자 번쩍 정신이 드는 기분이다.

굳어 있던 몸이 비로소 조금은 풀어졌다.

그 순간 사마철의 주먹이 기다렸다는 듯이 치고 들어왔다.

반사적으로 몸을 빼려던 모용기가 마음을 고친 듯 한순간 이를 악물더니 제 검을 찔러 넣었다.

'물러서기만 하는 것은 정답이 아니지.'

그러나 순식간에 휘어 버리는 제 검을 보고 모용기가 와락 얼굴을 구겼다.

"썩을!"

모용기가 급하게 내력을 움직였다.

검기가 쭉 뻗어 나오자 활처럼 휘었던 검이 그제야 꼿꼿하게 제 형태를 갖췄다.

거침없이 치고 들어오던 사마철의 발걸음이 날카로운 검기에 잠시나마 멈칫하는 모양새였다.

그러나 아주 잠시일 뿐이다.

사마철이 이번에도 한 걸음 더 성큼 내딛더니 거리를 좁혀 버렸다.

'조금 느린가?

제 검이 조금 더 느렸다.

그러나 곱게 물러서지만은 않았다.

한 걸음 뒷걸음질 치는 순간 검을 그었다.

상대의 거리를 벗어남과 동시에 제 거리로 만든 것이다.

선명한 검기가 날카롭게 휘어져 들어갔다.

이번에는 벗어나지 못할 것이라 확신한 얼굴이다.

그리고 모용기의 예상대로 사마철은 그의 거리를 벗어나지 못하는 모양새였다.

대신 모용기를 향해 뻗어 냈던 주먹을 휙 돌렸다.

턱!

"어?"

제 검기를 정확하게 잡아 버린 다섯 개의 손가락을 보며 모용기가 눈을 동그랗게 떴다.

"그거 안 아파요?"

제아무리 강대한 내력을 지닌 이라도 맨손으로 검기를 잡아내면 타격이 간다.

그것은 제아무리 사마철이라도 마찬가지라 생각했다.

그러나 그런 모용기의 생각을 비웃기라도 하듯 사마철은

검기를 잡아낸 다섯 손가락에 힘을 가했다.

자신의 검기를 꾹 누르며 파고들어 가는 다섯 개의 손가락에 모용기가 기겁을 하며 검을 뺐다.

"미친!"

힘으로 검기를 깨 버릴 생각이라는 것을 어렵지 않게 알아차린 것이다.

선명하던 검기가 자취를 감추는 순간 제 검을 회수한 모용기가 급하게 몸을 뺐다.

거리가 제법 벌어진 것을 확인한 모용기가 황당하다는 얼굴로 그를 쳐다봤다.

"그게 가능한 겁니까?"

사마철이 대답 대신 빙그레 웃음을 보이더니 바닥을 쿵 하고 찍었다.

자잘한 돌무더기가 훅 튀어 오르더니 떨어질 생각을 하지 않고 느릿느릿 사마철의 주변을 돌았다.

사마철이 휙 손을 내젓는 순간 돌멩이 하나가 쉬 소리를 내며 날아들었다.

모용기가 본능적으로 검을 그었다.

퍽!

소리는 요란하지만 영향을 끼치지 못했다.

자신의 검력을 와장창 무너뜨리고 조금의 방해도 받지 않은 돌멩이를 보며 모용기가 얼른 고개를 숙였다.

퍽!

무엇인가에 막힌 듯 허공에서 부르르 떨리는가 싶더니 그제야 힘을 잃고 바닥을 굴렀다.

'예상은 했지만…….'

생각보다 더 어려운 상대다.

동그랗게 두 눈을 뜨고는 자신을 쳐다보는 모용기의 시선을 무시한 채, 사마철이 제 주위를 둥둥 떠다니는 돌 조각들을 훑어보며 목소리를 냈다.

"돌은 많다."

"제길!"

"이건 대체……."

노인이 떨쳐 내는 돌 조각도 그렇고 모용기의 움직임도 마찬가지였다.

제법 거리를 두고 있음에도 눈으로 쫓아가기조차 버거울 정도였다.

차원이 다른 움직임에 멍하니 입을 벌리고 있던 모용소가 어느 순간 고개를 휘휘 저어 잡념을 날렸다.

당장 중요한 것은 그것이 아니다.

저곳에서 제 동생을 빼내는 것이 우선이다.

마음을 정한 모용소가 제 검으로 손을 가져가려 할 때 두툼한 손이 그의 손등을 턱하고 덮었다.

"누, 누구…… 장인어른?"

어느새 그의 옆으로 다가선 당화문이 고개를 저었다.

"자네가 끼어들 자리가 아닐세."

"하지만……."

"하지만이 아니야. 자네가 저곳에 가서 무엇을 한다는 말인가? 저 늙은이가 던져 대는 돌 하나라도 받아 낼 수 있는가? 그게 아니라면 가만히 있게."

틀린 말이 아니었다.

제법 많이 실력이 올랐지만 노인의 일수조차 받아 내기가 어렵다는 것을 누구보다도 잘 안다.

그러나 모용소는 고개를 저었다.

"제 동생이 저기 있습니다. 제가 가야 합니다."

실력이 부족해도 가야만 했다.

모용기가 아무리 대단하다 해도 자신에게는 보살펴야 할 동생일 뿐이다.

그 마음을 잘 알고 있는 것은 당화문 역시 마찬가지였지만, 그는 요지부동이었다.

제 손을 거두지 않은 채 여전히 고개만 저었다.

"자네가 낄 자리가 아니라고 했네."

"제가 가야 합니다."

"자네가 저 돌 조각 하나라도 막아 줄 수 있다면 나도 말리지 않겠네. 그럴 자신이 있는가? 짐이 되지 않을 자신이 있는가?"

이번에는 모용소 역시 쉽사리 대꾸하지 못했다.

그러나 여전히 물러서려 하지는 않는 모습이다.

당화문이 한숨을 푹 내쉬더니 어딘가를 향해 턱짓을 했다.

"자네가 움직이면 저들 역시 움직인다는 것을 모르는 것인가? 이곳에 있는 사람들을 다 죽일 생각인가?"

기마대가 없다 해도 사방에 깔려 있는 궁수들은 충분히 위협적이었다.

명이 내려지면 새까맣게 화살비가 떨어질 것이고, 그 지옥에서 살아남을 이는 얼마 되지 않을 것이다.

살아남는다 해도 저들이 내버려 두지도 않을 것이다.

기어이 숨통을 끊어 놓으려 들 터.

비로소 주위를 돌아보게 된 모용소가 암담한 눈을 하다가 다시 제 장인을 쳐다봤다.

"이게 대체 어떻게 된 일입니까? 제 동생이 왜? 천자가 대체 왜?"

도무지 이해가 가지 않는 일이었다.

그러나 그것은 당화문이 답해 줄 수 있는 문제가 아니었다.

"그것은 나도 확실하지가 않네."

"예? 하지만……."

"개방주가 그러더군. 경거망동하지 말라고."

"개방주님이요?"

모용소가 멀리 철자강과 함께하고 있는 홍소천을 힐끔거렸다.

그러나 쳐다보는 것만으로는 그들의 생각을 알아낼 수가 없었다.

모용소가 걸음을 옮기려는 것을 당화문이 다시 손을 내리누르며 그의 움직임을 막았다.

"장인어른?"

"움직이지 말게. 다른 이들의 이목을 끌어서 좋을 것 없으니."

"하지만……."

"이유를 안다 해서 무엇이 달라진단 말인가? 바꿀 수 없는 것은 포기하고 바꿀 수 있는 것에 집중하게."

"바꿀 수 있는 것?"

당화문은 대답 대신 불안한 얼굴을 한 채 제 남편을 쳐다보고 있는 당소혜와 그녀의 양팔에 달라붙어 제 숙부의 싸움을 보며 넋을 놓고 있는 쌍둥이를 향해 턱짓을 했다.

그 행동에 담긴 의미를 알아들은 모용소가 얼굴을 일그러트렸다.

모용소가 고개를 푹 숙이자 당화문이 그제야 그의 손을 놓고는 어깨를 툭툭 쳤다.

뒤에서 그들이 하는 바를 유심히 보고 있던 이심환이 한숨을 내쉬며 고개를 저었다.

"이건 또 무슨 일인지……."

가볍게 생각하고 나선 일이 생각보다 더 복잡해져 버렸다.

모용소에게는 미안한 일이지만 제 아이와 아내를 데려오지 않은 것이 천만다행이란 생각이었다.

내심 가슴을 쓸어내리던 이심환은 얼른 그런 기색을 지워내며 옆에 있는 막수광을 툭툭 건드렸다.

"어떻게 할 텐가?"

강호 경험이 제법 많아서 어려울 때는 의지가 되는 이였다.

정답이라고는 할 수 없어도 항상 무난한 답변을 내놓았던 기억에 이번에도 그에게 의지하려는 것이다.

그러나 막수광은 무언가에 홀리기라도 한 듯 넋이 나간 얼굴로 반응을 보이지 않았다.

“응? 이 친구 왜 이러나?”

이심환이 막수광의 팔을 조금 강하게 끌어당겼다.

그제야 반응을 보이는 막수광이었다.

“음…….”

“왜 그러나? 저기 뭔가 있나?”

자신이 쳐다보던 방향을 기웃거리는 이심환의 모습에 막수광이 얼른 고개를 저었다.

“아니, 아무것도…….”

“아무것도 아니긴…… 그렇게 넋을 놓고 있었으면서. 대체 뭔데 그러나?”

“신경 쓸 것 없습니다. 그보다 무슨 일입니까?”

대답할 마음이 없는지 여전히 고개를 젓는 그를 보며 이심환이 얼굴을 찌푸렸다.

그러나 이내 답을 구하는 것을 포기하는 이심환이었다.

그보다 더 중요한 문제가 있었다.

“그건 나중에 다시 얘기하기로 하고…… 그보다 이제 어쩌면 좋은가? 아무래도 좋은 꼴 보기는 어려울 것 같은데…….”

이심환이 불안한 얼굴로 주위를 둘러싼 군사들을 힐끔거렸다.

그가 말하는 바를 어렵지 않게 알아들었지만 답을 내기가 어려운 것은 막수광 역시 마찬가지였다.

“일단은 상황을 봐야겠습니다.”

원하는 답이 아니었다.

이심환이 끙하고 앓는 소리를 내더니 결국은 고개를 젓고 말았다.

"아무래도 쉽지가 않지. 그래도 정신은 차리고 있게. 일이 잘못되면 자네 가주와 가모, 두 꼬맹이는 지켜야 하지 않겠는가?"

막수광이 말없이 고개를 끄덕였다.

그것을 확인한 이심환은 다시 모용기에게로 시선을 돌리며 못마땅하다는 얼굴을 했다.

"저 녀석에게만 기대야 한다니……."

영 내키지 않는다는 얼굴이었다.

그것을 물끄러미 쳐다보던 막수광이 어딘가를 힐끔 쳐다보더니 고개를 젓고 말았다.

저도 모르게 악다문 이 사이로 작게나마 빠득 소리가 들렸다.

'운이 좋아.'

97 章.

참룡회귀록

斬龍回歸錄

97 章.

"썩을…… 북해의 전사들은 개뿔!"

소무결이 짜증이 가득한 목소리로 투덜거렸다.

그 화살이 자신을 향한 것이라는 것을 잘 아는 담설이었지만 차마 대꾸를 하지 못했다.

지은 죄가 있었기 때문이다.

물론 항변할 말도 있었다.

저들이 갑자기 불어나리라는 것은 자신 역시 예상하지 못했던 바였기 때문이다.

그러나 말싸움을 할 성격도 되지 못했고, 설사 그런 성격이라 하더라도 당장 눈앞의 일이 더 급했다.

자신들을 포위하듯 빙 둘러싼 황궁의 무사들.

중간중간 섞여 있는 강호의 고수들도 제법 수가 많았다.

일단의 무리가 다른 길로 자신들의 뒤를 잡을 것이라는 것을 미처 생각하지 못한 잘못이었다.

임무일이 말이 없는 그녀를 대신해 목소리를 냈다.

"지금 잘잘못 따질 때가 아니잖나? 대책을 강구해야……."

"시끄러. 이게 뭘 잘했다고…… 그러게 내가 싸우지 말고 튀자고 했잖아? 내 말은 귓등으로도 안 듣더니."

"그거야 검각이……."

임무일이 제법 내상이 심한 듯 피를 토하고 있는 검옥련과 그녀를 둘러싸고 있는 검각의 제자들, 그리고 그들과 함께하고 있는 조희진을 힐끔거렸다.

그러나 이미 골이 난 소무결은 그의 말을 듣지도 않았다.

"닥치고 빠져나갈 궁리나 해 봐. 낮잠이나 좀 자자고 나왔다가 대체 이게 무슨 꼴이야."

그 때 월향이 한 걸음 앞으로 나서며 예의 그 짤랑짤랑한 목소리로 말했다.

"유언은 그게 끝이더냐?"

"유언? 유언 같은 소리 하고 있네. 막말로 그건 오늘내일하는 할망구나 할 법한 거지, 아직 생생한 우리가 할 만한 건 아니거든."

소무결의 말에 월향이 와락 얼굴을 구겼다.

그러나 소무결은 그녀보다 먼저 목소리를 냈다.

"또 누가 같은 개소리는 하지 말고. 누가 봐도 주름이 자글자글한데……."

"개소리! 죽고 싶으냐?"

"그러니까 그건 할망구나…… 어?"

쉭 하고 뻗어 오는 검기에 소무결이 얼른 한 발자국 뒤로 물러섰다.

퍽하는 소리와 함께 길게 선을 남긴 그녀가 소무결 등을 향해 검을 겨누었다.

"다 죽…… 어?"

독이 잔뜩 오른 얼굴로 목소리를 내던 그녀가 얼른 신형을 돌렸다.

그 순간 새파란 검기가 길게 잔상을 남기며 뚝 떨어졌다.

쾅!

"큭!"

간신히 검기를 세워 받아 내긴 했지만 그 반탄력까지 완전히 해소하기는 무리였다.

길게 선을 남기며 주르륵 밀려난 그녀가 가늘게 흐르는 핏줄기를 닦아 내며 빠득 이를 갈았다.

"어떤 놈이!"

그러자 어느새 소무결의 옆에 모습을 드러낸 운현이 반갑다는 듯이 손을 들었다.

"할망구 오랜만!"

"어? 너!"

갑자기 모습을 드러낸 운현을 쳐다보며 소무결이 반색을 했다.

그러나 운현 하나의 가세로는 여전히 형세가 뒤집히지 않는다.

그가 원하는 것은 더 큰 것이었다.

소무결이 주변을 두리번거렸다.

"다른 놈들은? 대림이가 데려온 거 맞지?"

"이건 뭐 고맙다는 말도 없어?"

"시끄럽고. 다른 놈들은? 안 왔어? 아니지? 어라?"

한순간 소무결이 눈을 동그랗게 떴다.

허공을 가득 메운 반짝거리는 빛무리.

운현에 의해 밀려난 월향이 그것에 가장 먼저 반응하며 뾰족하게 목소리를 냈다.

"피, 피해!"

그러나 그것에 반응할 만한 이는 그리 많지 않았다.

고작 두세 명이 몸을 피했을까?

후드득 소리가 들리더니 포위망의 한쪽이 와르르 무너져 내렸다.

"컥!"

"크악!"

비명 소리가 울려 퍼지는 가운데 바닥을 구르던 무사들이 단번에 시커멓게 죽어 갔다.

소무결이 반색을 했다.

"당소문 이 자식!"

당가의 암기임을 단번에 알아본 것이다.

그러나 모습을 드러낸 것은 당소문만이 아니었다.

고민우나 혁련강 등 역시 마찬가지였다.

그리고 그 뒤를 따라 개방의 거지들이 모습을 드러내며 빼곡하게 채웠다.

고민우가 한 걸음 앞으로 나서더니 주위를 쭉 둘러봤다.

수는 여전히 황궁의 무인들이 더 많다.

그러나 기세가 꺾였다.

고민우의 시선을 받은 무사들이 움찔 몸을 떨었다.

고민우가 혁련강을 힐끔 돌아보며 말했다.

"다 죽이라고 했는데?"

혁련강이 말없이 우두둑 고개를 꺾었다.

한순간 바닥을 쾅하고 찍었다.

마치 포탄처럼 튀어나오는 그의 신형에 당황한 황궁의 무사들이 미처 반응조차 하지 못했다.

혁련강이 제 검을 횡으로 쭉 그었다.

새파란 검기가 반월을 그리며 불쑥 튀어 나갔다.

"망할!"

"막아!"

무리들 중에 제법 고수 소리를 듣던 자가 있었던지 단숨에 튀어나오며 급하게 검을 들었다.

유형화된 두 개의 검기가 혁련강의 검기와 마주치는 순간 쾅 하는 소리가 울려 퍼지더니 두 개의 신형이 긴 선을 그으며 주르륵 밀려났다.

"컥!"

"크윽!"

각자 답답한 듯한 신음을 흘리며 비틀거리는 두 개의 신형.

혁련강이 남긴 흔적을 보며 소무결이 질렸다는 얼굴로 고개를 절레절레 저었다.

"무식한 새끼."

"힘만 보면 나도 못 따라간다니까."

픽 웃으며 대꾸하는 임무일이었다.

왠지 모르게 얄미워 한마디 톡 쏘아 주려는데 그보다 조희진이 먼저였다.

"멈춰!"

그녀가 바닥을 콱 찍더니 일행을 벗어나 어느새 자리를 벗어나려던 월향을 향해 검을 휙 그었다.

"이년이!"

슬금슬금 뒷걸음질 치던 월향이 빠드득 이를 갈며 검을 들었다.

쩡!

두 개의 검이 맞부딪히고 밀려난 것은 조희진이었다.

아직은 그녀와의 격차를 따라잡기가 쉽지 않은 탓이다.

그러나 오히려 곤란해진 것은 월향이었다.

천영영이 어느새 움직여 그녀의 퇴로를 차단한 것이다.

"할망구, 오랜만!"

"이 썩을 년이!"

그러나 월향은 쉽게 검을 움직이지 못했다.

어느새 자신을 포위하듯 둘러싼 검각의 제자들.

그 사이에는 금소소도 섞여 있었다.

금소소가 월향을 향해 검을 겨누며 앙칼지게 소리쳤다.

"죽여!"

그와 동시에 십여 개의 검이 일사분란하게 월향을 노리고 들어갔다.

"막아!"

"구해!"

황궁의 무사들이 급하게 움직이려는 순간.

쿵!

그들의 앞에 거대한 발자국이 남았다.

그리고 자신이 남긴 흔적에 사뿐 내려서는 임무일이 그들과 시선을 맞추며 히죽 웃음을 보였다.

"이제 제대로 해보자고."

순식간에 난전이다.

운현이나 고민우 역시 어느 틈에 그들 사이에 끼어 바쁘게 움직였다.

"어딜 돕지?"

소무결이 자신이 들어갈 틈을 잠깐 살피는 순간.

"형님!"

석대림이 가쁜 숨을 몰아쉬며 그의 곁으로 다가섰다.

여전히 헉헉거리는 그를 내려다보며 소무결이 얼굴을 찌푸렸다.

"늦었잖아, 자식아. 이건 맨날 비리비리해 가지고서는……."

"저…… 헉헉…… 진짜 열심히…… 헉헉…… 뛰어다닌 건데……."

석대림이 억울하다는 얼굴을 했다

소무결이 픽 웃음을 흘리더니 갑자기 그 자리에 철퍼덕 주저앉았다.

잠시 숨을 돌린 석대림이 의아하다는 얼굴로 그를 쳐다봤다.

"안 도와요?"

"내가 왜? 다들 잘하고 있구만."

"하지만 이거……."

"시끄러. 너도 낄 것 없으니까 구경이나 해."

"형님!"

이제는 아예 드러눕는 소무결을 쳐다보며 석대림이 울상을 했다.

피투성이가 된 채 색색거리는 노도진을 이리저리 살펴보던 정주형이 한숨을 푹 내쉬었다.

"이거 진짜 살려야 해?"

"왜? 살리기 힘들어? 이 정도는 안 죽지 않나?"

철소화가 정주형을 쳐다보며 의아하다는 얼굴을 했다.

정주형이 고개를 저었다.

"당연히 안 죽지. 어중이떠중이라면 모를까 이 정도 무인이면 그냥 내버려 둬도 살걸?"

"그런데? 뭘 살려야 하냐고 물어보는 거야?"

"그거야 당연히……."

정주형은 살리려고 고민하는 것이 아니다.

죽일까 말까 고민하는 것이다.

차마 철소화에게 제 내심을 털어놓지 못한 정주형이 한숨만 푹푹 내쉬었다.

그를 물끄러미 쳐다보던 철소화가 그를 밀어내고 노도진에게 다가갔다.

"어? 어? 잠깐……."

"괜찮아. 팔팔한 것도 아니고 다 죽어 가는데."

"그래도 저 정도 고수면 한 수가 있다고. 갑자기 들이치면……."

"그럴 거면 진즉에 했겠지. 이제 와서 뭘 어쩌겠다고. 내 말 맞죠?"

철소화가 노도진을 내려다봤다.

그러나 노도진은 여전히 색색거리기만 한 채 눈을 감고 있었다.

철소화가 얼굴을 찌푸리더니 그의 옆에 쪼그려 앉아 손가락으로 콕콕 찔렀다.

"그러지 말고 말 좀 해 봐요. 정신 있는 거 다 아는데."

가볍게 찌른 것이지만 작은 자극이라도 노도진에게는 제법 큰 고통으로 다가왔다.

"크……."

"어? 아파요?"

노도진이 신음을 흘리며 얼굴을 찌푸리자 철소화가 당황한 얼굴을 했다.

그러나 그것도 잠시 철소화가 어느새 자신이 찌른 곳을 살살 문지르며 복소리를 냈다.

"그러니까 말로 할 때 대답 좀 해 주지. 이게 다 아저씨 탓이라니까요."

그러나 노도진은 여전히 답이 없었다.

잠시 그를 내려다보던 철소화가 어느새 다시 얼굴을 찌푸리며 손가락을 세웠다.

"또 찔러요?"

그제야 반응을 보이는 노도진이었다.

움찔 몸을 떠는 노도진의 모습에 철소화가 악동 같은 얼굴을 하며 말을 이었다.

"그러니까 순순히 말하라고요. 아니면 확!"

"아, 알았다."

얼떨결에 목소리를 낸 노도진이 한숨을 푹 내쉬었다.

스스로가 한심하게 느껴졌기 때문이다.

'조금은 더 시간을 끌 수 있을 것이라 생각했는데…….'

생각보다 너무 빨랐다.

명진과 철무한의 정교하게 맞물려 들어가는 합공은 예상하지 못했기 때문이다.

그것에 다른 녀석들까지 함께하자 감당하기가 어려웠던 것이다.

노도진이 작게 고개를 저었다.

생각하면 속만 더 쓰리기 때문이다.

그 때 철소화의 목소리가 다시 들려왔다.

"뭐 해요? 대답해 준다면서요? 눈 안 떠요?"

철소화의 재촉에 노도진이 한숨을 내쉬더니 슬며시 눈을

떴다.

제법 오랜 시간 눈을 감고 있었던 터라 햇살이 따갑게 느껴졌다.

그것을 알아챈 철소화가 얼른 햇볕을 가렸다.

그러나 노도진은 고개를 저었다.

"되었다."

"그냥 고맙다고 하면 될 일 가지고."

철소화가 볼을 부풀렸다.

그 모습을 보며 픽 웃음을 흘리던 노도진이 갑자기 무언가 떠올랐다는 듯이 고개를 돌리려 했다.

"왜요?"

"날 따른 무사들은……."

"아…… 다 죽었는데요?"

"다 죽어?"

"예. 개방의 거지들이 다 죽여야 한다고……."

철소화가 노도진의 눈치를 보듯 자그마한 목소리로 말끝을 흐렸다.

그녀의 생각을 알아챈 노도진이 픽 웃음을 흘렸다.

"잘했다."

"예?"

"잘했다고 했다. 하나라도 살아 나갔다면 오히려 그게 더 골치가 아팠을 테니까."

"그런가요?"

철소화가 이해가 되지 않는다는 얼굴을 했다.

그러나 그것은 이후의 일이었다.

철소화가 제 의문을 앞세웠다.

"그보다…… 절 어떻게 아는 거죠?"

이상하게 그 부분이 계속 마음에 걸렸다.

평소라면 스쳐 지나갈 수도 있는 문제였지만 계속 발목을 잡고 있었다.

그 덕에 노도진이 아직까지도 숨을 붙이고 있는 것이다.

"네 덕에 숨을 붙이고 있구나."

"알면 고맙다는 말이라도 하든가. 고마우면 내 질문에 대답 좀 해 주시고요."

냉큼 자신의 말을 받는 그녀의 모습은 어딘가 익숙하게 느껴졌다.

당연한 일이었다.

노도진이 고개를 저었다.

"난 너를 모른다."

"하지만……."

"너 말고 네 어머니라면 잘 알지."

"우리 엄마요? 우리 엄마를 어떻게……?"

노도진의 말에 철소화가 눈을 동그랗게 뜨며 호기심을 드러냈다.

그러나 노도진은 그 문제에 관해 더 말을 이어 갈 생각이 없었다.

"그 얘기는 나중에 하고…… 네 오라비는 결국 갔느냐?"

"예? 어…… 예."

그녀의 대꾸에 노도진이 한숨을 내쉬었다.

짐작은 하고 있었지만 잠깐 정신을 놓은 틈에 벌어진 일이라 확인이 필요했던 것이다.

"결국 그렇게 되었나?"

"왜요? 무슨 문제 있어요?"

"문제? 당연히 있지."

"무슨 문제인데요?"

"그건……."

노도진이 무슨 생각이 들었는지 갑자기 입을 다물었다.

무언가 생각에 잠긴 듯한 그를 쳐다보며 철소화가 고개를 갸웃거렸다.

"왜 그래요?"

"아니, 그게…… 술이 마시고 싶구나."

"술이요?"

철소화의 황당하다는 얼굴을 쳐다보며 노도진이 고개를 끄덕였다.

"그걸 갑자기 어디서……?"

그 때 정주형이 끼어들며 말했다.

"술이라면 위에 있는데……."

"아, 맞다. 황산파에 가면 있지 않나?"

그러나 노도진은 고개를 저었다.

"번잡한 곳은 가고 싶지 않다."

난호해 보이는 그의 얼굴에 철소화가 곤란하다는 얼굴을 했다.

정주형이 얼굴을 찌푸리며 투덜거렸다.

"다 죽어 가는 주제에 가리기는…… 그냥 주면 주는 대로……."

"싫다."

노도진이 단호하게 거부의 의사를 표하더니 아예 눈을 감아 버렸다.

정주형이 곤란하다는 얼굴로 철소화를 쳐다봤다.

"어떻게 하지?"

"어떻게 하긴. 업어."

"……뭐?"

"뭘 그렇게 놀라? 내려가서 술 한 잔 사 주고 오면 되는 건데."

"하지만 다른 이들은……?"

"별일이야 있겠어? 다 같이 있는데."

"하지만……."

"내가 업을까?"

"아니, 그건 아니고."

정주형이 얼른 손을 내저었다.

그리고는 울상을 하며 노도진을 들쳐업었다.

정주형의 등에 업혀 산을 내려가던 노도진이 나직이 한숨을 내쉬었다.

'하나는 살렸습니다, 누님.'

❖ ❖ ❖

퍽! 퍽! 퍽!

묵직한 타격음이 연신 울려 퍼졌다.

단순한 타격음이라면 크게 신경을 쓰지 않겠지만 그것이 지금처럼 먼 곳까지 울려 퍼진다면 그것은 제법 큰 문제가 된다.

백여 장의 거리를 격하고 바로 옆에서 듣는 것처럼 생생한 소리에 백운설이 당황한 얼굴을 했다.

"어떻게 여기까지……."

자신의 상식으로는 이해할 수 없는 기사였다.

그리고 그것은 제갈연 역시 마찬가지였다.

그러나 제갈연이 주목한 부분은 다른 것이었다.

'기아가…… 많이 밀려.'

제법 거리를 둔 탓에 자세한 것은 보지 못했지만 오히려 전체적인 부분은 더 정확하게 볼 수 있었다.

사마철과 모용기의 우열이 확연하게 눈에 들어왔던 것이다.

사실 우열이라 할 것 없었다.

사마철이 본격적으로 움직이기 시작하자 모용기가 접근조차 못하고 끊임없이 밀려나는 듯한 모습이었기 때문이다.

"어떻게 하지?"

제갈연이 초조한 듯이 손톱을 물어뜯었다.

그리고 그것을 알아본 것은 백운설 역시 마찬가지였다.

그녀 역시 걱정이 가득한 얼굴로 제갈연을 쳐다봤다.

"저렇게 내버려 둬도 되는 거야?"

그러나 제갈연은 답이 없었다.

그녀 스스로가 갈피를 잡지 못했기 때문이다.

'살리려면 열어야 하는데…… 열면 안 되는데…….'

상반된 두 개의 마음이 치열하게 전투를 벌였다.

사실 한쪽으로 기울어진 것은 오래였지만 모용기의 당부가 있었다.

그 때문에 움직이지 못하는 것이다.

그 순간 퍽 하는 소리가 들리며 여태껏 잘 버티고 있던 모용기가 드디어 바닥을 굴렀다.

"어?"

그녀의 두 눈이 세차게 흔들리는 순간 백운설이 울상을 하며 그녀의 팔을 잡았다.

"저거 열어야 하는 거 아니야? 저러다가 기아 정말 죽겠어."

그러나 제갈연은 차마 대답을 하지 못했다.

백운설이 그녀의 옷깃을 잡고 매달렸다.

"저러다가 정말 큰일 나겠어. 일단 기아부터 빼내고……."

"하지만……."

"하지만이 아니라 진짜 죽겠다고! 너도 그걸 원하는 건 아니잖아!"

백운설이 저도 모르게 빽 소리를 질렀다.

그러나 제갈연은 여전히 망설임이 가득한 얼굴이었다.

그리고 그것을 해결해 준 것은 백운설이 아니라 또 다른 목소리였다.

"그러지 말고 열어."

"어?"

제갈연이 흠칫 몸을 떨며 시선을 돌리자 철무한이 히죽 웃음을 보이며 모습을 드러냈다.

그리고 그 뒤에는 명진도 있었다.

"너희들……."

"우리가 갈 테니까 열어."

'저럴 수가 있나? 정말 오래 버티는데…….'

곽자철이 미간을 좁혔다.

한가운데에 있던 태양이 서산에 걸리려 했다.

생각보다 시간이 오래 걸렸다.

이것은 사마철을 잘 아는 자신이 예상하지 못했던 바다.

'대장군이 봐주는 것은 아닐 테고…….'

사마철은 시간을 끄는 사람이 아니다.

틈이 보이는 대로 후벼 파고 상처를 벌려 숨통을 끊어 버리는 맹수였다.

그런데도 아직까지 버티고 있다는 것은 모용기에게 그럴 만한 자격이 있다는 것이다.

'쓸데없는 일이라 생각했는데 저런 녀석이 알았다면 오히려 내가 먼저 나서야 했어.'

모용기의 존재는 심각한 위협으로 다가왔다.

제아무리 많은 군사들이 철통같이 둘러싸서 지킨다 해도 어떻게든 틈을 파고들어 제가 원하는 것을 가질 만한 실력이다.

반드시 정리해야 했다.

정사를 돌보는 것보다 쓸데없는 놀이에 심취한다 한탄을 했던 것이 죄스러울 정도였다.

'대장군이 있어서 다행이군.'

제법 오래 버틴다 싶지만 단지 그뿐이었다.

사마철이 쓰러지는 모습은 상상조차 가지 않았기 때문이다.

모용기에 관한 일은 조금도 걱정을 하지 않은 곽자철이 슬며시 시선을 돌렸다.

조금 전까지의 자신과 마찬가지로 넋이 나간 얼굴로 모용기와 사마철의 움직임을 살피는 강호의 인사들.

눈을 부릅뜨며 그들의 움직임을 어떻게든 잡아내려는 저들의 모습에 저도 모르게 실소가 나오려 했다.

'본다고 아나?'

자신조차 간신히 따라가는 정도였다.

그마저도 또렷하지 못했고 흐릿하게만 보였다.

저들 역시 마찬가지일 것이다.

그것도 이름난 몇몇 정도에 불과할 것이다.

나머지는 흐릿한 잔상이 오가는 것을 의미 없이 쳐다보는 것에 지나지 않는다.

'아니지. 대장군은 움직임이 없으니…… 아니, 이게 아니고. 이것들은 어떻게 해야 하나?'

금의위에 도성을 지키는 군사들 중 일부까지 동원되었다.

천자가 단단히 마음을 먹었다는 것이 피부로 느껴지는 바였다.

개미 새끼 하나 살아나가기 어려울 것이다.

'그게 나쁜 것은 아닌데……'

모용기 같은 녀석이 또 나오지 말란 법이 없다.

이참에 아예 싹 정리해 버리는 것도 나쁜 판단은 아니었다.

사마철의 비밀을 모르는 곽자철은 그에게도 한계가 있다 여긴 것이다.

그러나 곽자철은 고개를 저었다.

'여기서 다 죽이면 사방에서 다 들고 일어날 텐데……'

중원에 깔린 문파가 한두 개가 아니다.

그들을 한자리에 불러 모으면 족히 수천에 달할 것이다.

엄청난 위협이다.

아직 몽골의 잔재를 완전히 정리하지 못한 이 시점에서 내부의 적을 키우는 것은 좋지 못한 판단이다.

'어떻게 한다?'

곽자철의 두 눈이 가라앉았다.

깊이 고민할 때 저도 모르게 나오는 버릇이다.

그러나 곽자철은 그 고민을 오래 이어 갈 수가 없었다.

쾅!

이전과는 다른 폭음이 터져 나오며 시커먼 무언가가 십여 장 앞에 쿵 하고 떨어져 내렸다.

잠시 정신이 흐트러진 사이 벌어진 일이다.

그러나 연유를 찾을 때가 아니다.

훅 몰아치는 흙먼지에 곽자철이 번쩍 검을 뽑아 들더니 깔끔하게 내리그었다.

한 치 앞도 분간할 수 없을 정도로 자욱하게 몰려들던 흙먼지가 반으로 뚝 쪼개지더니 좌우로 빗겨 나갔다.

곽자철이 얼른 시선을 돌려 천자를 찾았다.

그는 여전히 심드렁한 얼굴로 아래를 내려다보고 있을 뿐이었다.

'다행이군.'

천자에게 별다른 이상이 없다는 것을 확인한 곽자철은 그제야 다시금 시선을 돌려 일의 원인을 찾았다.

그리고 그 일의 원인은 모용기였다.

어느새 산발을 한 모용기가 자리에서 벌떡 일어서는 모습을 확인한 곽자철이 고개를 갸웃거렸다.

'이제 와서 왜? 진이 깨진 것인가?'

이제껏 저들의 싸움에 영향을 받지 않은 것이 진법의 힘 때문이라는 것 정도는 곽자철 역시 어렵지 않게 알 수 있었다.

그리고 그것이 사마철의 힘마저 받아 낼 정도로 단단한 것이라는 것도 이미 확인했다.

지금에 와서 그것이 깨질 이유가 없다 생각했다.

고개를 갸웃거리던 곽자철이 불쑥 모습을 드러내는 두 개의 인영을 확인하고 눈을 동그랗게 떴다.

"저건 뭐지?"

"아으……."

잠깐 집중력이 흐트러진 틈에 턱에 정통으로 얻어맞았다.

눈앞이 핑 도는 느낌이었다.

그러나 우는소리를 하고 있을 틈이 없었다.

모용기가 자리에서 벌떡 일어섰다.

골이 흔들리는 통에 잠시 균형이 흔들리기도 했지만 이를 악물고 버텼다.

그보다 우선적으로 알아야 할 것이 있기 때문이다.

"이게 어떻게 된 거지?"

잠시지만 공기의 흐름이 바뀌었다.

그것에 정신이 팔린 탓에 빈틈을 노출한 것이다.

"진이 깨졌나? 갑자기 왜?"

정상적이라면 무슨 짓을 해도 깨지지 않는다.

이유가 있다면 단 한 가지뿐이다.

모용기가 제갈연이 있는 방향으로 시선을 돌리려다가 익숙한 기척에 얼굴을 찌푸렸다.

"이 자식들이……."

그리고 눈 한 번 깜빡하기 전에 모습을 드러낸 명진과 철무한.

모용기가 얼굴을 와락 구겼다.

"이게 뭐 하는 짓이야?"

"뭐 하는 거긴? 같이하자는 거지."

철무한이 히죽 웃으며 대꾸했다.

명진은 말없이 사마철을 노려보고 있었다.

모용기가 한숨을 푹 내쉬었다.

"같이하긴 뭘 같이해? 너네가 끼어들 자리가 아니라는 거 몰라?"

"그런 게 어딨냐? 함께하면 하는 거지."

"그러니까 도움이 안 된다고 자식아. 몰라서 그러냐?"

"그럼 혼자서 감당할 수는 있고? 어차피 혼자서 안 되잖아? 그럴 바엔 셋이 하자는 거지."

"아니, 그러니까……."

그 순간 쿵 하는 묵직한 울림이 터져 나오더니 모용기의 입을 다물게 했다.

그 울림의 진원을 찾아 얼른 시선을 돌렸지만 사마철은 자신에게 눈길조차 주지 않았다.

"움직이지 마라."

또렷한 목소리가 황산을 가득 메웠다.

그러나 그 목소리는 오로지 한 사람을 향한 것이다.

사마철의 시선을 받은 곽자철이 힘껏 들어 올리려던 검을 멈칫했다.

곽자철의 얼굴에 불만이 생겨났다.

그러나 사마철의 말을 무시하기는 어려웠다.

곽자철이 슬며시 시선을 돌려 제 주인을 찾았다.

제 주인은 여느 때와 다르지 않은 심드렁한 얼굴이었다.

군사들을 움직이려던 곽자철이 결국은 제 검을 검집에 집어넣었다.

그것으로 상황을 정리한 사마철이 그제야 모용기 등에게 시선을 던졌다.

"셋이 같이할 테냐?"

모용기가 얼른 고개를 저으려 했다.

그러나 그보다 철무한이 빨랐다.

"아무래도 재 혼자는 어려워 보여서……."

"이 자식이! 어렵긴 누가 어려워!"

그러나 사마철은 모용기의 말을 듣지 않고 고개를 끄덕였다.

"그것도 좋겠지. 셋 다 들어와라."

"아니, 누구 마음대로……."

모용기의 말을 듣지 않는 것은 명진과 철무한 역시 마찬가지였다.

자신을 무시한 채 봉마진의 영향권 안으로 들어서는 그 둘을 보며 모용기가 눈썹을 꿈틀거렸다.

"이것들이 미쳤나? 누구 마음대로? 당장 안 나와?"

그러나 여전히 그는 없는 사람 취급이었다.

사마철이 명진과 철무한을 번갈아 보며 말했다.

"내 제자와 천호는?"

"천호면 그놈 말인가요? 그놈은 다른 이가 상대하고 있죠. 영감님 제자가 노도진을 말하는 거라면, 노도진은 우리가 잡았고요."

철무한의 대꾸에 사마철이 고개를 끄덕였다.

"둘이 함께라면 내 제자도 버거울 만하지. 천호는 북해의 그놈이 잡고 있나 보군."

"돗자리라도 깔았습니까?"

철무한의 실없는 말에 사마철은 더 이상 대꾸하지 않았다.

대신 한 걸음 멀리 있는 모용기를 쳐다보며 목소리를 냈다.

"들어와라."

명령조의 말투가 못마땅했다.

그러나 그보다 더 못마땅한 것은 철무한과 명진이다.

"저 녀석들은……."

"어차피 나를 잡지 못하면 이 자리에 있는 이들 모두 죽는다. 조금 일찍 죽느냐 늦게 죽느냐 그 차이일 뿐이지."

사마철의 대꾸에 모용기가 끙하고 앓는 소리를 냈다.

그러나 틀린 말이 아니었다.

모용기가 어쩔 수 없다는 얼굴을 하더니 타박타박 걸음을 옮겨 제 친구들의 곁으로 다가섰다.

"너희까지 돌볼 여유는 없다."

"그런 기대는 한 적도 없거든?"

"발목 잡지도 말고."

"잡는다고 잡힐 놈도 아니잖냐?"

한마디도 지지 않는 철무한이었다.

반면 명진은 그들을 쳐다보지도 않은 채 제 검을 뽑아 들었다.

스르렁거리는 소리와 함께 모습을 드러내는 새하얀 검신을 가만히 쳐다보던 사마철이 다시금 모용기를 쳐다보며 말했다.

"진을 다시 펼치라 하거라."

여전히 명령조의 말투가 짜증이 났다.

그러나 그보다 더 화가 나는 것은 그의 말을 거부하기가 어렵다는 점이다.

얼굴을 찡그리던 모용기는 결국 멀리 제갈연이 있는 방향을 쳐다봤다.

그리고 그의 신호를 알아봤는지 조금 시간이 지나자 또다시 공기의 흐름이 바뀌었다.

봉마진이 다시 펼쳐진 것이다.

그 순간 사마철이 쿵 하며 진각을 밟았다.

이전처럼 그를 중심으로 사방에 돌무더기가 떠오르며 빙빙 돌았다.

잠시지만 본 것이 있었다.

철무한이 잔뜩 긴장한 얼굴로 구룡도를 뽑아 들었다.

그 순간 사마철이 팔을 휙 내저었다.

그와 동시에 일직선으로 뻗어 오는 세 개의 긴 선.

멀리서 지켜보던 것과는 차원이 다르다.

궤적조차 따라가기 어려울 정도로 흐릿한 무언가가 순식간에 코앞까지 짓쳐들어왔다.

"썩을!"

"이런!"

적응할 시간도 없었던 명진과 철무한의 반응이 한 박자씩 느렸다.

그들이 당황한 얼굴을 하는 순간 모용기가 한 걸음 나서며 제 검을 휙 그었다.

연속적으로 세 번의 격타음이 터져 나오더니 돌멩이의 궤적이 휙 틀어졌다.

모용기가 뒤를 돌아보지도 않은 채 목소리를 높였다.

"정신 안 차려?"

"어? 그, 그래."

철무한과 명진이 어느새 당황한 기색을 감추며 눈빛이 깊어졌다.

그러나 그보다 더 깊어진 눈을 하고 있는 것은 사마철이었다.

"그것을 빗겨 냈나?"

"그럼 계속 당하고 있을 줄 알았습니까?"

"지금 알아낸 것은 아닌 것 같고…… 날 속였나?"

"원래 위험을 느끼지 못할 때가 가장 위험한 법 아니겠습니까?"

"하나만 노리고 있었나 보군. 하지만 그러기에는 너와 나의 거리가 너무 멀지 않나?"

"거리야 좁히면 되는 거죠. 얼마나 된다고."

봉마진이 펼쳐진 공간은 생각보다 좁다.

모용기나 사마철 정도의 고수라면 한 걸음에도 끝과 끝까지 이동할 수 있을 정도였다.

그런 의미에서 그의 말이 틀린 것은 아니다.

그러나 사마철은 동의하기 어렵다는 얼굴로 제 주위를 둥둥 떠다니는 돌무더기를 둘러봤다.

"이걸 뚫고?"

"직접 보여 드릴까요?"

모용기가 히죽 웃음을 보이더니 한순간 바닥을 콱 찍었다.

순간 튀어나오는 그의 신형에 사마철이 왼손을 휙 휘둘렀다.

이전과는 달리 제 주위의 돌무더기가 넓게 퍼지더니 모용기의 동선을 막아섰다.

그러나 모용기는 전혀 멈출 생각이 없었다.

'이럴 때 써먹기 좋은 게 있지.'

모용기의 검이 부르르 떨리는가 싶더니 크게 진동했다.

퍼퍼퍽 하는 연속적인 격타음이 요란하게 터져 나오더니 날아들던 돌무더기가 사방으로 튀어 나갔다.

그럼에도 모용기의 검은 진동을 멈추지 않았다.

오히려 진동을 더해 가며 부챗살처럼 넓게 펼쳐지는 모양새였다.

그 모습에서 사마철이 처음으로 다른 반응을 보였다.

여유롭던 얼굴은 어느새 사라지고 바닥을 콱 찍으며 뒤로 물러서는 모습.

바닥을 한 번 더 찍으며 그를 따라잡으려던 모용기가 한순간 멈칫하며 그 생각을 접었다.

퍽!

정확하게 제 검 끝을 막아선 제법 단단한 돌덩어리.

모용기가 긴 선을 그으며 주르륵 밀려났다.

부르르 떨리는 검을 타고 손목까지 전해지는 여력에 모용기가 얼굴을 찌푸리며 투덜거렸다.

"썩을. 이래서 한 방만 노렸던 건데……."

상대가 제아무리 강하다 해도 무작정 밀린 적은 없었다.

어떻게든 빈틈을 만들어 거리를 좁히고 자신이 원하는 방식으로 싸움을 이끌어 가는 것이 모용기의 방식이었다.

좀체 접근할 생각을 하지 않고 사마철의 공격을 피해 다니기만 했던 것은 노림수가 있었기 때문이다.

그러나 명진과 철무한의 등장으로 제 패는 써 보지도 못하고 집어넣어야 했다.

모용기가 명진과 철무한을 흘겨봤다.

"이래서 끼지 말라고 했던 건데……."

그제야 제 잘못이 무엇인지 알게 된 철무한이다.

철무한이 어색한 표정으로 헛기침을 하며 모용기의 시선을 피했다.

그러나 명진은 달랐다.

오히려 더 눈을 빛내며 사마철을 노려봤다.

"그걸 대신할 만큼 해 주면 되지 않나?"

한숨이 새어 나오려는 것을 억지로 집어삼키는 모용기였다.

시작부터 기를 꺾을 필요는 없었기 때문이다.

그러나 이전보다 더 신중해진 사마철의 얼굴을 확인하고는 또다시 한숨이 나오려 했다.

그러나 모용기는 얼른 고개를 저었다.

'이럴 때가 아니고.'

빠르게 머리를 굴려 정답을 찾을 때다.

'이 녀석들을 미끼로 던지면…….'

철무한과 명진을 힐끔 쳐다본 모용기는 이내 그 생각마저 접었다.

'미끼 역할을 못하니까.'

철무한과 명진에게 현혹당할 정도로 만만하지가 않다.

그렇다면 남은 수는 하나다.

"오래는 못해."

"뭐?"

철무한이 모용기를 쳐다보며 반문했다.

그러나 그는 어느새 흐릿한 잔상만을 남기며 몸을 날린 지 오래였다.

쭉 뻗어 나가는 모용기의 검 끝은 미미하게나마 흔들리고 있었다.

작은 차이일 뿐이지만 그것을 직접 마주하는 사마철은 확연하게 다른 느낌이었다.

'이건 곤륜의 수법인 듯한데…… 까다롭군.'

모용기가 운현의 검을 가져다 쓰는 것을 한눈에 알아본 것이다.

그러나 운현만이 아니었다.

사마철이 손을 내밀어 모용기의 검을 받아 내려는 순간, 그의 신형이 흐릿해지더니 여덟 개로 분리되며 팔방에서 검 끝이 쏟아졌다.

'이번에는 개방인가?'

소무결의 취팔선보까지 자유자재로 끌어다 쓰는 형국이었다.

물론 자세히 보면 다른 점이 느껴지기는 했지만 중요한 것은 그것이 아니다.

개방의 그것보다 더 실체를 잡아내기가 어려울 정도로 정교하다는 것이 중요했다.

진각을 밟아 강력한 기파를 뿌려 내 허상을 지워 버리는 것은 어려운 일이 아니다.

그러나 혹시나 모용기에게 뒤를 내준다는 것은 문제였다.

'그렇다면……'

짧은 순간 생각을 마친 사마철이 그 자리에서 팽이처럼 크게 회전했다.

강력한 기파가 회오리처럼 몰아치더니 일곱 개의 허상을 단숨에 지워 버렸다.

그리고 순간적으로 치고 들어오는 하나의 실체.

사마철이 이전처럼 손가락으로 모용기의 검면을 튕겨 냈다.

땅!

그와 동시에 모용기의 검이 휙 돌아갔다.

그러나 이전과 달리 곤란해진 것은 모용기가 아니었다.

저릿한 느낌이 손가락을 타고 파고들며 잠시나마 사마철이 멈칫하는 모습이었다.

"이건……!"

모를 수가 없는 것이다.

한때는 유진산과 함께 자신을 형님이라 부르던 이의 무공이었기 때문이다.

물론 이조차도 원래의 그것과 완벽히 같지는 않았다.

깊숙이 파고들어 내부를 파괴하는 용천도법과는 달리 모용기의 그것은 잠깐의 움직임을 방해할 정도일 뿐, 기혈까지 침투할 정도로 정교하지는 못했기 때문이다.

그러나 마냥 놀라고 있을 틈이 없었다.

모용기의 검이 자신이 튕겨 낸 결을 따라 횡으로 베어져 왔기 때문이다.

제법 큰 동작임에도 시간차를 느끼지 못할 정도로 빨랐다.

그러나 그에 대한 반응은 사마철 역시 만만치 않았다.

어느새 바닥을 콱 찍어 슬쩍 튀어 오르는가 싶더니 뚝 떨어져 내리며 모용기의 검날을 밟아 눌렀다.

모용기가 활처럼 휘어지는 제 검을 쭉 끌어당기며 바닥을 긁더니 한순간 그대로 휙 올려쳤다.

흙먼지가 확 하고 피어올랐다.

그러나 그 정도 흙먼지에 당황할 시기는 이미 오래 전에 지났다.

굳이 두 눈에 의지할 필요가 없었던 탓이다.

날카롭게 찔러 들어오는 모용기의 검을 어렵지 않게 짚어낼 수 있었던 사마철이 손바닥으로 모용기의 검면을 밀어내며, 그와 동시에 앞으로 쭉 치고 나갔다.

공간을 잡겠다는 사마철의 의도를 어렵지 않게 파악한 모용기는, 이번에는 물러서지 않고 오히려 앞으로 나서며 무릎을 세웠다.

예상하지 못한 수에 사마철의 얼굴이 조금 굳어지는가 싶더니 자신 역시 얼른 무릎을 세웠다.

빠각!

단단한 무언가가 맞부딪치는 소름 끼치는 소리가 크게 울려 퍼지더니 두 신형이 동시에 주르륵 밀려나며 거리를 벌렸다.

오랜 시간 만에 느껴진 통증에 사마철이 얼굴을 찌푸리더니, 이내 모용기를 노려보며 목소리를 냈다.

"참 잡다한 놈이로구나. 이건 소림의 무상각 같은데……."

"쓸 만하죠? 예전에 봐 뒀던 건데 한 번씩 써먹기는 좋더라고요."

모용기가 통증이 느껴지는 제 다리를 접었다 폈다 하며 히죽 웃음을 보였다.

잠시 어이가 없다는 얼굴을 하던 사마철이 곧 고개를 저었다.

"뿌리가 깊지 않은 나무는 크게 자라지 못한다."

어디선가 들어 본 말이었다.

그리고 그에 대한 대책도 확실했다.

"제 뿌리를 보여 드릴까요?"

그리고는 사마철이 무어라 대답을 하기도 전에 바닥을 콕 찍는 모용기였다.

그러나 그것은 이전과는 확연히 달랐다.

더는 흔들리지 않고 곧게 뻗어 들어오는 모용기의 검.

사마철이 이전처럼 손가락으로 검면을 때리려는 순간 빙글 돌며 날을 세우는 모습이었다.

"고작 이 정도로?"

날은 피하면 되는 것이다.

사마철이 손을 조금 움직여 이전처럼 검면을 때렸다.

땅 하는 소리가 들려오기는 했지만 이전보다는 확연히 가벼웠다.

그리고는 순간 방향을 틀며 베어져 들어오는 모용기의 검.

사마철이 바쁘게 손을 움직여 그의 검을 올려쳐 보지만 이번에도 확연히 가벼운 느낌이 들더니 오히려 뚝 떨어지며 자신을 위협했다.

사마철이 합장하듯 양손을 모으자 짝하는 소리가 들리더니 그 사이에 모용기의 검이 꽉 끼인 형세였다.

모용기의 검을 사이에 두고 그와 시선을 마주한 사마철이 목소리를 냈다.

"이것은 무엇이냐? 조금 전에도 본 것 같은데……."

그때는 그저 감각이 좋은 것이라고만 생각했다.

그러나 이전보다 더 가볍고 연신 자신의 힘을 흘려버리는 것을 보고는 그것이 아니라는 것을 확신한 것이다.

"원래 꽃잎은 흩날리는 거잖아요."

그것이 난화삼십육검의 핵심이다.

상대의 힘에 저항하지 않고, 오히려 그것을 타고 어디로든 파고드는 것.

서른여섯 개의 초식을 관통하는 오의에 눈을 뜬 것이다.

그리고 그것을 알아듣지 못할 정도로 사마철의 무학의 깊이는 얕지 않았다.

"꽃잎이 흩날린다라……."

모용기의 말을 곱씹으며 무언가를 생각하는 듯하던 사마철이 한순간 눈을 번쩍 뜨더니 모용기의 검을 확 끌어당겼다.

싸늘한 예기를 흘리면서도 둥근 형태.

서로 상반된 것을 하나로 합쳐 낸 명진의 검을 놓치지 않았던 탓이다.

쩡!

검면으로 받아 낸 탓에 모용기의 검이 연검이라 해도 좋을 정도로 휘어지며 출렁거렸다.

그러나 모용기는 이번에는 검을 빼지 않고 그대로 밀어 넣는 모습이었다.

새파란 검기가 순식간에 그의 검을 감싸며 꼿꼿하게 머리를 세우는 순간, 모용기의 의도를 알아챈 명진이 그 힘을 이용해 훌쩍 튀어 오르더니 비스듬하게 검을 내리그었다.

두 개의 검이 아래, 위에서 다른 방향을 노리고 들어오는 것이 상당히 까다로웠다.

그러나 사마철은 별다른 고민이 없는 얼굴로 바닥을 콱 찍더니 떨어져 내리는 명진의 검면을 밟고 올라섰다.

그리고는 명진이 반응하기도 전에 명진의 검을 찍어 눌렀다.

쩡!

모용기의 검까지 동시에 잡아낼 의도였지만 이번에도 가볍다는 느낌이었다.

모용기의 검이 스르륵 휘어지며 검 끝을 돌리더니 이번에는 검병으로 사마철의 턱을 노렸다.

바로 사마철이 의도했던 바다.

사마철이 기다렸다는 듯이 모용기의 손을 낚아챘다.

두 개의 검을 동시에 제압한 것이다.

싸늘한 눈으로 자신을 노려보는 명진의 시선을 무시한 사마철이 모용기를 쳐다봤다.

이제는 어떻게 할 것인가 하는 물음이 담긴 듯한 눈빛이었다.

그 질문을 받은 모용기가 히죽 웃으며 대꾸했다.

"우리는 세 명인데요?"

조금은 오만한 기운이 맴돌던 사마철의 두 눈이 한순간 딱딱해졌다.

그리고 그 순간 그를 덮쳐 오는 시커먼 그림자.

철무한이 구룡도를 앞세워 사마철을 찍어 눌렀다.

"죽어!"

그러나 제 목적을 달성하기에는 사마철의 반응이 너무 빨랐다.

사마철이 물러설 생각도 하지 않은 채 남은 한 손으로 철무한의 구룡도를 텁하고 받아 냈다.

별다른 도기조차 어리지 않았기에 어렵지 않은 선택이었다.

그러나 그 선택이 잘못되었다는 것을 깨닫는 데는 그리 오랜 시간이 필요치 않았다.

도를 타고 자신의 장심을 파고드는 이질적인 진기.

그것은 모용기의 그것과는 확연히 달랐다.

"이건……."

그제야 철무한의 거무튀튀한 도가 두 눈에 들어오기 시작한 사마철이었다.

"구룡도? 네놈이 어떻게……!"

사마철이 두 눈을 동그랗게 떴다.

그러나 그가 의문을 풀 시간을 줄 정도로 모용기와 명진의 배려심은 깊지 않았다.

잠깐 그의 시선이 흐트러진 틈을 타 복부와 흉부를 동시에 후려친 것이다.

퍽! 퍽!

"컥!"

사마철이 처음으로 답답한 신음성을 흘리며 주르륵 밀려났다.

세 가지 기운에 동시에 타격을 받은 것이다.

입가를 타고 가늘게 흐르는 피는 그가 입은 내상을 증명해 주는 듯했다.

모용기가 반탄력에 저릿저릿한 손목을 휙휙 내저으며 명진을 쳐다봤다.

"넌 괜찮냐?"

명진은 입을 꾹 다문 채 대꾸가 없었다.

모용기가 고개를 끄덕였다.

"괜찮을 리가 없지."

그 순간 사나운 기파가 훅하고 몰아쳤다.

"네놈들!"

사마철이 회오리처럼 몰아치는 기파에 둘러싸인 채 입가의 피를 슥 닦아 냈다.

빠드득 이까지 가는 그의 모습에 철무한이 저도 모르게 마른침을 꿀꺽 삼키며 모용기의 어깨를 톡톡 두드렸다.

"이거 잘못 건드린 거 아니냐?"

"시끄러."

98 章.

참룡
회귀록

斬龍回歸錄

98 章.

네 사람의 대결에 대부분의 사람들이 눈에 빛을 발했다.

심지어 검을 차고 황제의 곁에서 호위를 보고 있는 무사 역시 마찬가지였다.

그러나 모두가 그런 것은 아니다.

애초에 무공을 알지 못하는 이의 눈에는 의미가 없었다.

처음에는 조금 호기심을 보였지만 제대로 보이지도 않고 휙휙 엇갈리기만 하는 모습에 심드렁한 얼굴을 하는 것도 무리는 아니었다.

그리고 제 주인의 불편한 심사를 어렵지 않게 알아챈 왕진과 손환이 눈치를 살살 보며 조심스럽게 목소리를 냈다.

"폐하, 술이라도 준비……."

그러나 자신의 말이 끝나기도 전에 고개를 젓는 황제였다.

황제는 더 이상 보고 있을 생각이 없는지 대영반 곽자철을 향해 고개를 까닥거렸다.

"데려와."

곽자철은 껄끄러운 사람이다.

평소라면 어떻게든 다른 곳으로 시선을 돌리거나 그도 아니라면 다른 이를 대신 보내겠지만 지금은 그럴 때가 아니었다.

제 주인의 심사가 뒤틀려 있다는 것을 한눈에 알아봤기 때문이다.

왕진이 군소리 없이 쪼르르 달려가더니 오래지 않아 곽자철을 대동하고 제 주인의 앞에 나섰다.

곽자철이 단번에 무릎을 꺾었다.

"폐하, 부르셨습니까?"

그러나 황제는 고개를 끄덕이기도 전에 제 용무가 우선이었다.

"이거 언제까지 봐야 하나?"

"예?"

"두 번 말하게 할 텐가?"

역시 제 주인의 의도를 알아챈 곽자철이 아랫입술을 꾹 깨물었다.

그러나 사마철과 자신은 다른 입장이라는 것을 누구보다도 잘 안다.

곽자철이 조금은 억눌린 듯한 목소리로 대꾸했다.

"지금 바로 정리하겠습니다."

황제는 더 이상 말이 없었다.

곽자철이 억지로 자리에서 일어서 자신의 자리로 돌아가려는 순간.

"그만."

싸늘한 목소리가 그의 발길을 잡았다.

곽자철이 반사적으로 시선을 돌리다가 예상치 못한 상황에 두 눈을 찢어져라 크게 떴다.

"네, 네놈!"

제 주인의 목에 걸쳐진 새하얀 검날.

도저히 믿을 수 없는 상황을 목격한 곽자철과 항상 제 주인의 좌우에 꼭 붙어 있던 왕진과 손환이 입을 쩍 벌린 채 젊은 무사를 향해 더듬더듬 목소리를 냈다.

"나, 남 무사?"

"자, 자네가 왜……."

북방으로 향할 때만 하더라도 명진, 철무한과의 격차를 금방 좁힐 수 있으리라 생각했다.

그러나 함께 생활하면 할수록 그것이 불가능한 일이라는 것을 어렵지 않게 알 수 있었던 남궁서천이다.

그래서 그들이 내려올 때도 홀로 북방에 남았었다.

제 자리를 찾을 수 없다 생각했기 때문이다.

이제는 아무래도 좋다는 생각에 홀로 남은 것인데 의외로 군 생활이 몸에 맞았다.

정신을 차려 보니 백부장이 되었고, 천부장이 되어 있었다.

조금 더 시간이 지나자 남경으로 불려 갔고 운이 좋게 황제의 눈에 들어 가장 가까운 거리에서 호위할 수 있었다.

유일하게 검을 차고 황제의 곁에 있을 수 있는 자리, 시간이 지나면 금의위의 요직은 당연한 수순이었다.

눈치 빠른 이들이 재물을 싸 들고 몰려들었지만 남궁서천은 그러한 것에는 관심이 없었다.

단지 자신의 자리가 있다는 것에 안도할 뿐이었다.

그러나 지금 이 순간, 그것마저도 물거품이 되었다.

제 손으로 엎어 버린 것이다.

다른 이들은 관심도 없었다.

저 멀리서 조금은 무심한 얼굴을 가장한 채 사마철과 모용기 등의 대결을 지켜보고 있는 제 형만 그의 두 눈에 가득 차 있었다.

도저히 두고 볼 수만은 없는 노릇이었다.

그래서 억지로 검을 빼 들었다.

그러나 쉽게 풀릴 만한 일은 아니었다.

복잡하게 생각할 것 없이 눈앞의 곽자철만 하더라도 자신이 감당하기 힘든 고수다.

'살아 나갈 생각은 버려야겠군.'

남궁서천이 후 하고 길게 숨을 내뱉더니 제 검을 잡은 손에 단단하게 힘을 줬다.

그리고 그것이 전해진 것인지 예의 그 심드렁한 목소리가 들려왔다.

"저쪽에 있었나?"

"그렇습니다, 폐하."

"그렇다고 해도 네게 제법 잘해 줬다고 생각하는데…… 부족한 것이 있었던가?"

"분에 차고 넘칠 정도이옵니다."

"그런데도 검을 들이대었다?"

"혈육을 모른 체할 수는 없었습니다."

남궁서천의 대꾸에 황제가 제 목에 들이대어진 날카로운 검날을 신경 쓰지도 않은 채 고개를 끄덕였다.

"개는 개일 뿐이지. 그 이상을 바라는 것은 무리였던가?"

남궁서천은 더 이상 말이 없었다.

황제의 등을 쳐다보지도 않았다.

슬그머니 걸음을 떼려던 곽자철이 그의 시선을 받고는 멈칫했다.

"움직이지 마십시오."

"네놈……."

곽자철이 으득 이를 갈았다.

남궁서천이 담담한 눈으로 곽자철의 사나운 기세를 받아내며 말을 이었다.

"제 뒤에 쥐새끼처럼 달라붙는 녀석들도 멈춰 주시겠습니까?"

남궁서천이 제 검을 황제의 목으로 좀 더 가까이 가져다 댔다.

곽자철이 다급한 얼굴로 손을 내저었다.

"그, 그만! 모두 물러서라!"

살금살금 다가서던 몇몇 개의 기척이 일시에 멈춰 서더니 급하게 멀어지는 것을 어렵지 않게 잡아낼 수 있었던 남궁서천이다.

그러나 문제는 지금부터였다.

이 이상이 없다는 것이 문제였다.

그것을 가장 먼저 알아본 것은 이제는 황제의 옆에서 제법 밀려난 왕식이었다.

왕식이 한 걸음 앞으로 나서며 목소리를 냈다.

"이제 그만하는 게 어떤가? 지금이라도 무릎을 꿇고 죄를 청한다면 인자하신 폐하께서는 멸족까지는 행하시지 않으실 것이네."

남궁서천은 대꾸가 없었다.

제 말이 먹혔다 생각한 왕식이 자신감을 얻은 얼굴로 한 걸음 다가서려는 순간, 남궁서천이 검을 움직였다.

남궁서천의 검 끝을 타고 핏방울이 또르르 굴러 떨어졌다.

"어?"

"네 이놈!"

왕식이 경악한 얼굴을 했고 곽자철은 두 눈을 부릅떴다.

왕진이나 손환 등 나머지 이들은 사색이 된 채 안절부절못하는 얼굴들이었다.

"움직이지 말라고 했소. 말도 하지 마시오."

그 말을 끝으로 더 이상 누구도 입을 열지 않았다.

오로지 곽자철의 살기만이 서늘하게 남궁서천을 노리고 있었다.

그러나 이제는 그조차도 관심이 없는 남궁서천이었다.

오로지 제 앞에 자리한 황제의 뒤통수만 쳐다보고 있을 뿐이었다.

그 때, 이전처럼 여유롭던 목소리와는 달리 조금은 싸늘한 황제의 목소리가 들려왔다.

"약속하지. 곱게 죽지는 못할 것이다."

"흐음……."

애써 관심을 끄려 했지만 그것이 마음대로 되지 않았다.

저도 모르게 돌아가는 고개를 제어하기가 쉽지 않았던 탓이다.

다만 그 덕에 저들에게 이상이 있다는 것을 알아볼 수 있었다.

'무슨 일이지?'

원체 거리도 있는 데다 좁은 공간에 많은 이들이 모여 있어 시야에 방해를 받았다.

그러나 무언가 일이 생겼다는 것만은 확실했다.

여태껏 애써 억눌러 두었던 마음이 갑자기 들끓어 오르는 듯한 기분이었다.

가만히 심호흡을 해 보지만 쉽게 멈추지 않는다.

막수광이 결국 고개를 저었다.

"아무래도 안 되겠군."

이심환이 용케 그의 중얼거림을 잡아내고는 시선을 돌렸다.

"응? 뭐가 말인가?"

"다른 게 아니고…… 잠시 자리를 비워야겠소."

"무슨 일인데 그러나?"

"큰일은 아니고 알아봐야 할 것이 좀 있어서…… 가주님을 부탁합니다."

그 말을 끝으로 막수광이 군중 사이로 몸을 감춰 버렸다.

황당해할 이심환의 얼굴이 눈에 보이는 듯했지만 그의 발걸음을 멈추게 하지는 못했다.

그의 발걸음을 붙잡은 것은 가녀린 여인의 손이었다.

"막 씨 아저씨. 맞죠?"

막수광이 제 팔을 잡아채 걸음을 멈추게 만든 하얀 손의 주인을 바라보며 눈매를 좁혔다.

"우리가 본 적이 있나?"

기억을 되짚어 봐도 전혀 마주한 적이 없는 사람이었다.

호의가 담기지 않은 그의 반응에도 생글생글 웃는 여인, 하유선이 목소리를 냈다.

"당연히 없죠."

"그런데 어떻게 날 아는 거지?"

"모용 공자가 알려 줬거든요."

"모용 공자?"

하유선이 대답 대신 정신없이 검을 휘두르고 있는 모용기를 향해 턱짓을 했다.

그제야 막수광이 납득했다는 얼굴로 고개를 끄덕였다.

"무슨 일이지?"

"모용 공자가 움직이지 말래요."

"무슨 말이냐?"

의미를 알 수가 없었다.

막수광이 당연히 의아하다는 얼굴을 했다.

하유선은 여전히 생글생글 웃는 얼굴로 이번에는 황제 측을 향해 턱짓을 했다.

그 의미를 알아들은 막수광이 딱딱한 얼굴을 했다.

"그러니까 지금……."

"맞아요. 함부로 움직이지 말래요."

"그걸 어떻게……?"

"그건 저도 잘 모르고요. 전 시키는 대로만 하는 거라서."

막수광의 두 눈에 당혹감이 어렸다.

누구에게도 말한 적이 없는 일이었기 때문이다.

그러나 하유선은 그러한 것에는 관심도 없었다.

대신 막수광에게 한 발 더 다가서며 목소리를 낮췄다.

"원래는 하면 안 되는 건데……."

"뭐가 말인가?"

"아무래도 이상한 것 같죠?"

하유선이 다시 황제 측을 향해 턱짓을 했다.

그 의미를 알아들은 막수광의 얼굴에서 당혹감이 사라지더니 눈빛이 가라앉았다.

"지금 그 말은 가 보라는 말로 들리는데?"

"변수가 생긴 것 같은데 딱히 맡길 사람이 없어서요. 대신

무리는 하지 말고요."

하유선의 시선이 향한 방향을 힐끔 쳐다본 막수광이 무언가 고민을 하는가 싶더니 이내 고개를 저었다.

"나 혼자는 무리다."

죽으러 가는 것이 아니다.

살리러 가는 것이다.

자신 혼자 무턱대고 덤벼든다고 해결될 일이 아니었다.

그 정도는 충분히 판단할 수 있었다.

하유선이 미간을 곱게 좁혔다.

"역시 그런가요?"

어렴풋이나마 짐작은 하고 있었지만 혹시나 했던 것이다.

하유선이 주위를 휙 둘러봤다.

막수광과 함께할 이를 찾아보려는 것인데 마땅한 사람이 없었다.

'아무나 붙여 줄 수도 없고, 같이 보내려면 어느 정도 고수는 되어야 하는데…….'

그러나 그 정도 고수는 대부분 정무맹이나 패천성에서 한 자리씩 하고 있는 인물들이다.

그들이 움직이면 저들의 이목을 끌게 된다. 그것은 좋지 않았다.

'안 되나?'

하유선이 한숨을 폭 내쉬었다.

그 순간 땀 냄새가 훅 들이치더니 그녀의 머리 위로 그림자가 길게 내려앉았다.

"뭐, 뭐야?"

"뭘 그렇게 놀라? 나야."

동그랗게 뜬 그녀의 두 눈 속에 땀으로 범벅이 된 채 거친 숨결을 내뿜는 한 사내의 모습이 가득 담겼다.

"무일이 너! 대체 어떻게 된 거야? 지금까지 어디 있다가…… 다른 애들은?"

"시끄럽고. 철성한, 그 자식 못 봤어? 분명 이쪽으로 오는 걸 보고 따라왔는데."

"철성한? 걔를 왜……."

"못 봤어? 썩을. 문도들 좀 풀어 봐. 분명 이 안에 있으니까. 얼른."

임무일이 험악한 얼굴로 윽박질렀다.

그러나 하유선은 이미 다른 생각을 하고 있었다.

"그건 됐고."

"되긴 뭐가 돼? 그 자식이 지금…… 어?"

그 순간 하유선이 임무일의 두 손을 꼭 잡으며 그의 입을 틀어막았다.

부드러운 무언가가 제 손을 감싸자 임무일이 당황한 듯 말을 버벅거렸다.

그러나 하유선의 시선은 이미 막수광에게로 향해 있었다.

하유선이 생긋 웃으며 말했다.

"일단 애 하나로는 안 될까요?"

"부속하다."

"다른 애들도 금방 찾아서 보낼게요."

잠깐 고민하던 막수광이 결국은 고개를 끄덕였다.

"최대한 빨리."

"물론이죠."

임무일이 그 둘을 번갈아 쳐다보며 어리둥절한 얼굴을 했다.

"……그러니까 뭘?"

퍽!

"컥!"

가슴에 일장을 허용한 모용기가 비틀거리며 물러서더니 울컥 피를 토해 냈다.

순간 눈앞이 핑 돌았다.

다급히 내력을 움직여 사마철의 장력을 밀어내 보려 하지만 내력의 흐름이 뚝뚝 끊어졌다.

내상을 입은 것이다.

"빌어먹을……."

모용기가 답답하게 억눌린 듯한 목소리로 욕설을 쏟아 낼 때 피투성이가 되어 바닥을 구르고 있던 철무한이 비틀거리며 일어섰다.

"저거…… 감당이 되긴 하는 거냐?"

"시끄러. 그러니까 내력 좀 팍팍 쏟아부으라고. 그게 네가 가장 잘하는 거잖아."

"지금 다 쏟아부은 거 안 보여? 이제는 남은 것도 없어서 억지로 쥐어짜 내려 할 때마다 단전이 찢어질 것 같다고."

철무한이 억울하다는 듯이 말했다.

그러나 모용기에게는 먹히지 않았다.

"그러니까 더 열심히 수련했어야지. 꼴이 그게 뭐냐? 얼마나 됐다고 벌써 퍼져 가지고서는……."

"미친놈. 다들 너 같은 줄 아냐?"

그리고 또다시 비틀거리며 일어서는 하나의 인영.

잠시 쉬는 동안 어느 정도는 회복한 듯 명진이 이전보다는 혈색이 도는 얼굴로 끼어들었다.

"아예 먹히지 않는 것이 아니다. 꽤나 많이 둔해졌다."

사마철을 가리키는 것이다.

확실히 처음보다는 눈에 띄게 움직임이 둔해진 것이 눈에 보였다.

그리고 자신들만큼은 아니지만 군데군데 상처를 입어 제법 많은 피를 흘린 모습이었다.

"그렇긴 하지. 봉마진이 효과가 있긴 한가 본데……."

모용기가 고개를 끄덕이더니 크게 숨을 들이켰다.

단전에서 한 줄기 내력이 치솟아 오르더니 사마철이 남긴 장력을 단번에 밀어냈다.

팟 하고 기파가 터져 나오자 철무한이 못마땅하다는 얼굴로 볼멘소리를 냈다.

"살살 좀 하라고. 바람만 불어도 쓰러질 것 같은데."

"시끄러. 죽는소리하지 말고 정신이나 똑바로 차려. 이제 정말 얼마 안 남았으니까."

철무한이 끙 하고 앓는 소리를 내더니 사마철에게로 시선을 돌렸다.

그러나 얼마 지나지 않아 또다시 모용기를 쳐다보며 그의 팔을 콕콕 찌르는 철무한이었다.

“저 영감 웃고 있는데?”

“그럼 울겠냐? 나이가 있는데.”

“그런 말이 아니잖아, 자식아.”

“시끄러우니까 입 좀 다물어. 정신 사나우니까.”

모용기가 철무한을 툭 치고는 앞으로 나섰다.

그가 다시 자신을 향해 검을 겨누는 모습을 확인한 사마철이 고개를 끄덕였다.

“이제 끝을 봐야 하지 않겠나?”

“그 전에. 뭐가 좋아서 그렇게 웃는 겁니까? 피칠갑을 하고서. 아프지도 않아요?”

“당연히 아프다.”

“그런데요?”

“그보다는 다시 사람이 된 듯한 느낌이 더 좋군.”

“썩을.”

그 여유로움이 마음에 들지 않는지 모용기가 얼굴을 찌푸렸다.

그러나 고개를 저어 잡념을 털어 냈다.

그리고는 바닥을 콱 찍고는 앞으로 쭉 뻗어 나갔다.

“어떻게 끝나나 한번 봅시다!”

확실히 처음과는 달랐다.

이전보다 반응이 확연히 느렸다.

반응이 느린 것도 그렇지만 틈을 노리고 있는 철무한과 명진의 존재가 신경이 쓰여 그의 움직임에 조금 더 신중함이 깃들었다.

그의 예상은 틀리지 않았다.

사마철이 한 걸음 물러서자마자 명진과 철무한이 좌우에서 치고 들어왔기 때문이다.

동시에 짓쳐들어오는 세 사람의 공격.

그러나 모용기나 명진의 검보다 철무한의 용천도를 더 신경 쓰는 사마철이었다.

단순히 무공만을 놓고 보자면 철무한은 그들을 따르지 못했다.

그러나 그들보다 사마철에게 더 직접적으로 위협이 되는 것이 철무한의 용천도였다.

처음에는 크게 신경이 쓰이지 않는 정도였지만 그와 손을 섞을수록 파고드는 진기가 알게 모르게 누적된 것이다.

그리고 철무한의 진기는 입신의 경지에 이르렀다고 해도 과언이 아닐 정도의 내가고수인 사마철조차도 단번에 해소할 수 있는 것이 아니었다.

그 탓에 스스로가 의도하지 않은 이상 단 한 번도 끊어짐이 없었던 진기의 흐름이 뚝뚝 끊어지기 시작했다.

사마철의 반응이 느려진 것은 직접적으로 그의 검을 받아낸 모용기보다 오히려 철무한의 지분이 더 컸던 것이다.

하여 껄끄러운 철무한의 용천도를 굳이 받아 낼 생각이 없었다.

대신 두 손가락으로 명진의 검을 낚아채 쭉 잡아끌었다.

땅!

"큭!"

"윽!"

명진의 검과 철무한의 용천도가 부르르 떨리는가 싶더니 두 사람이 동시에 비틀거리며 물러섰다.

반응이 느려진 것은 사마철만이 아니었던 것이다.

이전과는 달리 서로의 반탄력을 쉽게 해소하지 못하는 모습이었다.

'조금 무리를 하면 하나는 잡을 수 있을 것 같은데…….'

잠깐 고민하던 사마철이었으나 이내 미련을 버렸다.

기묘한 각도로 휘어져 들어오는 모용기의 검이 그가 조금의 손해도 감수하기 어렵도록 만들었기 때문이다.

사마철이 저답지 않게 바닥을 콱 찍어 흙먼지를 일으키며 뒤로 물러섰다.

그러나 모용기의 검은 훅 일어나는 흙먼지에 전혀 방해받지 않고 그 사이를 뚫고 튀어나왔다.

오히려 자신의 시야만 방해한 꼴이었다.

"이런……."

저도 모르게 얼굴을 찌푸리던 사마철이 한순간 멈칫하는 모습이다.

두 눈에 의지하던 시절은 예전에 지났다고 생각했는데 결국은 두 눈을 찾게 된 것이다.

'그만큼 이 녀석이 위협적이라는 뜻이겠지.'

작정하고 내력을 쏟아부으면 진각 한 번에 일대를 뒤집어 버리는 것도 불가능하지 않을 녀석이다.

의도하지 않아도 자연스럽게 일어나는 자신의 경력을 받아내려면 그 정도는 되어야 한다.

그러나 모용기는 그러한 것에는 전혀 관심이 없는 듯 철저하게 몸으로 부딪쳤다.

사마철은 비로소 느껴지는 것이 있었다.

'거기서부터 지는 싸움이었군.'

자신 역시 못하는 것은 아니다.

그러나 너무 오랜 세월을 쉬었다.

예전과 같을 수가 없었다.

사마철이 크게 진각을 밟았다.

쿵 하는 묵직한 소리가 터지더니 그의 신형이 순식간에 멀어졌다.

모용기가 더 쫓지 않고 그를 쳐다보며 히죽 웃음을 보였다.

"힘든가 봐요?"

사마철은 대답 대신 빙그레 웃음을 보이더니 느릿느릿 손을 들어 손가락으로 모용기를 가리켰다.

순간 섬뜩한 느낌에 모용기가 급하게 검을 그었다.

소리도 형체도 없었지만 무언가 터져 나가는 느낌이 생생하게 전달되었다.

무당에서 당했던 바로 그 수법이었다.

자신의 수법을 막아 내는 그의 모습에 사마철이 의외라는 얼굴을 했다.

"호오……."

"뭘 그렇게 쳐다보십니까? 아까 전에도 말했는데 계속 당하지만은 않는다고…… 헛!"

말을 이어 가던 모용기가 또다시 검을 내리그었다.

이번에도 소리도 형체도 없지만 생생하게 전달되는 느낌.

모용기가 얼굴을 구겼다.

"치사하게 말하는…… 어? 자, 잠깐!"

사방에서 전해지는 섬뜩한 느낌.

모용기가 기겁을 하며 검을 움직였다.

그와 동시에 검광이 구름처럼 일어나더니 그를 빈틈없이 감싸는 형태였다.

그리고 사방에서 생생하게 전달되는 무언가가 터져 나가는 느낌.

그 마지막 하나까지 간신히 잡아내고 나서야 구름 같은 검광이 서서히 걷히기 시작했다.

짧은 시간이었지만 그에 쏟아부은 기력이 장난이 아니다.

옷자락을 타고 물기가 뚝뚝 떨어져 내릴 정도로 땀으로 범벅이 된 모습이다.

오죽하면 옷자락을 빨갛게 물들이고 있던 핏자국까지 희미해져 있었다.

모용기가 거칠게 숨을 몰아쉬며 사마철을 노려봤다.

"치, 치사하게 이런 식으로 나오깁니까?"

그러나 사마철은 여전히 손가락을 뻗은 채 대꾸가 없었다.

빙글거리는 듯한 그와 시선을 맞추며 모용기가 머리를 굴렸다.

'썩을. 이건 진짜 답이 없는데…….'

위력도 위력이지만 소리와 형체가 없다는 것이 크다.

기감을 끌어올려 극도로 예민해진 감각으로도 쉬이 잡아내지 못한다.

오로지 본능에 의존해야 한다는 것은 큰 문제였다.

'어떻게든 다시 거리를 좁혀야 하는데…….'

사마철과 시선을 맞추며 틈을 보던 모용기가 한순간 화들짝 놀란 듯 급하게 목소리를 냈다.

"자, 잠깐!"

사마철을 향해 휙 날아드는 두 개의 그림자.

철무한과 명진은 아직 사마철이 가진 것이 무엇인지 모른다.

무턱대고 덤비는 것은 자살행위였다.

모용기가 뒤늦게나마 신형을 날리려 했다.

그러나 그보다 이질적인 소리가 먼저였다.

서걱! 서걱!

예상하지 못한 피분수에 눈을 동그랗게 뜨는 모용기.

털썩 하고 사마철의 신형이 넘어가는 모습에도 여전히 믿기지가 않는다는 모습이었다.

그리고 그것은 철무한이나 명진 역시 마찬가지였다.

조금은 당황한 듯한 얼굴로 제 무기만 내려다보며 눈을 깜빡거렸다.

"음……."

"……이게 어떻게 된 거야?"

그리고 가장 먼저 반응을 보인 것은 이번에도 모용기였다.

모용기가 거칠게 고개를 젓더니 바닥을 콱 찍어 순식간에 거리를 좁혔다.

"어?"

자신의 모습에 흠칫하는 명진과 철무한을 무시한 모용기가 사마철에게 다가가 쓰러진 그를 내려다봤다.

사마철은 숨을 쌕쌕거리긴 했지만 별다른 고통을 표현하지는 않는 모습이었다.

모용기가 한숨을 내쉬더니 그 옆에 쪼그려 앉았다.

"어떻게 된 겁니까?"

여전히 이해가 되지 않는다는 얼굴이었다.

사마철이 명진의 검과 철무한의 도를 받아 내지 못할 리가 없다 여겼기 때문이다.

"설마 일부러……."

그러나 사마철은 작게나마 고개를 저었다.

"그렇지 않다."

당장이라도 숨이 끊어질 듯이 보이는 위중한 상세와는 달리 의외로 차분한 목소리였다.

모용기는 그 의미를 누구보다 잘 알고 있었다.

'회광반조.'

꺼지기 전에 마지막으로 빛을 발하고 있는 것이다.

그 사실을 잘 알고 있는 것은 사마철 역시 마찬가지였다.

그가 모용기와 시선을 맞추며 그가 궁금해하는 것을 풀어냈다.

"제법 많은 내력을 소모하는 무공이지. 그것이 마지막이었다."

비로소 이유를 알게 된 모용기였다.

모용기가 한숨을 내쉬었다.

"처음부터 그것을 썼다면 이 자리에 누워 있는 것은 영감님이 아니라 저였을 겁니다."

"네 녀석이 그러지 못하게 하지 않았나?"

모용기 자신이 원하는 방향으로 싸움을 이끌어간 것을 꿰뚫어보는 듯한 말이었다.

사마철이 빙그레 웃음을 보이며 다시 목소리를 냈다.

"잘했다. 네가 이겼다."

"무공은 영감님을 따를 수가 없습니다. 또 세 명이 덤비기도 했고……."

"그게 무슨 의미가 있나?"

담담한 목소리에 모용기가 말문을 닫았다.

그리고는 조금 시간이 지난 후에 한숨을 내쉬며 사과의 말을 하는 모용기였다.

"죄송합니다."

"내 스스로 원한 바다. 그보다……."

사마철의 목소리가 조금은 더 가늘어졌다.

점점 더 생기가 빠지는 것이다.

모용기가 얼른 얼굴을 가까이했다.

"말씀하십시오."

사마철이 흐릿하게 미소를 보이더니 억지로나마 목소리를 쥐어짰다.

"지, 진산에게…… 미안하다고……."

사마철의 목소리가 점점 더 희미해지더니 끝내 멈추고 말았다.

모용기가 한숨을 내쉬며 고개를 들었다.

굳이 내려다볼 필요도 없었다.

철무한이 그 옆에 털썩 주저앉으며 말했다.

"죽겠네, 진짜. 이제 끝난 것 맞지?"

아예 대자로 드러누울 생각인 것처럼 보였다.

그 마음은 명진 역시 마찬가지였다.

그러나 모용기는 고개를 저었다.

"아직 안 끝났다."

"뭔 소리야? 이 영감 죽었는데. 뭐가 또 남았어?"

모용기는 대답 대신 황제 측을 향해 턱짓을 했다.

그리고는 그 역시 무겁기만 한 두 다리를 이끌어 억지로 일어섰다.

"곱게 보내 줄 거라 생각해? 애초에 그렇게 자애로운 황제였으면 이런 개고생을 두 번이나 할 이유가 없지."

"썩을……."

철무한 역시 그의 말을 어렵지 않게 알아들었다.

그리고는 구룡도로 바닥을 찍으며 힘겹게 자리에서 일어섰다.

"살아 나가긴 글렀구나."

철무한의 투덜거림에 모용기가 픽 웃음을 흘리더니 시선을 돌렸다.

제갈연이 있는 방향이다.

그러나 제법 시간이 지나도 아무런 반응이 없었다.

모용기가 고개를 갸웃거렸다.

"뭐 하는 거지? 왜 반응이 없어?"

"뭐가? 연아?"

철무한 역시 모용기의 시선이 닿은 곳을 쳐다봤다.

그러나 반응이 없는 것은 마찬가지였다.

"설마 무슨 일이 있는 건 아니겠지?"

철무한의 중얼거림에 모용기가 미간을 좁혔다.

그러나 곧 철무한과 명진의 어깨를 짚었다.

"운기하면서 조금이라도 회복해. 내가 상황을 볼 테니까."

아무도 예상하지 못한 결과였다.

설마 사마철이 쓰러지리라고는 상상조차 못했기 때문이다.

쉽게 믿어지지 않는 현실에 다들 입을 다물고 있을 때 그 앞에 모습을 드러낸 것은 제갈연이었다.

곽자철이 번쩍 정신을 차리더니 날을 세웠다.

그러나 제갈연은 그에게는 관심도 주지 않은 채 황제에게 예를 갖췄다.

제 목에 검이 있음에도 황제는 호기심을 감추지 못했다.

"누구냐?"

그러나 제갈연은 그 말에 대답하기보다는 끝까지 예를 갖추었다.

이윽고 고개를 든 그녀가 투구를 깊게 눌러쓴 채 황제의 목에 검을 들이대고 있는 이에게 시선을 던졌다.

'턱 선이 익숙한데…….'

어딘지 모르게 알 것 같은 느낌이었다.

그러나 당장 중요한 것은 그것이 아니다.

그에게서 시선을 거둔 제갈연이 황제를 쳐다보며 제 말을 했다.

"폐하께 드릴 말씀이 있습니다."

곽자철이 얼굴을 일그러트렸다.

"누구냐고 묻고 계시지 않느냐!"

한껏 내력이 담긴 목소리에 공기가 부르르 떨리는 듯했다.

반면 제갈연은 여전히 관심이 없는 듯한 얼굴이었다.

그것은 황제의 심사 역시 마찬가지였다.

제갈연은 그들의 시선을 의식하지 않은 채 신형을 돌려 모용기 등을 가리켰다.

"폐하께서도 보셨다시피 저곳에는 진이 펼쳐져 있습니다. 그리고 그것은 누구도 뚫지 못하지요."

그리고는 다시 신형을 돌려 황제와 똑바로 시선을 마주하는 제갈연이었다.

그녀의 말에도 황제는 답이 없었다.

어딘가 불편한 기색이 가득한 눈으로 제갈연을 노려보고만 있을 뿐이었다.

그러나 그 정도는 이미 예상한 바였다.

제갈연이 담담한 얼굴로 말을 이었다.

"그리고 하루가 지나면 진이 사라지지요. 그때가 되면 저들은 어느 정도 힘을 회복할 것입니다. 적어도 이 자리를 빠져나가는 것쯤은 충분하겠지요."

그녀의 말과 달리 봉마진은 저절로 사라지지 않는다.

그렇다고 틀린 말은 아니었다.

그것을 위해 백운설을 남겨 둔 것이니까.

반면 그 사실을 알지 못하는 황제의 얼굴이 점점 더 딱딱하게 굳어져 갔다.

나긋하게 말하곤 있었지만, 그 안에 담긴 의도는 완연한 협박이다.

곽자철 역시 조금은 사나워진 얼굴로 제 주인을 대신해 목소리를 냈다.

"하고 싶은 말이 무엇이냐?"

제갈연이 그제야 처음으로 곽자철과 시선을 마주했다.

"아시지 않습니까? 발걸음을 되돌려 주시지요."

"지금 그걸 말이라고! 네년이 정말 죽고 싶은 것이냐!"

사나운 기세가 훅 몰아쳤다.

곽자철이 더는 참지 못하고 제 검을 번쩍 뽑아 들었다.

그러나 제갈연은 전혀 동요하지 않은 얼굴로 말을 이어 갔다.

"저들은 빠져나갈 것입니다. 이 자리의 모든 이들이 죽는다 해도 저들은 빠져나갈 것입니다."

"그 전에 네년은 살아남지 못할 것이다!"

반월형의 검기가 쭉 뻗어 나왔다.

이 정도는 이미 예상하고 있던 바, 제갈연이 얼른 제 검을 뽑으려 했다.

그러나 그 전에 두 개의 그림자가 불쑥 모습을 드러내더니 반월형의 검기를 비스듬히 올려쳤다.

퉁 하는 소리와 함께 허무하게 사라지는 제 검기에 곽자철이 얼굴을 구겼다.

"어떤 놈들이냐?"

관과 상계의 관계상 평소에는 감히 얼굴조차 쳐들지 못할 임무일이었지만 이미 얼굴에 복면을 단단히 둘렀다.

임무일이 곽자철과 시선을 똑바로 맞춘 채 비아냥거렸다.

"그건 알아서 뭐 하게? 그보다 그거 아나? 저기 서 있는 저 놈이 얘를 무지하게 아낀다는 거? 아저씨는 나한테 고마워해야 해. 얘 몸에 상처 하나라도 났다면 아저씨 일가는 몰살당할지도 모를 일이니까. 그걸 내가 막아 준 거라고."

"네놈……!"

부들부들 떠는 곽자철을 진정시킨 것은 황제의 손이었다.

제 주인이 손을 들자 곽자철이 얼른 고개를 숙였다.

그러나 황제는 그에게는 관심도 없었다.

오로지 제갈연만을 쳐다보며 목소리를 냈다.

"저 아이를 아낀다고?"

문득 든 생각이 있었다.

그러나 임무일은 고개를 저었다.

"쓸데없는 생각은 마시고요. 얘가 생각보다 독한 데가 있어서 잡으려고 하면 제 스스로 숨을 끊어 버릴 테니까. 그럼…… 아시죠?"

그나마 황제에게는 존대를 하는 임무일이었다.

그러나 내용이 불편하기는 마찬가지였다.

황제는 얼굴을 찌푸리더니 무언가를 곰곰이 생각하는 듯한 모습이었다.

그러나 쉽게 결론이 나지 않는다.

이럴 때 필요한 이는 조금 떨어진 곳에서 벌벌 떨고 있는 왕진이나 손환이 아니다.

"제독."

황제가 한 걸음 밀려나 있던 왕식을 찾았다.

이럴 때 필요한 것은 역시 동창제독이었다.

그러나 왕식은 남궁서천의 검 때문에 차마 다가서지 못하고 그 자리에서 고개를 숙였다.

"여기 있습니다."

"결론을 말하라."

황제의 명에 내심 난감함을 느끼는 왕식이었다.

자신의 결론이 그의 마음에 들지 않을 것을 잘 알기 때문이다.

그러나 다른 방법이 없었다.

"폐하. 자비를 베푸셔야 할 것 같사옵니다."

빙 돌려서 말했지만 결론은 군사를 물리자는 것이다.

그 의미를 어렵지 않게 알아들은 황제가 역시나 눈썹을 꿈틀거렸다.

"다른 방법은 없나?"

"대장군께서는 십만 대군이 둘러싸고 있는 적진으로 홀로 들어가서 적장의 목을 베어 왔다 들었습니다."

"그것은 과장……."

반론을 하려던 황제가 한순간 고개를 저었다.

심드렁한 눈으로도 볼 것은 다 봤기 때문이다.

"꼭 그래야만 하나?"

그러나 여전히 마음에 내키지 않는 듯한 모습이었다.

왕식이 그 자리에서 털썩 무릎을 꿇으며 바닥에 고개를 박았다.

"죽여 주십시오."

쿵 하는 소리가 울렸다.

제 주인의 마음을 채워 주지 못한 것에 대해 죄를 청하는 것이다.

그러나 황제는 손을 내저었다.

"되었다. 자네가 그렇다면 그런 것이겠지."

그리고는 그제야 남궁서천에게로 시선을 돌리며 목소리를 냈다.

"이제 치우지 그러나? 자네가 원하는 것은 얻지 않았나?"

그 말과 동시에 남궁서천이 검을 거두었다.

그리고는 왕식이 그랬듯 털썩 무릎을 꿇었다.

짧은 시간이나마 투구가 들썩거리며 콧대가 드러났다.

제갈연이 눈을 동그랗게 떴다.

'남궁서천?'

그제야 그를 알아본 것이다.

무사들이 다가서 그에게 검을 겨누자 제갈연이 뾰족하게 목소리를 높였다.

"그건 안 돼요!"

멈칫하는 무사들을 힐끔 돌아본 황제가 제갈연을 쳐다보며 말했다.

"아는 사이인가 보군."

그 물음에 제갈연이 대답하지 않았지만, 굳이 대답이 필요하지도 않았다.

황제가 남궁서천을 돌아보며 질문했다.

"같은 상황이 온다면 어쩔 것이냐?"

"같은 선택을 할 것입니다."

일말의 망설임도 없이 대꾸하는 그를 보며 황제는 확신했다.

"아무래도 쓸모없는 녀석이로군. 그래도 정이 있으니 팔 하나만 받아 두마."

그 말이 떨어지기가 무섭게 남궁서천이 검을 들어 제 팔을 그어 버렸다.

퍼덕거리며 팔이 떨어지더니 피분수가 쏟아져 내렸다.

남궁서천은 지혈할 생각도 하지 않은 채 바닥에 머리를 박았다.

"화, 황은……."

"되었다."

황제가 손을 내젓더니 자리에서 벌떡 일어섰다.

그리고는 곽자철을 불렀다.

"대영반."

"예, 폐하!"

"돌아가세."

終章

참룡회귀록

斬龍回歸錄

終章

“사형, 손님 왔는데요.”

이제 막 소년티를 벗어나기 시작한 어린 사제가 고개를 빼꼼히 들이밀었다.

땅바닥을 뒹굴거리던 소무결이 고개만 돌려 제 사제를 쳐다봤다.

“누군데?”

“그, 그게…….”

“나다, 자식아.”

소무결의 사제를 밀치며 임무일이 불쑥 얼굴을 들이밀었다.

임무일이 안으로 들어서며 쯧 하고 혀를 찼다.

“사람 꼴은 좀 하고 살 것이지.”

여전히 다 쓰러져 가는 사당에 자리를 잡고 아무렇게나 뒹굴고 있던 소무결이 못마땅하다는 얼굴이었다.

그러나 소무결은 어깨를 들썩일 뿐이었다.

"거지가 다 그렇지 뭐. 그보다 어쩐 일이야? 아니, 이럴 게 아니고…… 좀 앉아라."

"일단 방주님께 인사부터 드려야 하지 않을까?"

"우리 사부? 없어. 그러니까 신경 끄고 앉아."

"어디 가셨는데?"

"그 영감탱이가 어디 갔는지 내가 어떻게 알아? 자기 가고 싶으면 가고 오고 싶으면 오는데."

"이번에도 조 대협과 함께 가셨어?"

"그렇지, 뭐."

"너네 사부도 참 대단하다."

"뭐가?"

"아니 그렇잖아. 맹주 자리가 굴러 들어왔는데 다 마다하고, 그걸 생판 남한테 넘긴다는 게 말이나 되냐?"

"맹주님이 왜 생판 남이야? 지난번 일 해결하는 데 공이 얼마나 컸는데?"

"그거야 아들내미 잘 둔 덕에 그런 거고. 솔직히 맹주가 직접 한 건 없잖아?"

"그게 그거지. 쓸데없는 말 그만하고 앉기나 해."

"앉을 데가 있어야……."

"대충 앉아. 한두 번도 아니고 새삼스럽게 왜 이래? 나 사는 꼴 몰라서 그러냐?"

뻔뻔한 소무결의 대꾸에 임무일이 한숨을 푹 내쉬었다.

그리고는 발로 흙바닥을 정리하는가 싶더니 그 위에 조심조심 엉덩이를 걸쳤다.

"이거 비싼 옷인데……."

"비싸긴 개뿔. 돈도 넘치는 자식이. 그보다 어쩐 일이냐니까? 언제 온 거야?"

"방금 왔어. 일하러."

"일?"

"그 왜 있잖아. 유화상단 대신하기로 한 거……."

"유화상단? 그걸 너네가 하기로 한 거야? 그게 되는 거냐?"

"유화상단이 좀 컸잖냐? 걔네들 한순간에 몰락해서 빠져나간 자리를 단시간에 메우려면 우리 정도는 돼야지. 그러게 앞뒤 봐 가면서 좀 천천히 하라니까."

"그건 너네 성주가 하도 난리를 쳐서 그런 거고. 소화가 걔네한테 당한 게 언제 적 일인데 아직까지 앙심을 품고 있어서는…… 그건 그렇고. 아무리 그래도 정사가 분명한데 맹주님이라도 쉽지는 않았을 텐데……."

"정사가 분명하긴 무슨. 호랑이 연초 피우던 시절 얘기냐? 드러나지가 않아서 그렇지, 그때도 득이 되면 다 했다. 그리고 너네 맹주 아들 신응교에 있는 거 몰라서 그래?"

"그거야 명옥공 배운다고…… 말이 나와서 하는 말인데, 서천이 녀석은 잘 지내냐?"

"잘 지내는 거 같던데? 너도 알 거 아냐? 혼담 얘기 나오는 거."

임무일의 말에 소무결이 눈을 조금 빛냈다.

"안 그래도 듣긴 했는데…… 그거 진짜냐? 서천이랑 은희가…… 아, 아니. 은희 임신했다는 거. 그거 진짜야?"

소무결의 말에 임무일이 화들짝 놀라며 황급히 주위를 살피는가 싶더니 이내 목소리를 낮췄다.

"야, 인마. 말소리 좀 줄여. 네가 그걸 어떻게 알았는지 모르겠는데, 그거 새어 나가면 너 신응교주님한테 작살난다."

"작살은 무슨. 내가 없는 소릴 한 것도 아니고."

"그러니까 문제 아니냐? 혼전임신이라니! 신응교주님 성격에 그거 새어 나가면 어떻게든 너 죽이려고 들걸? 어떻게든 빨리 해치워서 칠삭둥이나 팔삭둥이라도 만들려고 애쓰는 거 같던데. 밑에 애들 입단속 잘해. 괜히 새어 나가서 신응교랑 전쟁 치르지 말고."

임무일의 말에 소무결이 쩝하고 입맛을 다셨다.

입이 근질근질하긴 했지만 괜히 일을 크게 벌일 필요는 없었다.

임무일의 말이 백번 옳다.

가만히 고개를 끄덕이던 소무결이 다시 말을 꺼냈다.

"맹주님이 큰마음 먹으셨네. 아무리 정사가 예전 같지 않다 해도 쉽지 않은 결정이셨을 텐데."

"오고 가는 게 있으니까. 그리고 검왕의 무공을 되돌려 줬는데 그게 대수냐? 맹주 입장에서는 은희한테 절이라도 하고 싶은 심정이었을걸? 그게 어디 보통 무공이냐? 강호를 들었다 놨다 했던 무공인데."

"그렇긴 하지. 남궁세가 입장에서는 워낙 큰 거니까. 뭐 그건 그쪽에서 알아서 할 테고, 그보다 다른 애들은 어때? 다들 잘살고 있냐? 무슨 일은 없고?"

"무슨 일이 있겠냐? 예전처럼 정사가 다르다고 으르렁대면서 칼질할 일도 많이 줄었는데."

"그래? 그럼 다행이고."

"아, 일이 있긴 하다. 민우랑 유선이…… 걔네도 혼담 오간다."

"유선이? 유선이라면 그…… 하오문의?"

"하오문 아니고 신무문."

"하오문이나 신무문이나. 어쨌든 그 둘은 또 어쩌다 그렇게 된 거야?"

"전에 말했던 거 기억나냐? 성을 마지막으로 청소하겠다고 한 거."

"어? 어, 그거? 잘됐다고 들었는데?"

"잘 아네. 근데 이게 중요한 게 아니고 그때 주도적으로 나선 게 천중문이었거든."

"천중문? 민우네?"

"그래. 그러다 보니까 둘이 붙어 있을 일이 많았나 보더라고."

임무일의 대꾸에 소무결이 얼굴을 찡그렸다.

"이것들은 발정 난 강아지 새끼도 아니고 붙여만 놓으면 정분이 나?"

"붙여 놓으니까 정분이 나는 거지 떼 놓으면 정분이 나겠냐?

그리고 그건 너네도 마찬가지잖아? 운현이와 영영이도 시기만 보고 있다며?”

“걔네야 뭐 워낙 오래되었으니까.”

“그러니까. 그렇게 안 된다 안 된다 하더니 결국 그게 되는구만. 운현이가 결국 환속하기로 한 건가?”

“그래야지. 안 그러면 방법이 없는데. 화산이나 무당 같으면 문제가 안 되는데 곤륜이 좀 쓸데없이 지킬 게 많아서…… 근데 정작 혼담 소식이 있어야 할 건 다른 녀석이지 않나? 그 녀석은 왜 소식이 없어?”

“무한이?”

“그래. 패천성 후계가 아직까지도 혼자라는 게 좀 이상하지 않나? 제일 먼저 소식이 들려와야 할 사람은 그 녀석인 거 같은데.”

소무결의 질문에 임무일이 난감하다는 얼굴을 했다.

“그게…….”

“왜 또 그런 얼굴이야? 무한이한테 무슨 문제라도 생겼어?”

“어. 그게 좀…….”

“왜? 무슨 일인데?”

아무리 친한 이의 질문이라도 말을 꺼내기가 꺼림칙했다.

다른 이도 아니고 패천성주에 관한 말이기 때문이다.

그러나 임무일은 오래 고민하지 않았다.

상대가 소무결이었기 때문이다.

“에라, 어차피 너도 곧 알게 될 거. 어쩌면 성의 후계가 바뀔지도 모르겠다.”

"뭐? 뭔 소리야? 후계가 바뀐다니? 무한이가 무슨 사고라도 쳤어?"

"쳤지. 그것도 대형 사고."

"그게 뭔데? 그 자식 또 무슨 짓을 한 거야?"

"다른 게 아니고, 그 자식이 혼인을 안 하다고 성주님 앞에서 질러 버리는 바람에……."

"……뭐?"

임무일의 대꾸에 소무결이 황당하다는 얼굴을 했다.

"무한이가? 그 여자 좋아하는 자식이? 아니, 대체 왜?"

"그게 그러니까……."

"그 자식이 왜? 뭘 잘못 먹었대? 어디 독이라도 들이부은 거 아니야?"

"그건 아니고."

"그럼 왜? 뭐가 문젠데?"

"거 왜 지난번에 무한이 자식이 요동에서 몇 달 머물렀던 거 기억나냐?"

"어? 그거 기아네 집에서 두어 달 먹고 자고 했던 거?"

"맞아, 그거……."

"그게 왜? 무슨 문제라도 있었나?"

"다른 게 아니고…… 기아 놈 사는 꼴 보더니 자기는 자신 없다고. 그래서 혼인 안 할 거라고. 평생 혼자 살 거라고."

"……뭐?"

여전히 황당하다는 얼굴을 하는 소무결과 시선을 맞춘 채 임무일이 말을 이었다.

"그 자식 사는 게 좀 그렇잖아. 연아한테 꽉 잡혀 가지고. 안 그래도 숨도 못 쉬고 사는데 애까지 생겨 버려서…… 애한테 치이고 연아한테 들들 볶이고 정신없나 보더라고."

"그거야 혼인하면 다 그렇게……."

"그때 기아 놈이 무한이한테 그랬다더라."

"응? 기아가? 뭐라고?"

"너는 혼인하지 말라고. 이 여자다 싶을 때 조심하라고. 그게 진짜 위기라고. 그 위기를 잘 넘겨야 한다고."

임무일의 말에 소무결이 저도 모르게 헐 하고 헛웃음을 흘렸다.

"……아니, 그러니까 그게 기아 때문이라고?"

"본 것도 있고 그렇게까지 들었는데 너 같으면 혼인하고 싶겠어?"

철무한의 심정이 이해가 갔다.

그러나 소무결은 곧 고개를 젓고 말았다.

어차피 자신과는 상관없는 먼 나라 얘기였기 때문이다.

자신에게는 그보다 더 중요한 게 있었다.

"그래서? 그럼 누가 후계가 되는데? 설마 너네 성주 동생?"

"그건 아니고. 그분도 나이가 꽤 있으셔서……."

"그럼 누구? 혹시 무한이 자식 배다른 동생이라도……?"

"개소리 작작하고. 그런 건 아니니까."

"그럼……?"

"누구긴 누구겠어? 소화지."

"소, 소화?"

"걔 말고 또 있겠냐?"

"하지만 소화는 여자라서 쉽지 않을 텐데? 밑에 사람들 반발이……."

"반발은 무슨. 걔네 외숙, 그러니까 노도진이 대놓고 소화만 끼고 도는데 어떤 간 큰 놈이 거기다 이의를 제기해?"

"노도진? 그 아저씨 아직도 거기 있어?"

"갈 데가 없다고 하더라. 그래서 성주님이 받아 주신 거고."

"그러다가 연분이라도 나는 거 아냐? 붙여 놓으면 하나같이 다……."

"그건 아니고. 네가 소화를 모르냐?"

임무일의 말에 소무결이 얼굴을 찌푸렸다.

"걔 설마 아직도 기아를……?"

"예전만큼 죽고 못 사는 건 아닌데 그래도 쉽지는 않나 보더라고. 시간이 좀 필요하겠더라. 뭐, 어쨌든 노도진 그 인간도 소화한테는 그런 감정이 없어."

"그걸 네가 어떻게 알아? 사람 감정이……."

"그 인간 벌써 여자 하나 데려다 집에 앉혔거든."

"뭐? 뭐?"

"대충 은희 또래 정도 되나? 하여간 능력도 좋다니까. 어쨌든 그 인간이 소화 뒤에 떡하니 버티고 있는데 그걸 누가 건드려? 뒈지려면 곱게 뒈져야지, 왜 호랑이 아가리에 머리를 들이밀겠냐고."

벙찐 얼굴로 입을 헤벌리고 있던 소무결이 얼른 고개를 저었다.

"어, 어쨌든…… 그럼 요즘 무한이는 뭐 해? 그 자식 바깥 활동을 안 하길래 후계 수업 받느라 그런 줄 알았더니."

"폐관 수련."

"폐관? 그 자식이? 그럴 자식이 아닌데……."

"너 몰라서 그러는 거냐? 왜 그 천호라는 자식 있잖냐. 이제 얼마 안 남았다."

임무일의 말에 그제야 떠오른 게 있는 소무결이다.

소무결의 얼굴이 조금 가라앉았다.

"벌써 그렇게 됐나?"

"시간 참 빠르지?"

"아직도 어제 일처럼 느껴지는데 그게 벌써 오 년 전이라니."

"그러게 말이다. 그런데…… 무한이는 자신은 있대?"

"말을 안 해. 웃기만 하고. 그래도 노도진이 직접 봐주고 있으니 괜찮지 않을까 싶다."

"흐음……."

소무결이 조금은 진중해진 눈으로 이제는 제법 많이 자라난 수염을 쓰다듬었다.

어지간해서는 생각을 정리할 시간을 주고 싶었지만 그럴 수가 없었다.

자신은 바쁜 몸이다.

이렇게 시간을 낸 것도 제법 무리를 한 것이다.

임무일이 소무결을 불렀다.

"근데……."

"어? 또 뭐?"

"설아 말이야. 걔는 아직도 자기 아버지 찾아 헤매는 거?"

"어. 중원을 다 뒤집고 다니는 거 같던데 쉽지는 않은 거 같더라고. 조만간 새외까지 손을 뻗을 것 같던데……."

"그 아저씨는 왜 말도 없이 사라져 가지곤…… 집에서 걱정할 거 모르나?"

"그거야 뭐 자기들이 알아서 하겠지."

소무결의 시큰둥한 얼굴에 임무일이 눈을 흘겼다.

"정 없는 자식."

"정이 없기는. 그거랑 이게 무슨 상관…… 아, 아니지. 그걸 네가 왜? 너 이 자식 혹시……?"

소무결이 눈을 가늘게 좁혔다.

그러나 임무일은 모른 척 엉덩이를 털며 자리에서 일어섰다.

"나 바쁘다. 그만 간다."

"야 인마. 하던 말은 마저 하고……."

그러나 임무일은 들은 척도 하지 않았다.

사당을 나서는 그의 뒷모습을 물끄러미 쳐다보며 음흉한 얼굴을 하던 소무결이 얼른 고개를 저었다.

"소화가 성을 맡으면 또 시끄러워질지도 모르는데……."

철소화가 악한 사람은 아니었다.

그러나 워낙 종잡을 수 없는 성격이라 간혹 문제를 일으킨다는 점이 마음에 걸렸다.

그게 다 기아 자식 때문이지. 좋게 거절해도 될 걸 꼭 그렇게 매몰차게 대해 가지고…… 그 때문에 운설이도 속세와 연을 끊어 버렸고……."

더는 화산에서 내려오지 않는 백운설에게까지 생각이 미쳤던 소무결이 이내 고개를 젓고 말았다.

"생각해 봐야 할 수 있는 것도 없고……."

그러나 마음이 싱숭생숭했다.

모처럼 나타난 임무일이 들쑤셔 놓은 탓이다.

소무결이 머리를 벅벅 긁었다.

"이참에 기아 자식이나 한번 보러 갈까? 지아나 인아도 그렇고. 죽아도 많이 컸을 텐데……."

제갈연을 꼭 빼닮은 모용기의 딸이 헤실거리는 얼굴을 떠올리던 소무결이 마음을 먹은 듯 자리에서 벌떡 일어섰다.

"가는 길에 무당에 들러서 명진이 놈도 데려가고."

무당에서 잘 내려오지 않는 명진이지만 모용죽이라면 그를 움직이기에 어렵지 않을 것이다.

"아, 맞다. 가는 길에 막 씨 아저씨도 데려가야겠네. 그 아저씨도 이제 움직여도 될 것 같은데……."

관의 인물을 죽인 탓에 한동안 모습을 숨겨야만 했다.

그저 그런 이라면 잠깐 시끄럽다 말 것이었지만 이번에는 그렇지 못했다.

"하필 그 내시 새끼가 물고 빨고 하는 자식을 죽여 버려서……."

어차피 시간이 지나면 그들의 관계도 시들해질 것이고 그때 건드렸으면 큰 문제가 없었을 것이다.

문제는 그 시간을 참지 못한 것이다.

"그래도 아저씨 부모님과 아내, 자식까지 다 죽인 놈이라던데……."

소무결이 쩝 하고 입맛을 다시더니 곧 고개를 저었다.

어차피 끝난 일이고 더는 문제될 것 같지도 않았다.

정 안 되면 머리라도 밀게 하고 얼굴에 칼자국 몇 개 그어 놓으면 될 일이다.

"그건 그렇게 하고…… 개봉은……."

자신의 사부를 대신해 개방을 총괄하는 자리에 있었지만 그 문제는 어렵지 않았다.

자신보다 더 잘하는 이에게 맡기면 되는 일이다.

궁리를 끝낸 소무결이 밖을 향해 목소리를 높였다.

"누가 가서 대림이 좀 데려와라!"

"내가 미쳤지. 뭐 하자고 너랑 같이 움직여서는……."

소무결이 불만에 가득 찬 얼굴로 투덜거렸다.

명진과 함께 움직이는 것이 생각보다 불편했던 탓이다.

"이건 예나 지금이나 변하는 게 없어?"

예전에도 그랬지만 여전히 말수가 적은 명진이다.

오히려 예전보다 더 심한 모습이다.

꼭 필요한 말이 아니면 좀처럼 입을 떼지 않았다.

횟수로 따지면 하루에 다섯 번 정도나 될까였다.

처음에야 그러려니 했지만 시간이 지날수록 답답해서 죽을 것 같다는 얼굴을 하는 소무결이었다.

소무결이 한숨을 푹 내쉬더니 술을 입안에 털어 넣고는 다시 술병을 들었다.

쪼르르 소리를 내며 제 잔을 채운 소무결이 명진을 쳐다보며 술병을 내밀었다.

"한 잔 할래?"

명진이 고개를 저었다.

술을 입에 대지 않는 것 역시 여전한 모습이었다.

"썩을…… 앞으로 혼자 움직이고 말지 너하고는 절대로 같이 안 움직인다."

막수광이라도 함께였다면 좀 덜했을 것이다.

그러나 막수광은 아직 움직일 때가 아니었다.

그를 찾는 이들이 여전히 사방에 깔려 있었던 탓이다.

아직 시간이 더 필요했다.

"그 내시 새끼. 생각보다 뒤끝이 세단 말이야. 그 손환이란 자식이랑 그렇게 죽고 못 살았나? 벌써 오 년이나 지났는데……."

소무결이 왕진을 떠올리며 술잔을 홀짝거렸다.

몇 번 술잔을 들어 올리자 제법 많은 시간이 지났다.

시간이 늦은 탓에 객잔을 가득 채웠던 사람들 역시 이제 몇 남지 않았다.

소무결이 술기운이 도는지 약간은 발그레해진 얼굴로 명진을 쳐다봤다.

"이제 그만 가서 잘까?"

그러나 이번에도 목소리를 내지 않는 명진이었다.

대신 창밖을 내다보며 무언가에 골몰하는 듯한 모습이었다.

소무결이 고개를 갸웃거렸다.

"뭘 그렇게 쳐다보는 거? 거기 뭐가 있…… 어라?"

명진의 시선을 따라 창밖을 내다보던 소무결이 한순간 눈을 반짝였다.

"저거 제갈인 것 같은데? 준이었던가? 제갈세가 소가주."

하북에서 그들을 볼 것이라고는 미처 생각하지 못했다.

그러나 그들의 행보가 궁금하지는 않았다.

결국 한 가지로 통하기 때문이다.

"저 자식 또 기아네 가는 것 같은데? 저것들은 지치지도 않나?"

문을 열고 난 후 줄기차게 모용세가로 사람을 보내는 그들이었다.

제대로 얼굴을 마주하기는커녕 문전 박대만 당했지만 지치지도 않는지 한 해에도 몇 번이나 사람을 보내 제갈연과 마주할 것을 요구했다.

그러나 제갈연은 요지부동이었다.

"뻔뻔한 건 그렇다 치더라도 머리 좋은 자식들이 왜 저러는지 모르겠네. 연아가 어떻게 받아 준다 해도 기아 자식은 바늘하나 안 들어갈 텐데……."

저들이 무엇을 해도 헛수고라는 건 변하지 않는다.

소무결이 고개를 절레절레 젓고는 저들에게서 관심을 끊었다.

"야, 그만 자러 가자. 내일 또 일찍 움직여야 한다고."

소무결이 몸을 일으켰지만 명진은 반응이 없었다.

소무결이 얼굴을 찌푸렸다.

"안 가? 그럼 나 먼저 잔다?"

그리고는 명진의 대꾸를 듣지도 않고 신형을 돌리려던 소무결이었다.

그러나 그는 한 걸음도 채 떼지 못하고 다시 몸을 돌려야만 했다.

객잔 안으로 들어서는 몇몇 개의 기척을 놓치지 않았던 탓이다.

"뭐야, 저거? 저것들이 왜 이리로 들어와?"

제갈세가의 무리들이 자신들이 머무는 객잔으로 들어선 것을 알아본 소무결은 잠깐 멈칫하는가 싶더니 그대로 제 방을 향해 걸음을 떼려 했다.

그러나 그의 발을 잡아챈 것은 명진의 목소리였다.

"이 씨 아저씨도 같이 있다."

"어? 이 씨 아저씨?"

반문하는 소무결이었느나 그 의미를 알아차리는 데까진 그리 오랜 시간이 걸리지 않았다.

명진이 이 씨 아저씨라 부를 만한 사람은 이심환뿐이라는 것을 이미 알고 있었기 때문이다.

소무결이 아래층으로 시선을 내렸다.

때마침 제갈준의 뒤를 따라 객잔 안으로 들어서는 이심환의 모습을 확인할 수 있었다.

"저 아저씨가 저들이랑 무슨 연유로……?"

고개를 갸웃거리던 소무결이 다시 제자리에 엉덩이를 걸쳤다.

그리고 그들이 자리를 잡은 탁자에 시선을 고정시키지만 무슨 얘기가 오가는지는 짐작조차 가지 않았다.

목소리를 낮춘 채 심각한 얼굴로 말을 주고받는 이심환과 제갈준을 쳐다보던 소무결이 고개를 갸웃거렸다.

"대체 뭔 일이지? 저 아저씨가 저들이랑 어울릴 리가 없는데……."

소무결의 두 눈에 호기심이 점점 더 짙어졌다.

그러나 가까이 다가갈 방도가 없었다.

제갈세가의 무리들은 그렇다 쳐도 이심환을 속여 넘길 방도가 없었던 탓이다.

"애들이라도 풀어 봐야 하나?"

몇 가지 방법이 머릿속에서 둥실 떠오르는 느낌이었다.

그런 소무결의 고민을 명진이 한순간에 쓸모없는 것으로 만들어 버렸다.

자리에서 벌떡 일어서며 단번에 난간을 뛰어넘는 명진의 모습에 소무결이 당황한 얼굴을 했다.

"야! 야, 인마!"

명진이 소무결의 목소리를 듣는 척도 하지 않은 채 이심환에게 다가섰다.

양손을 모으며 고개를 숙이는 명진의 모습에 당황하는 이심환이었다.

"자, 자네가 어떻게……?"

"그건 제가 묻고 싶은 말입니다. 아저씨가 하북엔 어쩐 일이십니까?"

그리고는 제갈준을 힐끔 쳐다보는 명진이었다.

간단한 동작이었지만 그 안에 담긴 의미는 가볍지 않았다.

그것을 알아본 이심환이 픽 웃음을 내며 말했다.

"기아 녀석 모르게 뭘 하는 게 아니니까 그런 얼굴을 할 이유는 없고. 일단 앉게. 앉아서 얘기하지."

그 때 제갈준이 자리에서 벌떡 일어서더니 양손을 모았다.

"명진 도장이시죠? 제갈세가의 준입니다. 만나 뵙게 되어 영광입니다."

철무한과 함께 명성이 하늘을 찌르는 명진이었다.

그와 마주한 제갈준이 감격스럽다는 얼굴을 하는 것도 무리가 아니었다.

그러나 명진의 시선은 그를 신경조차 쓰지 않은 채 여전히 이심환에게만 고정되어 있었다.

이심환이 얼굴을 찌푸렸다.

"거, 사람 무안하게…… 인사는 받아 주지?"

그 때 무언가 툭 떨어지는 소리가 들리더니 소무결이 모습을 드러냈다.

"아저씨도 잘 알잖아요. 저 자식 성격 못돼 먹은 거."

"어? 너도 왔어?"

"그건 제가 묻고 싶은 말이라고요. 아저씨가 어쩐 일입니까? 그것도 제갈세가 소가주랑."

소무결이 제갈준의 어깨를 툭툭 쳤다.

그제야 모았던 양손을 푸는 제갈준이었다.

"오랜만입니다. 소……."

"인사는 됐고. 네가 어쩐 일이야? 그것도 이 씨 아저씨랑. 기아 녀석이나 연아가 좋아하지는 않을 텐데."

딱히 악의가 느껴지진 않는 말이었다.

그러나 밀어내는 느낌은 지워 낼 수가 없었다.

제갈준이 껄끄러운 것은 소무결 역시 마찬가지였던 탓이다.

그들이 하는 바를 물끄러미 쳐다보던 이심환이 픽 웃으며 말했다.

"그럴 것 없어. 기아 녀석도 알고 있는 일이니까."

"기아도 알고 있다고요?"

"알고 있다 뿐인가? 그 녀석이 부탁한 일인데."

모용기가 부탁을 했다는 말에 소무결이 납득하기 어렵다는 얼굴로 고개를 갸웃거렸다.

"그 녀석이 제갈세가에요? 대체 무슨 일이길래?"

"지아와 인아가 가출했다."

"예?"

이심환의 말에 소무결이 눈을 동그랗게 떴다.

항상 평정심을 유지하던 명진 역시 조금은 놀란 듯 눈이 커졌다.

이심환이 한숨을 푹 내쉬며 말했다.

"왜 이번에 용봉관이 다시 열리지 않나? 그래서 거기에 가겠다고……."

"그거 안 한다고 하지 않았어요? 소 형님이 지아와 인아는 안 내보내겠다고 한 걸로 아는데요?"

"그래서 가출을 한 것 아니냐? 지아 요것이 인아를 꼬드겨서는 날랐어. 덕분에 세가가 뒤집어졌고."

"아니 그게 대체…… 할배, 할매들. 기아 자식은 대체 뭘 하고요?"

"대낮에 우리 집에 놀러오는 척하고 날랐다고 하더구나. 그래서 손도 못 써 본 것이고."

"그래서요? 아직도 못 잡았어요?"

"그러니까 이러고 있는 것 아니냐? 세가에서 다 나서서 이 잡듯 뒤집고 다니는데도 어느 길로 갔는지 도통 알 수가 없다. 마침 이 친구들이 왔길래 도움을 요청한 것이고."

이심환이 제갈준을 힐끔 쳐다봤다.

그러나 소무결은 여전히 의문이 남아 있었다.

"그걸 기아나 연아가 하라고 했어요? 안 그럴 것 같은데……."

"걔들 성격에 그런 부탁을 하겠냐? 내가 따로 부탁한 것이지. 그런데 너는 왜 모르고 있는 거냐? 개방이 발칵 뒤집어진 지가 언젠데."

"우리 개방이요? 우리 개방은 왜……."

"당연한 것 아니냐? 사람 찾는 데는 개방이 제일이라고 네 입으로 떠들고 다닌 것 잊었어?"

이심환의 타박에 소무결이 입을 다물었다.

명진과 함께 움직이느라 잠시 개방의 일에 관심을 끈 사이에 일이 벌어진 것이다.

잠시 소무결이 머리를 굴리는 사이 어느새 신형을 돌리는 명진이었다.

"어? 어디 가?"

"지아, 인아 찾으러."

"그렇다고 그렇게 무턱대고…… 야! 야, 인마! 잠깐만!"

모용지와 모용인이 꼬질꼬질한 행색으로 모습을 드러낸 곳은 하북이었다.

집에서 찾을 것이 뻔한 탓에 도시에는 들어갈 생각도 못 하고 노숙을 한 결과였다.

그간의 고초가 심했는지 모용인이 다 죽어 가는 얼굴로 칭얼거렸다.

"누나, 이러지 말고 우리 그만 집에 가자. 나 힘들어 죽겠어."

"그만 좀 징징거려. 힘든 건 나도 마찬가지라고. 어차피 이 정도는 각오했던 거잖아."

"그러니까 내가 가지 말자고 했잖아. 괜히 가만히 있는 사람 쑤셔서는……."

"꼬드기긴 내가 뭘? 너도 용봉관 가 보고 싶다고 했잖아? 그래서 따라나선 거고."

"아니거든? 누나가 가자고 꼬드겨서 나온 거거든? 난 애초에 그런 거에 관심 없다고. 무공은 작은아빠나 할배, 할매들이 더 잘 가르쳐 주는데……."

"무공이 중요한 게 아니잖아. 명성이 중요한 거라고, 명성이. 강호에서 대협, 여협 소리를 들으려면 이름이 알려져 있어야……."

"우리 나이에 무슨 명성이야? 그리고 난 그런 거 관심 없다고. 난 그냥 집에 가서 쉬고 싶다고."

"넌 사내라는 녀석이 그렇게 꿈이 없어서 나중에 뭐 할래?"

"뭐 하긴? 아빠 따라서 표국 일이나 하는 거지. 난 대협 소리 안 들어도 된다고."

"시끄러. 입 다물어. 그리고 여기까지 온 이상 정무맹이 집보다 더 가까우니까."

그리고는 모용인의 말을 더 듣지 않겠다는 듯 모닥불만 쑤석거리는 모용지였다.

모용인은 불만이 가득한 얼굴이었지만 하나뿐인 제 누이를 외면하지 못했다.

어렸을 적부터 제 아비에게 귀에 딱지가 앉도록 들은 말이 있었기 때문이다.

그러나 얼마 가지 못해서 또다시 칭얼거리는 모용인이었다.

"누나, 그러지 말고 어디 마을이라도 찾아보자. 나 이러다 정말 죽을 거 같아. 맨날 노숙만 했더니 팔다리도 계속 아프고 제대로 먹은 것도 없어서 몸에 힘도 없다고. 이 상태면 개봉에 도착하기도 전에 내가 먼저 쓰러질 것 같아."

그리고 그것은 모용지 역시 마찬가지였다.

피곤함에 배고픔이 겹쳐서 통통하던 볼살은 어느새 자취를 감춘 지 오래였고, 몸에 딱 맞던 옥 역시 제법 헐거워져 있었다.

그러나 모용지는 머뭇거리는 얼굴을 했다.

"하지만 마을은……."

"괜찮다니까. 작은아빠가 아는 사람들을 풀었다고 해도 마을이 얼마나 많은데 그걸 다 찾겠어?"

"그럴까?"

"그렇다니까. 우리 못 찾는다고. 그러니까 어디 마을에라도 들러서 몸 좀 회복하고 가자. 이러다가 진짜 개봉 근처에도 못 가고 우리가 먼저 쓰러진다니까."

제 동생의 거듭된 말에 모용지의 마음이 제법 흔들렸다.

잠깐 고민을 하는 듯하던 모용지가 결국은 고개를 끄덕였다.

"대신 오래는 안 돼. 마을에 들러도 하루 이틀 정도만 있다가 다시 나올 거야."

"진짜? 잘 생각했어, 누나."

제 누이의 말에 환하게 웃음을 짓던 모용인이 어느새 신이 난 듯한 얼굴로 모닥불 위의 냄비를 휘적거리는가 싶더니 희멀건 죽을 떠서 그녀에게 내밀었다.

"자. 먹어."

제 동생에게 손을 내밀려던 모용지는 한순간 멈칫하며 고개를 휙 돌렸다.

끼이익 소리가 들리며 낡은 사당 문이 열리더니 제법 체격이 장대한 사내가 모습을 드러냈다.

모용지가 잔뜩 경계한 얼굴로 목소리를 냈다.

"누, 누구……?"

그리고 그것은 모용인 역시 마찬가지였다.

제 누이에게 내밀던 그릇은 어느새 사라지고 더듬더듬 손을 뻗어 검을 주워 들었다.

그러나 사내는 어깨를 들썩일 뿐이었다.

"그렇게 긴장할 건 없어. 잠깐 불 좀 빌리려는 것뿐이니까. 근데 어른은 없나?"

"이거 좀 드세요."

모용인이 쭈뼛거리며 그릇을 내밀었다.

육포 쪼가리 몇 개에 곡물이 조금 들어간 볼품없는 죽이었다.

그러나 사내에게는 그것마저도 감지덕지였다.

"고맙구나."

모닥불 너머로 보이는 사내의 얼굴에 미소가 어렸다.

꼬질꼬질했지만 이목구비만큼은 뚜렷한 잘생긴 얼굴이다.

그 모습을 물끄러미 쳐다보던 모용지의 입이 조금 헤하고 벌어졌다.

"누나, 왜 그래?"

"어? 아냐, 아무것도……."

모용지가 얼른 고개를 젓고는 무릎을 모아 품 안에 끌어모았다.

그러면서도 사내에게서 시선을 떼지 않았다.

제 누나의 상태를 짐작한 모용인이 쯧 하고 혀를 찼다.

"또 시작이네. 그저 잘생긴 아저씨라면 사족을 못 쓰지."

"뭔 소리야? 내가 뭘?"

"몰라서 물어? 입가에 침이나 좀 닦고 말하시지."

"침 안 흘렸거든. 그리고 예쁜 언니들 보면 입 벌리는 건 지도 마찬가지면서……."

"뭔 말이야? 내가 언제 그랬다고."

"너 저번에 담 언니 보고 입 벌리고 다물 줄을 몰랐잖아. 내가 그걸 모를 줄 알아?"

"무, 무슨! 내가 언제!"

"언제는 무슨. 다른 사람들도 다 봤는데."

"다른 사람들 누구? 누가 봤는데?"

"궁금하면 가서 물어보든가. 그보다 입 좀 다물어 봐. 나 생각할 게 좀 있으니까."

"생각은 무슨…… 저 아저씨 얼굴이나 훔쳐보려고 하는 주제에."

"아니거든? 진짜 생각할 게 있어서 그런다니까."

"그러니까 무슨 생각? 저 아저씨가 혼인했나 안 했나 고민하는 거?"

"요게 진짜. 까불지 말고 입 다물어 봐. 그런 거 아니니까."

"그게 아니면 뭔데? 누나 머리에 다른 생각이 있을 리가……."

이제 갓 열을 넘었나?

조그마한 것들이 티격태격하는 것이 귀엽게 느껴졌다.

저들 딴에는 목소리를 낮춰 소곤소곤 말하는 거라고는 하지만 사내의 귀는 그들의 말을 하나도 놓치지 않았다.

모처럼 들어 보는 어린아이들의 티격거림을 감상이라도 하듯이 미소를 머금은 채 천천히 죽을 떠먹던 사내는, 그러나 이내 조금은 얼굴을 굳힐 수밖에 없었다.

그들의 소곤거리는 말소리가 그의 귀를 잡아끌었기 때문이다.

"그런 게 아니라니까. 너도 잘 봐. 누구 닮지 않았어?"

"또 이런 식으로 말 돌리지. 내가 또 당할 줄……."

"아니라니까. 잘 보라고. 패천성의 숙부님 닮지 않았어? 덩치가 큰 것도 그렇고 이목구비도 그렇고."

"뭔 소리야? 철 숙부님은 말도 안 되게 잘생겼는데 저 아저씨는…… 그 정도는 아니잖아. 무슨 말도 안 되는 소리를 하고 있어?"

"저 아저씨도 행색이 저래서 그렇지 씻고 나면 엄청 잘생겼을 것 같은데? 아니, 이게 아니고…… 그게 아니라 이목구비를 잘 보라고. 눈에 익지 않아?"

제 누나의 말에 모용인이 슬쩍 시선을 돌렸다.

그러나 사내는 그릇에 얼굴을 푹 파묻고 있어 가늠하기가 어려웠다.

모용인이 고개를 갸웃거렸다.

"난 잘 모르겠는데?"

"그거야 고개를 숙이고 있으니까…… 이럴 게 아니라 한번 물어볼까?"

"뭘?"

"철 숙부님 아냐고."

제 누나의 말에 모용인이 껄끄러운 얼굴을 했다.

"그건 좀…… 작은아빠가 그랬잖아. 철 숙부님도 적이 많으니까 함부로 언급하고 다니지 말라고."

"그야 그렇지만……."

모용지는 여전히 미련이 남은 얼굴이었다.

모용인이 재차 목소리를 냈다.

"그리고 진짜 철 숙부님 아는 사람이면 어떻게 하려고? 당장 우리 잡아서 집에 데려가려고 할 텐데."

이번에는 제대로 통했는지 모용지가 고개를 끄덕였다.

"그건 안 되지. 그냥 모르는 척하자."

모용지의 말에 모용인이 휴 하고 한숨을 내쉬었다.

제 누나의 말대로 철무한과 아는 사이일 수도 있지만 그것을 굳이 지금 밝혀낼 이유는 없었다.

어렸을 때부터 모용기에게 귀에 딱지가 앉도록 들은 말이 있었기 때문이다.

'괜히 긁어서 부스럼 만들 일은 하지 마라.'

단 한 번도 틀린 말은 하지 않았던 모용기였다.

그리고 그것은 이번에도 마찬가지일 것이다.

여전히 그릇에 얼굴을 박고 있는 사내를 힐끔 쳐다본 모용인이 제 누나에게로 시선을 돌렸다.

"누나. 이제 그만 자자."

"벌써?"

"벌써가 아니라 많이 늦었다고. 나 이제 눈 감기려고 해."

진즉부터 눈꺼풀이 무거웠었다.

낯선 사내의 등장에 억지로 참고 있었지만 그마저도 한계였다.

몽롱하게 풀리려는 제 동생의 두 눈을 유심히 쳐다보던 모용지가 고개를 끄덕였다.

"그럼 일단 좀 자고……."

그러나 그 전에 해야 할 것이 하나 있었다.

모용지의 시선이 자신에게로 향하자 사내가 모르는 척 고개를 들었다.

"왜 그러느냐?"

"그게…… 저희가 좀 자야 할 것 같은데……."

"그렇게 하거라."

"아저씨는요?"

"신경 쓰지 말거라. 한쪽 구석에서 알아서 잘 테니까."

사내가 다시금 미소를 보이자 모용지의 얼굴이 풀어지려 했다.

그러나 모용지는 이내 흠칫 몸을 떨며 당황한 얼굴을 했다.

"왜? 왜……?"

한순간 눈매를 좁히며 날카롭게 변한 사내의 얼굴.

사내가 손에 들고 있던 그릇을 내려놓더니 자리에서 벌떡 일어섰다.

그 탓에 잠이 다 달아난 모용인이 제 검을 들고 당황한 얼굴로 덩달아 자리에서 일어섰다.

"뭐, 뭡니까 갑자기?"

그러나 사내는 말 대신 손이 먼저였다.

자신에게 다가오는 사내의 커다란 손에 모용인이 엉겁결에 제 검을 내밀었다.

그리고 그 모습에 모용지가 눈을 동그랗게 떴다.

"어? 자, 잠깐……."

아무리 자신들같이 어린아이의 손에 들렸다 해도 검이 위험한 건 마찬가지다.

특히 무공을 익힌 사람일 경우에는 그 위험성이 더했다.

그러나 모용지가 우려하는 일은 전혀 일어나지 않았다.

사내의 손이 교묘하게 움직이는가 싶더니 제 동생의 손에 들린 검을 가볍게 낚아챘기 때문이다.

"어?"

"뭐가……?"

쌍둥이가 동시에 당황한 얼굴을 했다.

그러나 사내는 그들에게 시선조차 주지 않았다.

대신 잔뜩 긴장한 얼굴로 사당 밖을 향해 으르렁거렸다.

"나와."

"응?"

"무슨……?"

모용인과 모용지의 시선 또한 동시에 사당 밖으로 향했다.

그리고 오래지 않아 낡은 사당의 문이 끼익 소리를 내더니 착 달라붙는 경장을 걸친 여인이 모습을 드러냈다.

바로 패천성의 조희진이었다.

조희진은 사내를 향해 제 검을 겨누며 독이 서린 목소리로 말했다.

"철성한. 월향은 어디에 있나?"

사내는 황산에서 월향과 함께 모습을 감춘 철성한이었다.

몇 년을 따라다닌 끝에 겨우 꼬리를 잡아냈다.

이번에는 절대로 놔줄 생각이 없었다.

차갑게 굳어진 그녀의 두 눈을 물끄러미 들여다보던 철성한이 검을 내리며 어깨를 들썩였다.

"그걸 왜 나한테 묻지?"

"그럼 누구한테 묻지?"

"적어도 나는 아니지. 나 역시 그년이 어디에 있는지 모르는 건 마찬가지니까. 그러니까 다른 데 가서 알아보라고. 괜히 애먼 사람 잡지 말고."

"네가 애먼 사람은 아니지 않나? 월향의 일이 아니라도 네게 볼일이 있는 건 마찬가지니까. 나 따라서 이제 그만 성으로 돌아가지?"

"성으로? 내가 왜?"

"어차피 그게 그거 아닌가? 아니지. 차라리 성으로 돌아가는 게 낫지 않겠어? 이렇게 평생 도망 다니는 것보다는 차라리 성으로 돌아가서 벌을 받는 게 더 편해지는 길일 텐데."

"누가 그래? 그게 더 편하다고? 난 이게 더 좋은데?"

"그런가? 네가 그렇다면 그런 거겠지. 하지만 돌아가고 말고는 네가 선택하는 게 아니야. 얌전히 따라와라. 그러면 사지는 멀쩡할 테니까. 어차피 너도 내 상대가 되지 않는다는 것 정도는 알지 않나? 그래서 검을 내린 것이고."

조희진의 말에 철성한이 픽 웃음을 보이더니 고개를 저었다.

"그런 게 아닌데……."

그리고는 조희진이 뭐라 목소리를 내기도 전에 철성한이 들고 있던 검의 끝이 모용지의 목에 닿아 있었다.

"어? 이, 이거……."

"누, 누나!"

잠시 저들의 말을 듣느라 정신이 흐트러진 틈에 벌어진 일이다.

당황하는 쌍둥이들을 힐끔 쳐다보며 조희진이 미간을 좁혔다.

"뭐 하는 짓이지?"

"보면 모르나?"

"의도를 몰라서 묻는 것이지. 저 꼬맹이들을 죽인다고 내가 눈 하나 깜빡할 것 같은가? 쓸데없는 짓 하지 말고 검 내려."

"깜빡해야 할걸? 이 아이들이 누군지 안다면 말이야. 이 아이들 성이 모용일 걸 아마?"

철무한을 숙부라 부르는 아이들이 또 있을 리가 없었다.

그렇다면 답은 어렵지 않았다.

그리고 그의 말에 담긴 의미를 어렵지 않게 알아들은 조희진이었다.

그러나 조희진은 반신반의하는 얼굴이었다.

“나보고 그걸 믿으라는 건가?”

“확인이 필요한가? 둘 중 하나 목 잘라서 들려 줄 테니까 가서 확인해 볼 텐가?”

철성한의 말에 조희진이 와락 얼굴을 구겼다.

이러지도 저러지도 못하는 그녀의 심정을 눈치 챈 철성한이 픽 웃으며 말했다.

“까불지 말고 비켜. 아니면 하나 잘라 놓고 볼까?”

“아, 아니. 비키겠다. 애들 몸에는 손대지 마라.”

조희진이 사당의 문에서 멀찌감치 떨어지자 철성한이 쌍둥이를 재촉했다.

“움직여.”

조희진이 입술을 꼭 깨물며 노려보는 가운데 쌍둥이가 먼저 사당을 벗어났다.

그리고 철성한의 손에 들린 검 역시 그의 신형보다 먼저 쌍둥이의 뒤를 따라 문 밖으로 반쯤 걸쳐지는 순간.

챙!

“어?”

반으로 쪼개진 채 힘없이 툭 떨어져 내리는 검을 보며 철성한이 당황한 얼굴을 했다.

“뭐가……?”

“뭐긴 뭐야, 개자식아. 감히 내 조카들을 노려?”

그리고 모습을 드러낸 모용기.

모용기가 자신에게 달라붙으려는 쌍둥이에게 손짓을 하고는 철성한을 노려보며 으르렁거렸다.

“죽을래? 아, 아니지. 내 조카들에게 칼을 댔다는 건 그 정도는 각오했다는 건가? 일로 와. 썰어 버릴 테니까.”

“어? 자, 잠깐…….”

건들거리며 다가서려는 모용기의 모습에 철성이 주춤거리며 물러서려 했다.

그러나 그의 목덜미에서 싸늘한 예기를 발하는 검날은 그조차도 못하게 만들었다.

어느새 다가선 조희진이 그의 목에 검을 댄 것이다.

“어?”

“닥쳐!”

조희진이 목덜미를 후려치자 철성한의 거대한 덩치가 힘없이 무너져 내렸다.

잠시 그를 물끄러미 내려다보던 조희진이 그제야 모용기에게로 손짓을 했다.

“오랜만.”

“참 빨리도 아는 척한다. 네가 여긴 어쩐 일이야? 아직까지도 저 녀석 쫓은 거야?”

“정확히 말하면 월향이지.”

조희진의 대꾸에 모용기가 쯧 하고 혀를 찼다.

그러나 그녀를 말릴 생각은 하지 않았다.

'그 할망구도 참 악취향인 게, 일가를 몰살해 놓고 그 딸내미를 제자로 받는 건 대체 무슨 경우야? 진짜 미친년도 아니고……'

아무리 생각해도 정상은 아니었다.

모용기가 잠시 월향에 대해 고민을 하는 사이, 조희진이 그의 뒤를 향해 턱짓을 했다.

"쟤네들. 네 조카 맞아?"

"어? 지아랑 인아? 내 조카 맞아."

"또 도망가는데?"

조희진의 말에 모용기가 픽 웃음을 흘렸다.

"냅 둬. 주변에 명진도 있고 무결이도 있고 무결이네 거지들도 쫙 깔렸으니까. 지들이 도망쳐 봤자지."

모처럼 만난 모용기는 예전 그대로인 것 같았다.

조희진이 조금은 편안해진 얼굴로 목소리를 냈다.

"그런데 그건 뭐야? 보니까 저 아이들 잡으러 나온 것 같은데 무슨 짐이 그렇게 많아? 대체 뭘 싸 들고 온 거야?"

제 등에 매어진 커다란 봇짐을 힐끔 돌아본 모용기가 히죽 웃으며 말했다.

"아, 이거? 꿈과 희망이라고나 할까?"

"뭐?"

"그렇게만 알아 둬."

영문을 알 수 없는 말이었다.

그러나 재촉해 봐야 원하는 답이 나오지 않으리라는 것도 잘 안다.

조희진이 가볍게 고개를 젓고는 다시 말했다.

"그럼 이제 집으로 돌아가는 거야?"

"내가 미쳤어? 이게 몇 년 만에 나오는 건데."

"뭐?"

"뭐가 아니라…… 그러고 보니까 무한이 자식 천호 놈하고 붙을 때 되지 않았어? 어디서 한대? 넌 알고 있지 않아?"

"그거야……."

"모처럼 나온 김에 그 구경도 좀 하고, 중원도 좀 돌아다니고…… 아, 깜빡했는데 어디 가서 내가 애들 찾았다고 소문내지 마라. 진짜 죽는 수가 있다."

모용기가 얼굴을 바짝 들이대며 으르렁거렸다.

조희진이 어이가 없다는 얼굴로 헛웃음을 흘렸다.

〈大尾〉